KB012147

"주인님은 바로 너다, 카즈마!
나, 더스티네스 포드 라라티나는
사토 카즈마에게 예속되겠다!"

▷다크니스

바닐

"음.
그 시절의 그대는
긍지 높고 용기 넘치는
최고의 모험가였다."

"바닐 씨와 진심으로 싸우는 건,
제가 인간이었던 시절 이후로
처음이네요."

위즈

이 멋진 세계에 축복을! 3회!

요리 미치
YORIMICHI!

CONTENTS

GOD'S BLESSING
ON THIS WONDERFUL WORLD!
YO RI MI CHI! 3

아카츠키 나츠메 지음
미시마 쿠로네 일러스트
이승원 옮김

Character

아쿠아

직업 - 아크 프리스트
그 누구도 제어할 수 없는 물의
여신. 특기는 연회용 장기자랑.

카즈마

직업 - 모험가
백수 기질이 있는 주인공. 행운
수치 하나만 비정상으로 높다.

다크니스

직업 - 크루세이더
방어 전문 마조히스트 여기사.
실은 귀족 가문 아가씨.

메구밍

직업 - 아크 위저드
홍마족 제일의 천재. 폭렬마법
이외에는 전혀 흥미가 없다.

바닐

크리스

융융

위즈

은발도적단 두목.
다크니스의 절친.

연령 미상의 대악마.
위즈의 가게에서 일하
고 있다.

자칭 메구밍의
라이벌.

액셀 마을에서 매직아이템
가게를 운영하고 있는 점주.
평화주의자지만 리치.

1

우리가 액셀 마을에 눌러앉은 후로 꽤 시간이 흘렀다.

이 세상에 막 왔을 때는 엄청난 빚을 짊어지고 있었지만, 그것도 다 갚은 후로는 평온하게 일상을 살고 있다.

"여행을 떠날까 해."

그런 평온한 나날을 내팽개치는 소리를 늘어놓은 아쿠아에게, 나는 소파에 벌러덩 드러누운 채 말했다.

"여행을 떠나는 건 좋지만 말이야. 너, 내일 요리 당번이거든?"

평소와 다름없는 저택에서의, 평소와 다름없는 일상.

이렇게 평화롭게 지내고 있으니, 괜한 짓을 벌이지 말아줬으면 한다.

"걱정하지 마. 오늘 저녁때까지는 돌아올 거야."

그건 여행이 아니라 소풍이라고 부르거든?

"그리고, 혼자 가는 건 무서우니까 우리보고도 따라오라고 할 거지?"

이 자식의 천적인 개구리를 비롯해, 밖에는 위험한 게 잔뜩 있다.

타고난 겁쟁이인 아쿠아라면, 분명 평소처럼 우리에게……

"오늘은 다크니스만이면 돼. 카즈마와 메구밍은 불합격이야."

…………．

"좋아. 메구밍은 아쿠아가 도망치지 못하도록 현관을 막아. 요즘 평온한 나날이 이어졌잖아. 그래서 괜히 우쭐대다간 따끔한 맛을 보게 된다는 걸 까맣게 잊은 게 틀림없어."

"좋아요. 남한테 불합격이란 소리를 하면 어떻게 되는지, 똑똑히 알려주도록 하죠."

"저기, 약간 괜한 소리를 한 건 사과할게. 잘못했어. 하지만 어쩔 수 없단 말이야. 카즈마 씨는 욕심이 많고, 메구밍은 눈만 뗐다 하면 폭렬하는걸."

사과할 마음이 눈곱만큼도 없다는 건 이해했다.

아쿠아를 놓치지 않기 위해 메구밍이 현관을 막아선 가운데, 나는 옷소매를 걷어붙이면서 아쿠아에게 다가갔다.

"우와아아아아앗! 다크니스, 도와줘! 딱히 나쁜 짓도 안 했는데, 이 두 사람이 나한테 심한 짓을 하려고 해!"

"저, 저기, 부엌까지 다 들렸거든? 불합격이나 욕심이 많다는 소리를 하는 건, 충분히 나쁜 짓이지……."

아쿠아가 도움을 청하자, 티 세트를 손에 든 다크니스가 당혹스러운 표정을 지으며 나타났다.

다크니스가 동료들의 찻잔에 차를 따르는 모습을 곁눈질하면서, 나는 일단 아쿠아에게 물어봤다.

"네가 소풍을 가려는 건 알겠는데, 대체 목적이 뭐야?"

"소풍이 아니라 여행이야, 여행. 이상한 모양을 한 돌을 주우러 갈 거야. 이 근처 강은 샅샅이 뒤졌으니까, 산에 있는 강까지 원정을 가볼까 해."

정말 변변찮은 여행 목적이었다.

"너희도 데려가 주고 싶지만, 카즈마 씨는 내가 괜찮은 돌을 찾으면 채갈 거잖아? 그리고 성미가 급한 메구밍은 돌 줍는 것 같은 세밀한 일은 못 할 것 같고, 심심한 나머지 산에다 냅다 폭렬마법을 갈길 것 같거든."

유감스럽게도 나는 잡동사니를 모으는 취미가 없지만, 메구밍이라면 그런 짓을 벌이고도 남는다.

현관을 막아선 본인은 현재 시선을 피하고 있었다.

"알았어. 나와 메구밍은 집에 있을 테니까, 몬스터한테 털려서 질질 짜기 전에 돌아와."

"다크니스, 아쿠아를 부탁해요. 몬스터와 마주치면 순순히 도망치는 거예요. 알았죠?"

"잠깐만 있어봐라. 나는 동행 확정인 것이냐?! 불길한 예감만 든다만……!"

차를 마시던 다크니스가 허둥지둥 항의했지만, 아쿠아는 그녀의 손을 움켜쥐며 자리에서 일어났다.

"프리스트를 지키는 건 크루세이더의 소임이잖아? 자, 저녁 때까지 돌아오고 싶으니까 빨리 출발하자!"

"기, 기다려라, 아쿠아! 갈 거면 하다못해 갑옷이라도……!"

집에 남겨진 나와 메구밍은 절대 무사히 돌아오지 못할

아쿠아와, 그런 그녀에게 끌려가는 다크니스를 배웅했다—.

2

메구밍이 가게 문을 밀어서 열었다.

"놀러 왔어요~."

이곳은 리치와 악마가 경영하는 위즈 마도구점.

아쿠아를 배웅하고 심심해진 우리는, 뭔가 재미있는 게 없나 싶어 위즈의 가게에 놀러 왔는데—.

"어서 오세요, 메구밍 양. 카즈마 씨. 마침 바닐 씨도 외출해서 심심하던 참이었어요."

미소 짓고 있는 위즈의 말을 들으며 가게 안을 둘러보니, 확실히 알바 가면의 모습이 보이지 않았다.

툭하면 가게를 말아먹으려 드는 점주 탓에, 오늘도 어딘가에서 열심히 돈을 벌고 있는 것이리라.

"금방 차를 내올 테니, 상품을 둘러봐 주세요."

"아, 고마워. 그럼 좀 살펴볼게."

요즘 들어서는 마도구점인지 카페인지 분간이 안 되지만, 아무튼 우리는 위즈가 차를 끓이는 사이에 상품 선반을 살펴봤다.

바로 그때, 메구밍이 선반에 놓인 붉은 돌을 손에 쥐었다.

애도 일단은 여자애다. 저런 보석에 흥미를 느낄 나이인 걸까.

"위즈, 이 『금단의 크림슨 블러드 스톤』은 뭔가요? 옅은 붉은색이라 참 예쁜데, 대체 어떤 금단의 효과를 지닌 건가요?!"

아무래도 저 돌의 색깔과 이름이 메구밍의 심금을 울렸을 뿐인 것 같았다.

메구밍이 눈을 반짝이며 묻자, 위즈는 고개를 갸웃거리며 말했다.

"아, 그건 아쿠아 님이 주워온 빨간 돌에 바닐 씨가 이름을 붙인 물건이에요. 평범한 돌이라 아무런 효과도 없지만, 바닐 씨 말로는 선반에 떡하니 두기만 해도 홍마족이 사갈 거라고……."

그 말을 듣고 돌을 쓰레기통에 버리려 하는 메구밍을 말리고 있을 때…….

"참고로 융융 양이 고향 사람에게 줄 선물이라면서 이미 몇 개 사 갔어요."

"걔는 대체 왜 이딴 걸 사는 거예요! 저도 살짝 혹하긴 했지만요!"

홍마족의 생태도 내다보는 바닐은 일단 제쳐두기로 하고, 가게 안을 둘러보던 나는 어떤 물건을 손에 쥐었다.

"저기, 이 반지는 뭐야? 상품 이름과 설명서만이 아니라, 가격표도 없네."

내가 발견한 것은 거무튀튀하고 흉흉한 느낌이 감도는 반지였다.

선반이 아니라 테이블 구석에 놓여 있던 것을 보면, 파는 상품이 아닐지도 모른다.

"그건…… 본 적이 없는 물건이네요. 바닐 씨가 구해온 상품 같은데, 좀 보여주지 않겠어요?"

위즈에게 반지를 건네주자, 그녀는 돋보기 같은 마도구로 상품을 감정하기 시작했다.

반지를 손바닥 위에 올려놓고 꼼꼼히 살펴본 위즈는 점점 표정을 굳혔다.

"이 반지의 이름은 『데몬 링』 같네요. 강력한 저주가 걸려 있어요. 이것을 착용한 자는 강대한 어둠의 힘을 얻는 대신, 어떤 대가를 치르게 될 것 같아요. 바닐 씨는 왜 이렇게 위험한 물건을……."

위즈가 말을 끝까지 잇기도 전에, 다른 이가 그녀의 손바닥 위에 놓인 반지를 쥐었다.

저주받은 반지를 쥔 메구밍은 주저 없이 자신의 약지에…….

"어어어어어어이! 인마, 갑자기 뭐 하는 거야?!"

"메구밍 양?! 그건 저주가 걸린 아이템이란 말이에요!"

메구밍은 약지에 낀 검은 반지를 머리 위로 치켜들더니, 붉은색으로 반짝이는 눈동자로 홀린 듯이 그것을 응시했다.

"강대한 어둠의 힘을 얻을 수 있다는 말을 듣고, 이걸 끼지 않는 홍마족이 있을 리 없잖아요! 자, 사악한 데몬 링이여! 그 힘을 나에게 보여주거라!"

"보여주기는 무슨! 홍마족이 이딴 중2병 아이템을 가지게 둘 것 같냐! 인마, 저항하지 마! 빨리 반지를 내놔!"

내가 반지를 빼앗으려고 하자, 메구밍은 거북이처럼 몸을 둥글게 말면서 반지를 낀 손을 몸으로 감쌌다.

"카즈마도 어둠의 힘에 홀린 거군요! 하지만, 안 돼요! 이런 건 먼저 끼는 사람이 임자거든요! 제가 이 힘에 질릴 때까지는 절대 넘겨주지 않을 거예요!"

"내가 언제 그딴 걸 원한다고 했는데?! 이 자식, 반지 빼앗는 척하면서 몸 곳곳을 조물조물해주마!"

─거북이처럼 몸을 웅크린 메구밍을 확 뒤집어주려고 한, 바로 그때였다.

가게의 문이 열리는 것과 동시에, 남을 무시하는 듯한 목소리가 들려왔다.

"뭘 그렇게 떠들고 있는 거냐, 괴짜 종족 계집과 괴짜 직업 사내여. 가게 밖에서도 너희 목소리가 다 들리는구나."

매상의 수금을 하고 온 건지, 기분이 좋아 보이는 바닐이 돈이 가득 든 자루를 들고 나타났다.

참고로 나는 좋아서 모험가 같은 최약체 직업이 된 게 아니니, 홍마족과 동급으로 취급하지 말아줬으면 한다.

"바닐 씨, 어서 오세요! 저기, 바닐 씨의 상품 탓에 메구밍 양한테 큰일이……!"

"이 몸의 상품? 횡령 점주의 탕진 탓에 상품 매입도 여의치 않은 상황에서 무슨 소리를 하는 것이냐. 방금 회수해온 이 외상 대금으로 겨우 제대로 된 상품을……."

거기까지 말한 바닐은 바닥에서 몸을 웅크리고 있는 메구밍을 보더니, 그대로 굳어버렸다.

이 내다보는 악마는 메구밍이 뭘 감추고 있는지 내다본 것 같았다.

"이, 이 바보 천치 계집! 이 자식, 데몬 링을 낀 것이냐?!"

몸을 웅크리고 있던 메구밍은 얼굴만 바닐을 향해 들더니…….

"흥! 마도구점에 비치된 매직 아이템을 착용해봤을 뿐인데, 뭐가 그렇게 문제인 건데요?! 돈이라면 카즈마가 낼 거예요! 그러면 아무 불만 없죠?!"

"불만이 없을 리가 있느냐, 이 빈털터리 계집아! 일부러 지옥에서 주문한 그 희귀한 아이템은 이미 판매처가 정해져 있단 말이다! 계약에 엄격한 악마가 약속을 어기게 만들 심산이냐!"

"나도 할 말 있거든? 저렇게 위험해 보이는 중2병 아이템을 돈 주고 살 생각은 없어."

자기가 불리하다는 것은 눈치챈 건지, 메구밍은 그제야 몸을 일으키더니…….

"어쩔 수 없군요. 오늘은 이만 포기하죠. 하지만 이 데몬 링이 어울리는 사람은 저뿐이라는 걸 선언해두겠어요."

그런 대사를 읊으면서, 비교적 순순히 반지를 낀 손을 내밀었다.

나는 그 손을 잡고 반지를 빼려 했지만―.

"……안 빠져."

"이럴 수가! 즉, 이 반지가 저를 주인으로 인정한 거군요. 저 말고 다른 사람의 손가락에 끼워지기 싫다고, 이렇게 주장하는 거예요. 이야, 이렇게 되면 어쩔 수 없군요. 카즈마가 돈을 내주지 않을 것 같으니, 제가 매달 받는 용돈으로 할부를……."

그러고 보니 이 반지에는 저주가 걸려 있다고 아까 위즈가 말했었다. 메구밍은 반지가 빠지지 않을 거라는 점을 알고 있었기에, 순순히 내주려던 태도를 취한 것이리라.

뻔뻔한 연기를 하는 메구밍에게, 바닐이 말했다.

"저주받은 반지는 그 저주 탓에 평범하게는 뺄 수 없다. 하지만 이 상황에서도 방법이 딱 하나 있지."

"호, 호오? 그 방법이 뭔지 짐작이 되네요. 고레벨 아크프리스트라면 저주를 풀 수 있을 테니까요. 하지만 유감스럽게도 아쿠아는 지금 외출했어요!"

바닐은 그 말을 듣고 고개를 저었다.

"위즈, 모험가 길드에 가서 한가해 보이는 프리스트를 불러와라. 손가락을 싹둑 잘라서 반지를 뺀 후, 힐로 다시 붙이도록 하지."

"네엣?!"

"자자, 잠깐만요! 그건 완전 악마적인 발상이거든요?! 카즈마도 무슨 말 좀 해보세요!"

얼굴이 새파랗게 질린 메구밍이 뒷걸음질을 치자, 나는 도움의 손길을 내밀었다.

"어쩔 수 없지……. 위즈, 가게 안쪽 좀 빌려줘. 거기서 반지가 빠질 때까지 스틸을 걸겠어. 저주받은 반지에 스틸에 먹힐지는 모르지만, 일단 시도라도 해보자."

"통할 리가 없거든요?! 제가 홀라당 벗겨지는 미래를 내다볼 수 있다고요! 죄송해요! 우쭐댄 걸 사과할 테니까, 아쿠아가 돌아올 때까지만 기다려 주세요!"

3

마을 정문을 지나면서, 메구밍은 푸념을 늘어났다.

"정말, 가련한 소녀를 상대로 너무하는 것 아니에요?"

"네가 바보 같은 소리를 늘어놓으면서 반지를 꿀꺽하려고 해서 그렇게 된 거야. 그리고 그건 저주받았다며? 왜 저주받은 아이템을 탐내는 건데?"

바닐은 힘의 대가가 무엇인지 가르쳐주지 않았지만, 제대로 된 게 아닐 게 틀림없다.

이 애는 안 그래도 하루에 마법을 한 방만 날릴 수 있는 대가로 중2병의 저주에 걸렸는데, 증상이 더 심각해지면 곤란하다.

뭐, 하지만……

"그러는 카즈마도 반지의 힘이 신경 쓰이긴 하죠? 그러니까 이렇게 같이 가주는 거잖아요."

"아니, 그야……. 바닐이 자기 입으로 희귀하다고 말한 아이템이잖아."

아쿠아가 돌아올 때까지, 반지는 메구밍이 맡기로 했다.

바닐은 괜한 짓을 하지 말라며 못을 박았지만, 그 말에 순순히 따른다면 천하의 메구밍이 아니다.

"그럼 저희의 천적인 개구리에게 어둠의 힘을 시험해보도록 하죠. 대가라는 게 뭔지 모르지만, 절대적인 힘에는 리스크가 따르는 법이니까요."

"이미 절대적인 리스크를 안고 있는 네가 그런 소리를 하니 설득력이 어마어마하네."

나는 메구밍에게 등을 찰싹찰싹 소리 나게 두들겨 맞으면서, 개구리를 찾았다.

지금은 우리 둘뿐이니 상대할 수 있는 개구리의 숫자는 한 마리뿐이며, 그보다 많다면 둘 다 잡아먹힌다.

나는 주위를 경계하면서 적 탐지 스킬을 발동시켰다.

─개구리를 찾기 시작하고 얼마 지나지 않아서, 스킬이 적

의 반응을 포착했다.

"이 앞의 언덕에 한 마리 있네. 어때? 반지의 힘을 끌어낼 수 있을 것 같아?"

"아까부터 몸 깊숙한 곳에서 마력이 솟구치는 게 느껴져요. 지금이라면 뭔가를 할 수 있을 것만 같아요!"

메구밍이 불길한 예감만 드는 말을 입에 담았지만, 어둠의 힘이라는 것이 신통찮다면 이 애가 잡아먹히는 사이에 개구리를 해치우면 된다.

그런 생각을 하고 있을 때, 개구리도 우리를 발견한 것 같았다.

"온다! 자, 메구밍! 네 진정한 힘을 보여 봐!"

"큭, 두 눈이 욱신거려⋯⋯! 내 마안에 어둠의 힘이 응집되는 것이 느껴져⋯⋯!"

거대한 개구리가 폴짝폴짝 뛰며 다가오자, 이상한 포즈를 취하고 있던 메구밍이 안대를 집어던졌다.

"어둠의 힘의 진수를 똑똑히 봐라! 이것이 각성한 나아아아아아아아아아아아아아아앗?!"

메구밍의 눈에서 검은 번개 같은 광선이 발사되더니, 그것을 맞은 개구리가 온몸을 부들부들 떨면서 벌러덩 쓰러졌다.

폭렬마법의 위력과는 비교도 안 되지만, 그 번개 광선은 일격에 개구리를 제압했다.

"대단해, 메구밍! 네 눈깔 빔에 감전된 개구리가 꼼짝도 못 하게 됐다고!"

"내 눈이이이이이이이이이이이이이이이!"

메구밍이 양손으로 눈을 감싸 쥐며 바닥을 데굴거리자……

"하지만 고통 탓에 연달아서 쓰지 못하는 건 아쉽네. 선글라스 같은 걸 쓰면 안구에 가해지는 대미지가 줄지 않을까?"

"냉정하게 분석하지 좀 말고 도와줘요! 이 힘은 대가가 너무 크단 말이에요!"

두 눈을 손으로 감싸면서 프리즈로 식혀주자, 고통이 조금은 가셨는지 메구밍이 자신의 공적을 확인했다.

"폭렬마법에 익숙해진 저로선 좀 아쉬운 위력이네요. 뭐, 간편하게 발사할 수 있단 건 편리하지만요."

"나로선 하루에 몇 번이나 쓸 수 있어 보이는 빔 쪽이 더 좋아 보이네."

내 의견을 한 귀로 흘린 메구밍은 반지를 들어보며 고개를 갸웃거렸다.

"이 반지를 쳐다보고 있으니, 다른 것도 할 수 있을 것 같아요……."

그렇게 말한 메구밍이 별생각 없이 나를 쳐다본 바로 그 순간이었다.

메구밍의 오른쪽 눈이 붉게 빛나더니, 그와 동시에 내 몸이 움직이지 않게 됐다.

"으윽?! 어이, 메구밍! 뭘 한 거야! 몸이 안 움직인다고!"

힘을 무의식적으로 쓴 모양인지, 메구밍은 한순간 놀란 표정을 지었지만 이내 의기양양한 미소를 지으며 자기 망토를 펄럭였다.

"이것이 바로 내 주박의 마안! 자, 카즈마! 자유를 원한다면 맹세하거라! 어둠의 권속인 이 몸에게, 영원한 충성을 맹세하는 것이다!"

"내가 자유를 되찾으면 두고 봐. 나중에 엉엉 울며 빌어봤자 늦었다고."

한껏 우쭐대던 메구밍은 내 말을 듣고 몸을 부르르 떨었다.

하지만 찰나적인 인생관을 지닌 이 홍마족은, 미래의 파멸보다 지금의 희열을 선택한 것 같았다.

"어라, 카즈마. 이 상황에서 그런 소리를 해도 되겠어요? 제가 마음만 먹으면⋯⋯."

메구밍이 말을 끝까지 잇기 전에, 나는 고함을 질렀다.

"나를 장가 못 가는 몸으로 만들겠다는 거냐! 큭, 내 몸을 마음대로 할 수 있다고 해서 마음까지 차지할 수 있을 거라고 생각 마라!"

"다크니스 같은 소리 하지 마세요! 좀 간지럽혀 줄까 했지, 그딴 짓까지는 안 한다고요!"

바로 그때, 내 적 탐지 스킬이 반응했다.

눈만 움직여서 시선을 돌려보니, 아까 메구밍이 빔을 날린 장소가 서서히 솟구치고 있었다.

"어이, 메구밍! 주박을 풀어! 네 뒤편에서 개구리가 튀어나오려고 해!"

"어이쿠, 그 수작에는 안 넘어가요. 그 말에 속은 제가 주박을 풀면 따끔한 맛을 보여줄 작정인 거죠? 절대로 복수하지 않겠다고 약속해준다면 풀어주겠어요."

아까는 허세였던 건지, 실은 내 협박이 꽤 먹힌 듯한 메구밍의 뒤편에서 개구리가 모습을 보였다.

지상에 기어 나온 개구리의 시선이 나와 마주 서 있는 메구밍을 향했다.

메구밍은 자기 또래 어린애 같은 미소를 짓더니…….

"저도 장난이 좀 심하긴 했어요. 주박을 풀어줄 테니까 화해하죠. 카즈마는 이런 일로 앙심을 품을 만큼 속 좁은 사람이 아니잖아요? 자, 이걸로 화해…….

4

무사히 개구리를 해치운 나는 토벌 보수 수령 및 개구리 고기 환금을 위해 메구밍과 함께 모험가 길드로 향하고 있었다.

"진짜로 개구리가 나타났으면, 더 실감하게 말해달라고요. 카즈마는 항상 말주변으로 남을 속여대니까, 이번에도 그런 줄…….

개구리의 코앞에서 나를 타이르던 메구밍은 당연히 그대로 잡아먹혔다.

목욕으로 개구리의 점액을 씻어낸 덕분에, 푸념을 늘어놓는 메구밍은 뽀송뽀송하고 깨끗했다.

"어이, 나를 양치기 소년 취급하지 말라고. 어둠의 힘에 삼켜진 네가 자초한 일이잖아."

"그, 어둠의 힘에 삼켜졌다는 표현이 참 좋네요. 하지만 폭렬마법을 제어하는 제가, 이 정도 힘에 굴복할 리가……."

그런 말을 하면서 모험가 길드의 문을 연 메구밍은 융융과 딱 마주쳤다.

한순간 놀란 표정을 지은 융융은 뭔가 할 말이 있는 것처럼 꾸물댔다.

아무래도 메구밍에게 말을 걸고 싶지만, 내 일을 방해하는 건 아닌가 싶어 머뭇거리는 것 같았다.

나는 융융에게 손을 내밀며 말했다.

"하시죠."

"이런 데서 다 마주치네, 메구밍! 이렇게 만난 것도 운명! 자, 오늘이야말로 결판을 내자!"

"하시죠, 는 무슨! 카즈마, 귀찮으니까 괜히 부추기지 말라고요!"

예의 의식을 마친 융융이 행복한 표정을 짓자, 메구밍은 빨리 꺼지라는 듯이 손을 내저었다.

하지만 이곳은 모험가라고 하는 한가한 사람들이 모이는 모험가 길드.

이렇게 재미있는 구경거리를 보고 가만히 있을 리가 없었다.

"오오, 홍마족(진짜)과 홍마족(웃음)의 대결이다!"

"융융 양과 메구밍 양인가~. 어떤 대결이냐에 따라 달라지겠지만, 잔꾀에 걸려들지만 않는다면 융융 양이 이기지 않겠어?"

"나는 싸움질에 익숙한 메구밍이 이길 거라고 봐. 쟤는 절대로 마법사가 아냐. 모험가와 말다툼이라도 벌어지면, 2분도 채 지나기 전에 주먹질을 하려고 든다니깐."

"메구밍이 싸움을 잘하는 건, 고레벨 홍마족의 뛰어난 스테이터스 덕분이잖아. 조건만 보면 융융 양도 밀리지 않는다고."

모험가들이 대치한 두 사람을 쳐다보며 누가 이길지 추측하기 시작했다.

그중 한 모험가가 술을 한 손에 들고 내 옆에 서더니…….

"어이, 저 두 사람과 오래 알고 지낸 카즈마는 어느 쪽에 걸겠어?"

"내가 보기에 레벨은 거의 대등하고, 발육 상태에 따른 체격 면을 보자면 융융이 꽤 유리해. 반면 오기나 근성 같은 정신적인 면에서는 메구밍이 앞서겠지. 하지만……."

나는 잠시 뜸을 들인 후, 그 모험가를 상대로 단언했다.

"메구밍은 성미가 급한데다 발끈하면 바보가 되거든. 인류의 가장 큰 무기는 지혜잖아? 즉, 이성과 지성에서 앞서는 융융에게 걸겠어."

"아하. 구구절절이 옳은 말인걸."

"아까부터 구경꾼들이 되게 시끄럽네요! 사람을 짐승 취급하지 말아주실까!"

메구밍은 시끌벅적하게 고찰을 하는 우리를 향해 버럭 고함을 지르더니, 곧 전투태세를 취했다.

"승부를 받아주지 않았다간 도망치는 걸로 여겨질 것 같아서 열받네요! 마안의 힘을 똑똑히 봐라! 바인드 오브 레드 아이즈!"

"어?!"

메구밍이 눈을 치켜뜨면서, 기습적으로 주박을 걸었다.

구경꾼들은 평소의 중2병 발언이라 여기며 낄낄 웃었지만, 다들 융융의 상태가 이상하다는 것을 곧 눈치챘다.

"우, 움직일 수 없어……?!"

융융이 꼼짝도 못 하며 신음을 흘리자, 이 자리에 있는 이들이 소란을 피웠다.

"유, 융융 양? 왜 그래? 같은 고향 사람이라고 해서 그딴 짓에까지 어울려줄 필요는 없거든?"

"융융 양도 의외로 장난기가 많은걸."

"나, 융융 양은 이 세상에서 유일하게 멀쩡한 홍마족이라도 생각했는데……."

"아, 아니……! 지, 진짜로 움직일 수가 없는 건데……!"

융융이 울상을 지으며 변명을 늘어놓는 가운데, 메구밍은 의기양양한 표정으로 웃었다.

"후하하하하하하하! 이 몸은 진정한 힘에 눈뜬 것이다! 이제 다시는 저를 액셀 제일의 정신 나간 아가씨라 부를 수 없을 거라고요!"

"그런 말 들어도 전혀 신경 안 쓰는 애인 줄 알았는데, 실은 꽤 마음에 품고 있었구나."

내 딴죽을 듣고 약간 얼굴을 붉힌 메구밍은 다른 모험가 소녀를 지그시 쳐다봤다.

"제가 거짓말을 하는 게 아니란 증거를 여러분에게 보여드리도록 할까요. 바인드 오브 레드 아이즈!"

"……어?! 자, 잠깐만 있어 봐! 나도 꼼짝도 할 수 없거든?!"

주박의 마안에 걸린 소녀가 당황한 목소리로 그렇게 외치자, 안색이 창백해진 구경꾼들이 일제히 뒷걸음질을 쳤다.

"……어, 진짜야? 진짜로 메구밍이 각성한 거냐고."

"홍마족이라면 의외로 그런 일이 일어날 것 같긴 해……."

"카즈마의 파티에, 멀쩡하게 써먹을 수 있는 애가 생긴 거야……?! 그런 건 카즈마 파티가 아니잖아……!"

"폭렬마법 말고는 아무짝에도 쓸모없다는 게 메구밍의 매력 아니었어?! 너, 메구밍을 관두려는 거야?!"

"바인드 오브 레드 아이즈! 바인드 오브 레드 아이즈!!"

내 파티인 게 뭐 어때서라고 생각하며 내가 마음속으로 발끈한 가운데, 괜한 소리를 늘어놓은 두 사람을 꼼짝 못 하게 만든 메구밍은 구경꾼들이 술렁이는 소리를 들으며 융융에게 다가갔다.

"자, 융융. 각오는 됐나요? 이 많은 사람이 보는 앞에서, 누가 더 뛰어난지 확실하게 해보자고요!"

"자, 잠깐만?! 야, 약았잖아! 네가 마안을 지녔다는 건 알지도 못했거든?! 이건 완전 기습 아냐?!"

꼼짝 못 하게 된 융융이 울상을 지으며 호소했지만, 그것은 타고난 개구쟁이인 메구밍의 심금을 울리기만 했다.

"후하하하하! 패배를 인정하고, 앞으로 저를 메구밍 씨라고 부른다면 용서해주겠어요! 안 그러면 주박의 마안을 더욱 철저하게 건 후, 이대로 길드의 장식품으로 만들어버릴 거예요!"

"아아아아아아아아앗! 이, 인정 못 해! 절대 인정 못 한단 말이야아아아아아아아아아아! ……어?"

융융이 울부짖고, 메구밍의 마안이 빛난 바로 그때였다.

메구밍의 모자가 뭔가에 밀려난 것처럼 살짝 솟구치더니, 그대로 길드 바닥에 떨어졌다.

"……메구밍. 너, 뿔이 자라났어."

모자가 벗겨진 메구밍의 머리에는, 조그마한 뿔 두 개가 자라나 있었다.

"어, 어떻게 된 거죠?! 앗, 이게 대체 뭔가요?! 머리에 뭔가가 자라났어요!"

"잠깐만! 너 대체 무슨 짓을 한 거야아아아아아아아아아!"

메구밍이 자기 머리에 달린 뿔을 만져보며 허둥대고 있을 때, 융융이 비명을 질렀다.

"홍마족은 마안만이 아니라 뿔도 자라나는구나."

"너, 알아? 쟤들은 몸 어딘가에 문신이 새겨진 채로 태어난대."

"메구밍한테 뿔이……. 카즈마의 파티니까, 또 이상한 짓을 한 게 뻔해."

내 파티인 게 뭐 어때서라고 생각하며 마음속으로 발끈하는 한편으로, 나는 메구밍의 뿔을 뚫어지게 쳐다보며 말했다.

"마안에 중2병에 로리에 뿔이라니, 너도 좀 가려가며 속성을 추가해. 상류층 아가씨에 마조히스트에 이혼녀 뺨치는 과다 속성이잖아."

"좋아서 추가한 게 아니거든요? 그리고 방금 그 말, 다크니스가 들었으면 화낼 거라고요!"

하지만 이 정체불명의 현상이 반지의 부작용인 건 틀림없으리라.

메구밍도 거기까지 생각이 미친 건지, 복잡한 표정으로 반지를 지그시 응시했다.

―바로 그때였다.

"역시 반지를 사용한 것이냐, 괴짜 종족이여. 꽤나 유쾌한 모습이 되었구나!"

어느새 길드에 나타난 바닐이 대량의 부적을 손에 쥔 채 웃고 있었다.

"메구밍에게 뿔이 자라난 건 역시 반지의 대가구나. 이대로 반지를 계속 사용하면 어떻게 되는 거야?"

"음. 그건 원래 악마 숭배자가 잡 체인지를 하기 위한 아이템이다. 계속 쓰면 악마가 되지."

무시무시한 대가였다.

"저기, 바닐. 이거, 아쿠아가 돌아오면 어떻게 되긴 해?"

"그 저주 해제녀라면, 완전히 악마화되기 전까진 반지의 저주를 풀 수 있을 것이다. 하지만 그 여자와 근육 크루세이더라는 2인 파티가 사고를 치지 않을 리가 없으니, 아마 당분간은 돌아오지 않을 거란 미래가 내다보이는구나."

이런 우연도 다 있는걸. 나도 아쿠아가 엉엉 울며 돌아오는 미래가 보여.

궁지에 몰린 표정으로 반지에서 눈을 떼지 못하던 메구밍은 악마화된다는 사태에 혼란에 빠진 건지, 혼잣말을 중얼거리기 시작했고…….

"어이, 메구밍. 방금 그 말 들었지? 걱정하지 마. 아쿠아가 돌아오면 저주를 풀 수 있어. 그러니 너무 걱정……."

"……폭렬하는 악마란 말은 자폭하는 느낌이니까, 홍안의 악마……? 모든 것을 폭렬하는 대악마, 메구밍……."

아무래도 악마화했을 때의 자기소개 문구를 생각하고 있는 것 같았다.

반성하는 낌새도 보이지 않던 메구밍은 퍼뜩 뭔가가 생각난 표정을 짓더니…….

"나야말로 모든 것을 폭염으로 휘감는 대악마, 마안의 메구밍! 내 앞에 엎드려라, 모험가들이여! 이 홍안이 반짝이는 순간, 손가락 하나 까딱할 새도 없이 폭염의 바다에 가라앉을지니……!"

"멋대로 대악마를 자처하지 마라, 이 새내기 악마여! 게다가 그 자기소개 문구는, 이 몸의 내다보는 눈과 부분적으로 겹친단 말이다!"

메구밍을 꾸짖은 바닐은 아직도 꼼짝달싹 못 하는 융융 앞에 슬며시 섰다.

그리고 보란 듯이 부적 한 장을 들어보이더니…….

"자, 아까부터 꼼짝도 못 하며 구경거리가 되고 있는 조각상 계집이여. 오늘 상품은 바로 이것! 주박을 무효화하는 수호 부적이다! 사용하려면 이마에 붙여야 해서 남들이 보기에 얼간이 같다는 결점이 있지만, 지금이라면 겨우 3만 에리스……."

"바닐 씨, 그거 살게요! 지금은 꼼짝달싹 못 하니 제 이마에 붙여주세요!"

"아앗?! 내 마안이 금방 쓸모없어지는 건가요?!"

이마에 부적이 붙여진 융융은 다시 움직이기 시작했고, 지갑에서 3만 에리스를 꺼내서 바닐에게 건넸다. 그 모습을 본 다른 모험가들도 바닐에게 말을 건넸다.

"바닐 씨, 나도 부적 줘! 아까부터 움직일 수가 없어!"

"나도, 나도! 부탁이야, 바닐!"

"메구밍이라면 마안을 악용할 게 뻔해! 혹시 모르니까 나도 사겠어!"

"그래, 메구밍이라면 그러고도 남아. 이런 힘을 손에 넣어 놓고 안 써먹을 리가 없다고."

악마화하면서까지 손에 넣은 힘이 쓸모없어진 탓에 메구밍이 딱딱하게 굳어버린 가운데, 기분이 좋아진 바닐은 희희낙락하며 부적을 팔아치웠다.

메구밍의 오만방자함을 목격한 모험가들은 메구밍 대책 삼아 앞다투어 부적을 샀다.

"감사합니다, 감사합니다! 후하하하하하하하! 잘했다, 새내기 악마여! 만약 네놈이 완전히 악마화된다면, 풋내기용 악마 매뉴얼을 특별 할인가로 넘겨주마!"

"그딴 거 필요 없어요! 쓸데없는 부적 좀 팔지 말…… 윽?!"

바닐에게 항의하는 메구밍에게, 날카로운 단검이 겨눠졌다.

그 단검을 쥔 융융은 각오에 찬 표정을 짓더니, 눈을 반짝이며 몸을 희미하게 떨었다.

"메, 메구밍……. 완전히 악마화되기 전에, 내가 너를 막겠어……! 친구가 잘못된 길에 들어선다면, 올바른 길로 안내해야 친구라고 할 수 있잖아!"

"각오를 다져도 너무 다진 거 아니에요?! 아쿠아가 돌아오면 다 해결된다고요! ……뭐, 뭐예요? 융융만이 아니라, 다들 표정이 되게 무섭거든요?"

메구밍이 말한 것처럼, 세 명의 모험가가 마치 융융을 엄호하려는 듯이 슬금슬금 앞으로 나섰다.

그 세 사람은 바로—.

"뭐예요, 는 무슨! 메구밍, 아까 우리한테 한 짓을 잊었어?!"

"너, 남한테 주박의 마안 같은 걸 걸어놓고 그냥 넘어갈 수 있을 줄 알았냐?"

"어이어이, 메구밍 양. 이번에는 사고 한번 거하게 쳤네. 1 대1이라면 몰라도 이쪽은 세 사람, 게다가 고레벨 홍마족인 융융 양도 있다고. 질 리가 없어!"

그렇다. 아까 메구밍이 주박을 걸었던 모험가들이다.

"이, 이놈들! 가련한 소녀에게 무리를 지어 달려들다니, 비겁하다고요!"

이마에 부적을 붙인 세 명의 모험가가 포위망을 좁히자, 불리하다는 것을 눈치챈 메구밍이 주박을 걸 준비를 하며 뒷걸음질 쳤다.

"인마, 아까는 자기 앞에 엎드리라고 지껄였잖아!"

"부적을 붙였으니까, 이제 그 마안은 하나도 안 무서워!"

"어이, 이 엉터리 홍마족! 우쭐대서 죄송합니다, 하며 싹싹 빌라고!"

메구밍은 뒤돌아서더니, 내 손을 쥐었다.

"카즈마, 지금은 일단 물러나죠! 저 자식들에게는 나중에 역습해주자고요!"

"이, 이러지 마! 도망칠 거면 혼자 도망쳐! 나까지 휘말리게 만들지 말라고오오!"

휘말리지 않으려고 저항하는 나를 고레벨 마법사의 엄청난 완력으로 질질 끌면서, 메구밍은 모험가 길드를 나섰다ㅡ!

5

길드에서 도망친 우리는 근처에 있는 공원에 들어갔다.

표정에 애수가 어린 메구밍은 그네를 타면서 혼잣말하듯 중얼거렸다.

"오랫동안 친분을 쌓아온 길드 모험가들에게 목숨을 위협받다니……. 인간이기를 포기하는 게, 이렇게 중대한 일인 줄 몰랐어요……."

"융융 말고는 네가 인간이길 관두는 걸 가지고 문제시하지 않았어. 네가 아무한테나 주박을 걸어댔으니까 역습을 당한 거라고."

내가 딴죽을 날리자, 메구밍은 쓴웃음을 머금었다.

"카즈마는 평소엔 엄격하면서, 이럴 때만 상냥하네요. 사악한 존재가 된 저에게, 그런 말을 해주는 사람은 당신뿐이에요……"

"대악마가 당당히 사는 이 마을에서, 새내기 악마가 된 걸로 호들갑 떠는 것도 그렇잖아. 아쿠아가 돌아오면 해결될 문제니까, 정신 나간 애처럼 자학이나 해대다간 나중에 후회할걸?"

내가 딴죽을 날리자, 메구밍은 타고 있던 그네를 세웠다.

"……카즈마는 너무하네요. 당황 좀 하라고요. 파티 멤버가 인간을 관두고 악의 길에 들어서려 하고 있잖아요. 내가 반드시 구해주겠다, 같은 소리라도 해줘야 하는 거 아니에요?!"

"주박의 마안은 꽤 편리해 보이니까, 나로선 원래대로 돌아가지 못해도 상관없거든. 그리고 악의 길에 들어서기는 무슨, 너는 원래 아무한테서 시비 걸어대는 액셀 제일의 무법자잖아."

"어이, 무법자라고 부르지 마라! 정말, 좀 더 걱정해줘도……"

버럭버럭 화를 내던 메구밍은 갑자기 움직임을 멈췄다.

"즉, 카즈마는 제가 어떤 모습이 되더라도 있는 그대로의 저를 사랑해줄 거란 말인가요?"

메구밍이 어딘가 기대에 찬 표정으로 올려다보자……

"그런 말 눈곱만큼도 한 적 없거든? 마녀 코스플레이어가 악마 코스플레이어로 바뀌더라도, 그다지 차이는 없다고 생각하는 것뿐이야."

"홍마족의 전통 의상을 코스프레 취급하지 말아주세요!"

악마도 마녀도, 할로윈 시기가 되면 번화가에서 흔히 볼 수 있는 모습이니 말이다.

바로 그때였다.

"언니, 뿔이 달렸네! 언니는 오거야?"

메구밍의 뿔을 보며 그렇게 말한 이는, 아직 어린 여자아이였다.

부모님의 모습이 보이지 않는 것을 보면, 이 근처에 사는 어린이인 걸까?

"아뇨. 이 언니는 오거가 아니에요. 세상의 미움을 받는 악의 화신, 사악의 상징이자 신의 적대자. 그래요. 이 언니는 악마랍니다."

악마화한 자기 자신에게 취했나 본데, 그딴 악평을 퍼뜨렸다간 바닐 자식이 화낼 거라고.

……그렇게 자학인지 자랑인지 알쏭달쏭한 악마에 대한 중상모략을 메구밍이 늘어놓자, 어찌 된 건지 그 소녀는 표정이 환해졌다.

"언니, 악마야?! 멋져!"

아직 선악을 구별 못 하는 나이인 건지, 그 여자아이는 존경심으로 가득 찬 눈길로 메구밍을 쳐다봤다.

그 여자아이의 말을 듣자, 메구밍의 귀가 움찔거렸다.

"머, 멋지다고요? 저를 동경하면 안 돼요. 저는 인류가 기피해야 마땅할 존재로 타락했어요. 확실히 악이나 마 같은 말은 참 멋지긴 하지만, 저희들 악마는 세간으로부터 손가락질을 당하는 존재라고요⋯⋯!"

메구밍은 그렇게 말하면서도, 의외로 썩 싫진 않은 눈치였다.

그런 메구밍을 본 여자아이는 고개를 갸웃거리면서⋯⋯.

"하지만, 악마는 전부 좋은 사람들이잖아? 그리고 엄청 상냥해!"

"⋯⋯호오?"

멋지다나 강하다는 말은 이해가 되지만, 악마가 상냥하다?

나와 같은 의문을 품은 듯한 메구밍이 고개를 갸웃거리는 가운데, 그 여자아이는 말을 이었다.

"내가 아는 악마는 참 강해! 얼마 전에도 우리 엄마를 곤란하게 만들던 나쁜 까마귀를 그 악마가 해치웠다니깐!"

여자아이가 그렇게 말하며 환한 미소를 짓자, 나는 그 악마의 정체를 눈치챘다.

이 마을에는 음란한 가게에서 일하는 누님을 비롯해, 악마가 몇 명 살고 있다.

나쁜 까마귀를 해치웠다고 말하는 것을 보면, 전투력이

뛰어난 악마이리라.

　그러고 보니 그 자식은 이웃집 아주머니들에게 인기가 많았지.

　—한편, 고개를 갸웃거리던 메구밍은 표정을 누그러뜨리며 입을 열었다.

　"……그래요. 설령 사악하기 그지없는 힘일지라도 그 힘에 삼켜지지 않는 강철 같은 의지와 정의의 마음을 지녔다면, 어둠에 빠져드는 것 자체는 나쁜 일이 아니겠죠."

　아까만 해도 그 힘에 완전히 삼켜졌었고, 너한테는 정의의 마음 같은 건 없잖아.

　"카즈마, 제가 잘못 생각했어요. 이제부터 제가 걸어갈 길은 수라의 길 그 자체인 폭렬도(爆裂道). 그렇다면, 설령 홍안의 대악마라 불리며 손가락질을 당할지라도! 아쿠아와 경찰 아저씨에게 혼날지라도, 이대로 악마의 길을 나아가겠어요!"

　"잠깐만, 너는 이미 자기만의 길을 나아가고 있는 무법자잖아. 그게 더 심해졌다간, 악마가 아니라 마왕이 될 거라고."

　메구밍은 바라는 바란 듯이 자기 망토를 펄럭이더니, 힘찬 목소리로 선언했다.

　"이 몸이 바로 모든 것을 폭염으로 휘감는 대악마, 마안의 메구밍! 이 홍안이 반짝이는 순간, 적대자들은 손가락 하나 까딱 못하며 폭염의 바다에 가라앉을지니……! 자, 세계여! 내 앞에서 무릎 꿇어라!"

"멋져! 악마 언니, 정말 멋져! 역시 악마는 멋져!"

여자아이에게 칭찬을 받은 메구밍이 우쭐대며 웃음을 터뜨린 순간, 이 공원에 커다란 목소리가 울려 퍼졌다.

"찾았다! 현상범인 새내기 악마가 저기 있어!"

"윽?!"

느닷없이 현상범이란 소리를 들은 메구밍이 깜짝 놀라며 눈을 치켜떴다.

목소리가 들려온 쪽을 쳐다보니, 그곳에는 눈에 익은 모험가들이 있었다.

"기, 기다려 주세요. 현상범이라니, 역시 저를 말하는 건가요?!"

"너 말고 누가 있겠어. 모험가 길드 게시판에 네 포스터가 붙어 있다고."

한 모험가가 그렇게 말하자, 메구밍은 덧없는 미소를 머금었다.

"맙소사. 선한 악마로 살기로 각오한 순간에 이런 일이 벌어지다니……. 아뇨, 이것도 타락한 존재에게 걸맞은 말로일지도 모르겠군요……."

메구밍은 자기만의 세상에 빠져서 묘한 드라마를 자아내고 있지만, 이 마을의 모험가 길드가 새내기 악마 따위에게 현상금을 걸 리가 없다.

그렇다고 메구밍에게 주박의 마안을 걸린 정도의 일로 모험가들이 자비로 현상금을 걸 리가…….

"혹시나 해서 묻는 건데, 얘한테 현상금을 건 사람은 누구야?"

"융융 양."

"이익! 그 외톨이녀 짓인가요! 좋아요, 이렇게 되면 진짜로 결판을 내주겠어요!"

절친이 자기에게 현상금을 걸었던 사실을 안 메구밍은 아까까지의 타락 히로인 무브를 때려치우며 발끈했다.

그리고 메구밍을 발견한 모험가들은 액셀 제일의 무법자를 제압하기보단 동료가 더 모일 때까지 기다리려는 건지, 그녀가 도망치지 못하도록 공원 입구만 막고 있었다.

"카즈마, 진짜로 위기에 처했어요. 여차하면 폭렬마법을 해방해서 진짜 범죄자가 될 각오가 되어 있지만, 가능하면 그런 사태를 피하고 싶어요."

"네 그 각오가 허세가 아니라는 건 알거든? 내가 사태를 해결해볼 테니까, 마법만은 절대 쓰지 말라고."

나와 메구밍의 대화를 들은 모험가들의 표정이 완전히 질려버린 가운데……

"좋아, 일단 이야기 좀 나눠보자고. 얘는 악마화하긴 했지만, 아직 난리를 피울 것까진 없어. 바닐 말로는 아쿠아라면 고칠 수 있대."

"아, 아니, 우리도 메구밍을 진짜로 사냥할 생각인 건 아닌데⋯⋯."

살짝 주눅이 든 듯한 모험가가 그렇게 말하자⋯⋯.

"게다가, 모험가 카드의 몬스터 토벌란에 메구밍이라는 이름이 실릴걸? 내 모험가 카드는 자이언트 토드나 코볼트 같은 것만 실려 있어서 자주 놀림을 받는다고. 너희는 메구밍 슬레이어라는 칭호를 짊어지게 될 건데, 그걸 견딜 수 있겠어?"

"잠깐만요. 저는 거물 현상범 뺨치는 이름값을 지녔으니까 자랑스러워해도 된다고요! 오히려 만에 하나라도 저를 토벌한다면, 평생 자랑거리로 써먹어 주세요!"

옆에서 듣고 있던 메구밍이 너무하다는 투로 그렇게 외쳤다.

실제로 토벌란에 이름이 실릴지는 의문이지만, 만에 하나 얘의 이름이 기록된다면 그 모험가는 평생 십자가를 짊어지게 될 것이다.

"아니, 애초에 우리는 메구밍을 잡을 마음도 없거든?"

"맞아. 토벌란에 메구밍의 이름이 실리는 건 진짜로 사양하고 싶다고. 그리고 메구밍이 어디 있는지만 융융 양에게 알려줘도 5천 에리스를 받을 수 있어."

"잠깐만요. 그런 술값 정도의 푼돈에 저를 팔아치울 건가요?! 좋아요! 카즈마, 저들에게 그보다 많은 돈을 쥐어 주세요. 따지고 보면 그건 제 몸값 같은 거예요."

으음⋯⋯.

"어쩔 수 없네. 1인당 5030에리스면 어때?"

"제 몸값이라고 말했잖아요! 그딴 푼돈 제시하지 말라고
요! 제 이름이 저들의 토벌란에 실려도 괜찮은 거예요?!"

메구밍이 따지듯이 그렇게 말한 바로 그때였다.

"토벌란에 메구밍의 이름이 실려?"

등골을 서늘하게 만드는 그 작은 목소리가, 석양이 드리
워진 공원에 퍼져나갔다.

그 목소리가 들려온 방향을 쳐다보니, 부적을 이마에 붙
인 융융이 석양을 등진 채로 궁지에 몰린 듯한 표정을 짓고
있었다.

6

어느새 이 자리에 나타나서 고개를 숙이고 있는 융융에
게…….

"메구밍에게 현상금이 걸렸다기에, 내가 저 자식들을 협
박해줬어. 너희 모험가 카드의 토벌란에 얘의 이름이 실려
있으면, 남들에게 보여줄 때마다 웃음거리가 될 거라고 말
이야."

"그럴 리가 없거든요?! 온 세상에 자랑할 수 있을 거라고요!"

메구밍이 그렇게 항의하는 가운데, 융융이 다시 입을 열
었다.

"토벌란에, 메구밍의 이름이 실린다니……."

두 눈이 붉게 빛나는 융융이 고개를 번쩍 들었다.

"메구밍, 오늘이야말로 너를 쓰러뜨리겠어! 그리고 내 모험가 카드에, 영원히 네 이름을 새길 거야! 그것이야말로 친구로서 너에게 해줄 수 있는 최고의 공양이니까……!"

"당신은 말 한마디 한마디가 너무 심각하다고요! 아쿠아가 돌아오면 고칠 수 있다는 말, 못 들은 거예요?!"

메구밍이 평소와 다르게 필사적인 어조로 그렇게 말했지만, 융융은 코웃음을 쳤다.

"어둠의 힘을 손에 넣은 메구밍이 그걸 내팽개칠 리가 없잖아. 증거를 대볼까? 만약 사신 같은 존재에게 나를 산제물로 바치면 강대한 힘을 손에 넣을 수 있단 말을 들으면……."

"당연히 바쳐야죠. 우왓, 무슨 짓이냐!"

메구밍이 주저 없이 그렇게 대답하자, 융융은 주저 없이 단검을 내질렀다.

메구밍이 허둥지둥 피하자, 융융은 울상을 지으며 고함을 질렀다.

"나는 이렇게 고민하고 있으니까, 너도 좀 망설이란 말이야아아아아앗!"

"오랫동안 함께해온 동족을 주저 없이 해치우려 하는 이를 상대로, 망설일 필요가 어디 있냐고요!"

서로가 욕설을 퍼붓는 가운데, 메구밍이 달려들면서 휘두른 마나타이트제 지팡이를 융융이 단검으로 막아냈다.

"이게 홍마족간의 싸움인가……!"

"고레벨 마법사쯤 되면, 마법 대결이 아니라 스테이터스에 의지한 접근전을 펼치게 되는 거구나!"

"상급 마법쯤 되면 영창 시간도 길잖아. 남들이 보기에는 애들끼리 드잡이질을 하는 것 같지만, 의외로 합리적인 싸움법일 거야……."

무기의 리치 탓에 불리하다는 사실을 눈치챈 융융은 단검을 내던지며 달려들었다.

그런 그녀에게 맞서듯, 메구밍 또한 지팡이를 내던지며 그대로 맞붙었다.

"카즈마, 제가 잡고 있는 사이에 등 뒤에서 엉덩이를 확 걷어차 주세요!"

"자, 잠깐만, 메구밍! 이건 결투잖아?! 동료에게 도움을 청하다니, 비겁해!"

서로의 레벨이 비슷해서 그런지, 두 사람은 양손으로 깍지끼듯 맞잡은 채 꼼짝도 하지 못했다.

"그럼 융융도 동료에게 도움을 청하면 되겠네요! 저희는 모험가예요. 동료와 함께 고난을 나누는 게 당연, 아얏! 저기, 카즈마! 뭐하는 거예요!"

아무리 메구밍의 지시라도, 아무 짓도 하지 않는 여자애의 엉덩이를 걷어차는 건 좀 그랬다.

그래서 메구밍의 엉덩이를 손바닥으로 살짝 때려줬는데…….

"아니, 네가 엉덩이를 공격하라고……."

"카즈마는 제 편이니까, 공격할 상대는 융융이잖아요!"

이 상황에서 얘한테 동료 취급을 받는 건 좀 싫은데…….

"어쩔 수 없지. 그러니까, 꼼짝도 못 하는 너희에게 내가 이런저런 짓을 하면 되는 거지?"

"그, 그렇긴 한데, 왠지 엄청 불온하게 들리거든요?!"

서로가 뭔가를 눈치챈 건지, 두 사람은 손을 놓으며 뒤편으로 물러났다.

"말을 꺼낸 제가 이런 말을 하는 건 좀 그렇지만, 역시 동료의 힘을 빌리는 건 관두도록 할까요."

"좋아. 친구나 동료에게 도움받아도 된다면, 내가 훨씬 불리하잖아."

융융은 자학하듯 그렇게 말했지만, 눈앞에 있는 동족 또한 친구 숫자는 별반 다르지 않을 거라고 생각한다.

……바로 그때, 융융이 허리춤에서 지팡이를 뽑아 들었다.

이대로는 결판이 안 날 테니, 마을 안에서 마법을 쓰려는 생각인 것 같았다.

"제정신인가요, 융융. 마을 안에서 공격 마법을 쓰면 난리가 날걸요?"

융융이 지팡이를 놓쳤다.

다름 아닌 메구밍에게 제정신이 맞는지 의심받았다는 사실에, 엄청난 충격을 받은 것이리라.

융융은 충격에서 벗어나지 못한 상태에서 떨어뜨린 지팡이를 주워들더니…….

"그, 그건 각오했어. 그리고 내가 쓰려는 건 중급 마법이니까 걱정하지 마! 마을 안에서 사용이 금지된 건 상급 이상의 마법인걸! 중급 마법이라면 꾸중 좀 듣는 선에서 끝나!"

"훗, 원래라면 마을 안에서 폭렬마법을 쓸 수 없는 제가 불리하겠죠! 하지만, 지금의 저는 어둠을 통해 얻은 힘이 있다고요!"

메구밍은 그렇게 말하면서 두 눈에 힘을 줬다.

"주박의 마안은 이제 안 통해! 라이트닝으로 마비시킨 후, 네 뿔을 싹둑 잘라버릴 거야!"

"참 흉흉한 말만 늘어놓는군요! 그리고 저한테는 비장의 무기가 하나 더 있어요! 자, 이거나 받아라!"

두 사람은 서로를 향해 그렇게 외치며 전투태세를 취하더니, 같은 타이밍에 공격을 펼쳤다.

"『라이트닝』아아아아아아아아아아아아아아아앗!"

"라이트닝 레드 아이즈아아아아아아아아아아아아앗!"

메구밍의 눈에 뿜어진 광선에 맞은 융융이 그대로 감전됐다.

그리고 융융이 날린 번개는, 눈이 타들어 간 메구밍이 지면을 뒹굴어대는 바람에 우연히 빗나가고 말았다.

"으, 으으으으으으으으……."

"내 눈이이이이이이이이잇!"

"어이, 뭐가 어떻게 된 거야. 비긴 걸로 보면 돼?"

"메구밍이 눈으로 뭔가를 발사해서 자폭한 후, 그대로 지면을 굴러다닌 탓에 융융 양의 마법이 빗나갔어……!"

"그래……. 그럼 메구밍의 승리인 걸로 보면 되는 거야?"

"하지만 쟤도 자기 공격에 대미지를 입었잖아. 그냥 비긴 걸로 보면 되지 않을까?"

구경꾼 모험가들의 말대로, 두 사람 다 지면을 나뒹굴고 있었다.

"이, 이게 홍마족간의 싸움인가……."

"어이. 진짜로 둘 다 고레벨 모험가 맞아? 이게 고레벨의 싸움인 거야……?"

구경꾼들도 당혹스러워하는 가운데, 비틀거리면서 몸을 일으킨 메구밍은 눈을 감은 채로 손으로 더듬어서 지면에 뻗어있는 융융을 찾기 시작했다.

"아까는 이 근처에서 융융의 목소리가 들렸는데……. 자, 융융. 결판을 내자고요!"

"…………."

상대가 대답하게 만들려고 도발을 하며 갓 태어난 새끼 사슴처럼 아장아장 걷는 메구밍과, 몸의 마비가 풀릴 때까지 침묵을 지키며 기회를 엿보는 융융……

구경이나 하면서 할 소리는 아니지만, 두 사람의 지금 모습은 고레벨 마법사의 사투와는 거리가 한참 멀었다.

—그런 수준 낮은 진흙탕 싸움을 벌이는 두 사람에게, 누군가가 갑자기 말을 건넸다.

　"두 사람 다, 이런 데서 무슨 놀이를 하고 있는 거야? 나한테도 룰을 가르쳐줘."

　그 목소리가 들려온 공원 입구 쪽을 쳐다보니, 진흙 범벅이 된 다크니스와 정체불명의 점액 범벅이 된 아쿠아가 눈에 들어왔다.

　그 모습만 봐도 무슨 일이 있었던 건지 얼추 상상이 되지만, 아쿠아가 맨 배낭이 불룩한 것을 보면 여행의 성과는 충분히 있었던 것 같았다.

　"이건 아쿠아의 목소리군요! 저 좀 도와주지 않겠어요?! 저를 치유해줬으면 해요!"

　"야, 약았어, 메구밍! 아까 자기 입으로 동료의 힘을 빌리지 말자고 했으면서……."

　융융이 소리 내서 항의한 바로 그때였다.

　"멍청이! 자기 위치를 노출했군요!"

　"아앗?! 너는 대체 얼마나 비겁한 거야~?!"

　항의하는 융융의 목소리로 위치를 파악한 메구밍이 눈을 감은 채 그대로 달려들었다.

　"비겁하기는 무슨, 이건 홍마족의 뛰어난 지력을 활용한 작전의 승리라고 할 수 있어요! 자, 아직도 꼼짝도 못 하는 융융! 각오는 됐나요?!"

"기, 기다려! 항복할게에에에에에에에엣!"

메구밍이 승리를 확신한, 바로 그 순간이었다.

"『힐』!『리프레시』!『세이크리드 브레이크스펠』!『세이크리드 엑소시즘』~!"

"끄아아아아아아아아아아아아!"

아쿠아가 갑자기 마법을 날리자, 메구밍이 빛에 휘말리며 비명을 질렀다.

온몸에서 검은 연기가 피어나오는 메구밍이 그대로 지면을 굴러다녔다.

"뭐가 어떻게 된 건지 모르겠지만, 두 사람 다 치료해줬어! 그것보다 메구밍, 어디서 주운 건지는 모르겠지만 이상한 물건을 함부로 착용하면 안 돼. 네가 낀 그 반지에는 악마의 저주가 걸려 있거든?"

그렇게 말하는 아쿠아의 시선은 가루가 되며 사라지는 반지를 향했다.

그리고 반지를 잃고만 메구밍의 머리에서, 뿔이 툭 빠졌다.

자기 머리에서 위화감을 느낀 건지, 머리를 만져본 메구밍이 진지한 표정을 지었다.

이어서 반지를 끼고 있던 손을 쳐다본 순간, 메구밍의 얼굴은 새파랗게 질렸다.

"······카즈마, 돈 좀 빌려주지 않겠어요?"

"반지를 변상할 돈이라면 안 빌려줄 거야. 너는 바닐한테 혼 좀 나."

7

—그 후······.

아쿠아의 마법으로 마비에서 풀려난 융융이 메구밍에게 달려들어서 싸움이 나고, 어찌 된 건지 울상을 짓고 있는 다크니스가 이번 여행의 고생담을 들려주는 등, 이런저런 일이 있기는 했지만······.

"결국, 어둠의 힘을 잃고 말았군요······."

빨리 돌아가서 목욕하고 싶다는 두 사람을 먼저 보낸 후, 나와 메구밍은 일과를 마치기 위해 마을 밖으로 향했다.

"마안의 힘은 아깝지만, 악마화가 쭉 이어졌다간 네 천적은 아쿠아로 바뀌었을 거야."

"그, 그건 좀 싫네요. 툭하면 아쿠아한테 들들 볶였을 거라고 생각하니, 소름이 돋아요. 하지만······."

메구밍은 한순간 겁먹은 듯한 표정을 지었지만, 곧 약간 아쉬운 투로 말했다.

"하지만 그 힘을 얻으면, 조금은 여러분에게 도움이 될 거라고 생각했어요."

그렇게 말한 메구밍은 작게 한숨을 내쉬었다.

……단순히 어둠의 힘에 매료됐을 뿐인가 했더니, 애 나름 대로 생각이 있었던 것 같았다.

"자, 빨리 폭렬 스팟으로 향하죠! 미적대다간 해가 질 거예요!"

자기가 한 말 때문에 부끄러운 건지, 메구밍은 멋쩍은 표정을 숨기려는 듯이 앞장서서 걸었다.

나는 쓴웃음을 머금은 후, 눈앞에 있는 조그마한 등을 쫓으며 말했다.

"뭐, 앞으로도 이따금 위즈의 가게에 들르자. 이번처럼 괜찮은 레어 아이템을 발견할지도 모르잖아."

"……그, 그래요. 저기, 카즈마. 상의할 일이 있는데……."

"돈이라면 안 빌려줘."

반지를 변상해야 한다는 걸 떠올리고 표정이 가라앉았던 메구밍은 곧 적당한 폭렬 스팟을 발견한 것 같았다.

"오늘은 이 근처에서 하죠. 적당한 바위 밭, 적당한 수풀이군요. 전부 날려버리고 구덩이를 만들기 딱 좋은 장소예요."

"나는 폭렬 소믈리에라는 칭호를 땄지만, 아직도 폭렬 스팟의 선정 기준은 아직도 모르겠어."

그다지 알고 싶지도 않지만 말이다. 한편, 메구밍은 빙그레 웃더니…….

"카즈마는 아직 폭렬도를 충분히 이해하지 못한 것 같네요. 악마의 힘을 잃어버린 건 아쉽지만, 그래도 괜찮아요. 저에게는 폭렬마법이 있으니까요!"

개운한 목소리로 그렇게 선언한 메구밍은 귀에 익은 주문을 영창하기 시작했다.

내가 소리와 충격에 대비했을 때, 메구밍은 자신만만한 미소를 지으면서―.

"『익스플로전』―!!!!!"

하지만 아무 일도 일어나지 않았다.

"어라?! 이게 어떻게 된 거죠?! 대체 어째서…… 아앗?!"

격렬하게 동요한 메구밍은 퍼뜩 뭔가를 눈치챘다.

"카즈마, 드레인 터치로 마력을 나눠주세요! 마안이에요! 마안의 힘을 쓰느라, 마력을 소비했다고요!"

"마음 같아서는 나눠주고 싶지만, 마안으로 소비한 마력량을 내 마력으로 채우는 건 무리야."

내가 그렇게 말하자, 메구밍은 머리를 감싸 쥐며 비명을 질렀다.

"폭렬마법을 쓰지 못하게 되어서야, 마안 따위는 아무짝에도 쓸모없잖아요! 카즈마, 같이 위즈의 가게에 가죠! 결함품을 떠넘긴 바닐에게 항의한 후, 마력을 왕창 뜯어낼 거예요!"

"이, 인마, 방금까지 그렇게 마안을 아까워했으면서……."

그리고 네가 파티를 생각해줬다는 사실에 살짝 감동한 나한테 사과하라고.

—마도구점에 클레임을 걸러 간 메구밍은 역시나 바닐에게 무지막지하게 꾸중을 들었고, 변상을 마칠 때까지 마법 위력이 저하되는 저주에 걸리고 말았다.

마을의 빛이 전부 꺼지고, 사람들이 잠에 빠져들 시간대.

야행성인 내가 오늘 밤에도 열심히 놀고 있을 때, 누군가가 내 방 창문에 노크를 했다.

"……."

노크 소리를 못 들은 척한 나는 읽고 있던 책의 페이지를 넘겼다.

책의 제목은 그 유명한 『토끼와 거북이』.

처음에는 지구의 전래동화인 줄 알았지만, 읽어보니 내가 모르는 이야기였다.

「저기, 조수군. 불이 켜져 있는 걸 보면 아직 깨있는 거지? 네가 이렇게 일찍 잘 리가 없잖아.」

거북이와 경주를 하게 된 토끼는 처음부터 전력을 다해 앞서 나갔다.

의기양양하게 앞서나간 토끼는 산과 강을 건너면서 거북이보다 더욱 앞서나갔다.

「조수군! 조수군! 밖은 추우니까 빨리 좀 들여보내 주지 않을래?!」

하지만 앞서나가던 토끼는 눈치챘다. 자기가 거북이의 함정에 걸려들었다는 것을 말이다.

거북이가 제안한 경기는 보급 없는 초장거리 달리기.

발이 빠른 토끼라도, 완주하려면 일주일 이상 걸린다.

머더 래빗족인 토끼의 상대는, 등껍질 안에 대량의 영양분을 축적한 포트리스 터틀이었던 것이다.

길바닥에 쓰러진 토끼를 따라잡은 거북이가 이렇게 말했다.

『결승점까지의 운반 비용은, 지금이라면 단…….』

「조수군~! 추우니까, 열어줘! 빗방울도 떨어지기 시작했단 말이야!」

한참 재미있게 읽고 있을 때, 누군가가 창문을 쾅쾅 두드려댔다.

나는 읽던 책을 내려놓은 후, 창문을 열어주면서…….

"이 시간에 무슨 일이에요, 두목. 그리고 찾아올 거면 현관으로 들어와요. 지금 바쁘단 말이에요."

"이런 시간에 창문으로 찾아온 이유라면 뻔하잖아?! 으으, 추워……."

창문을 통해 들어온 이는 도적단의 두목인 크리스였다.

크리스는 방 안을 둘러보더니, 침대에 놓인 책을 발견했다.

"저기, 혹시 책 읽느라 바쁘다는 소리야? 나, 중요한 일거리를 가지고 왔는데……."

크리스는 그렇게 말하며 쌍심지를 켰지만, 나는 다른 책을 손에 쥐며 이렇게 말했다.

"이 세상의 그림책은 미묘하게 재미있네요. 이『미운 오크

새끼』라는 책도 그래요. 박해를 당하던 새끼 오크가 실은 오거였고, 성장한 그 애는 복수의 여행을……."

"그딴 이야기는 됐거든?! 그것보다, 다크니스에 관해서 할 이야기가 있어!"

내가 줄거리를 이야기해주려고 하자, 크리스가 평소와 다르게 진지한 표정을 지으며 그렇게 말했다—.

"다크니스가 신기를 손에 넣었을지도 몰라."

겨우 진정한 크리스가 천천히 본론에 들어갔다.

신기란 일본에서 온 전생자에게 주어진 치트 아이템이며, 원래 소유자 말고는 본래의 힘을 발휘하지 못한다.

하지만 신기라는 명칭에 걸맞게, 본래의 힘을 발휘하지 못하더라도 충분히 강력한 물건이 많다.

"정확히는 내가 쫓는 신기 중 하나가 암시장에 흘러 들어 갔는데, 그걸 어느 귀족이 손에 넣은 것 같아."

"……어? 그것만으로 왜 다크니스가 가져갔다고 생각하는 건데요? 그리고 걔라면, 그게 위험한 물건이니 내놓으라고 말하면 순순히 내줄걸요?"

저래 봬도 다크니스는 그런 쪽으로는 꽤 멀쩡한 편에 속한다.

그러니 자초지종을 설명하면……

"그건 무리일 것 같은데……."

하지만 크리스는 볼을 붉히면서 기어들어 가는 목소리로 그렇게 중얼거렸다.

"무리일 리가 없잖아요. 다크니스가 그 정도로 탐낼 만한 물건이에요? 애초에 그 신기는 어떤 건데요?"

"그, 그걸 내 입으로 설명하는 건 좀……. 그저, 다크니스가 절대 가져선 안 되는 신기라고밖에는……."

크리스가 시원시원하게 말하지 못하는 걸 보면, 변변찮은 물건인 게 틀림없다.

하지만, 그런 위험한 신기라면 다크니스가 악용할 리가 없다는 생각이 드는데 말이다.

뭐, 아무튼…….

"신기가 얼마나 위험한 물건인지는 몸을 뒤바꾸는 목걸이를 통해 충분히 이해하긴 했어요. 남 일도 아니니까, 다크니스를 위해서라도 그 신기 탈취에 협력할게요."

나는 그렇게 말하면서, 크리스를 안심시키기 위해 씨익 웃……

"고…… 고마워, 조수군! 다크니스를 올바른 길로 되돌려 놓기 위해서라도, 신기를 꼭 손에 넣자!"

……으려다, 그 불온한 말을 듣고 협력하는 것을 아주 조금 망설였다—

액셀 귀족 거리에 있는 커다란 저택 앞에서, 나와 크리스는 말다툼을 벌였다.

「저기, 조수군! 왜 이렇게 경비가 삼엄한 거야?! 네가 전에 다크니스네 집에 침입한 탓 맞지?!」

「전부 내 탓으로 떠넘기지 말라고요. 그러는 두목도 그때 그 자리에 있었으면 똑같은 짓을 했을 거잖아요.」

나는 일전에 다크니스의 집에 숨어든 적이 있다.

파티를 관둔 다크니스를 데려오기 위해 강경 수단을 선택했었던 건데, 대귀족의 저택에 모험가가 침입했다는 사안 자체는 역시 심각한 사건이었던 것 같았다.

몸을 숨긴 채 다크니스의 집을 관찰해보니, 저택을 둘러싼 울타리가 높아졌을 뿐만 아니라 곳곳에 불이 피워져 있었다.

게다가 저택 부지 안을 2인조 경비병이 순찰하고 있기까지…….

「조수군, 어쩌지? 저 울타리는 넘는 건 쉽지 않을 테고, 꾸물대다간 발각되고 말 거야. 잠복 스킬을 쓰더라도 저기에 올라가는 건 너무 눈에 띄어.」

크리스가 곤란한 표정으로 그렇게 말했다. 하지만 두뇌파로 널리 알려진 이 사토 카즈마는 뛰어난 지혜를 선보이기로 했다.

나는 손가락을 세워서 좋은 생각이 있다는 것을 어필했다.

「마을 밖에서 코볼트라도 잡아 온 후, 저택 앞에 풀어놓는 건 어떨까요? 마을 안에 몬스터가 나타나면 큰 소동이 벌어질 테니까, 보초가 그 소동에 대처하는 사이에 몰래 침입…….」

「절대 안 돼! 다른 거!」

나쁘지 않은 아이디어라고 생각했는데, 안 되는 것 같았다.

크리스가 두 손을 교차시켜 X를 만들자, 나는 손가락을 한 개 더 세우며 입을 열었다.

「술에 취한 아저씨를 끌고 온 다음, 저택 앞에서 괴성을 질러대게 하는 건 어떨까요? 보초가 무슨 일인가 싶어 몰려든 틈에 침입하는 거예요. 주정뱅이 아저씨한테 술값을 쥐어주면 높은 확률로 승낙할…….」

「모르는 사람을 휘말리게 하는 건 안 돼! 다른 거!」

즉, 아는 사람은 휘말리게 해도 괜찮은 것 같았다.

그렇다면 세 번째 아이디어를 써먹을 수 있을 것이다.

「길드에 의뢰하죠. 퀘스트 내용은 더스티네스 가 앞에서, 라라티나~ 하고 외치는 거예요. 다들 재미있어할 테니, 아마 꽤 많은 숫자의 모험가가…….」

「그랬다간 우리가 의뢰했다는 걸 들켜서, 다크니스에게 혼쭐이 날 게 뻔하거든?! 전부 안 돼~!」

회심의 아이디어였는데, 전부 반대당하고 말았다.

「그래도 저 보초를 어떻게 해야만 침입할 수 있다고요. 차라리 우리 둘이서 가위바위보를 해서, 진 쪽이 미끼가 되는 건 어때요?」

크리스는 내 제안을 듣더니, 한순간 얼이 나간 표정을 지었다.

「으음…… 조수군, 진심이야? 이래 봬도 나는 행운을 관장하는 신이거든? 제대로 현현한 게 아니라고는 해도 질 리가 없어.」

크리스가 자신만만한 어조로 그렇게 말하자, 나는 훗 하고 웃음을 흘렸다.

「사람은 성장이라는 걸 한다고요, 두목. 내가 지금 몇 레벨인지 알아요? 그렇게 우쭐대다간 허를 찔려 한방 제대로 먹을지도 몰라요.」

「호, 호오……? 조수군이 참 재미있는 소리를 하네. 좋아. 그럼 해보자. 자, 가위 바위……!」

─다들 곤히 잠들었을, 날짜가 바뀌는 시간대.

오늘 밤은 특히 쌀쌀해서, 방구석에 놓인 스토브가 참 고마웠다.

나는 스토브 위에 야식 삼아 떡을 둔 후, 그게 구워지는 동안에 독서를 했다.

「조수군! 조수군!! 너한테 한 말이 산더미처럼 있거든?! 빨리 창문 열어!」

지금 읽는 책의 제목은 『엘프 완전 고찰 독본』.

엘프에 환장한 일본인이라면 누구나 흥미를 느낄만한 책이다.

—책의 내용에 따르면 이 세상의 엘프족은 크게 둘로 나뉘며, 숲 엘프와 평원 엘프라 부른다고 한다.

「조수군, 안에 있는 거 알거든?! 도적의 감지 스킬을 얕보지 마!」

—평원 엘프는 그 이름대로 평원에 사는 수렵민족이며, 나무가 없는 대지에서 생활하느라 피부가 갈색으로 탄 엘프종이다.

해양 국가 스즈키 제국, 초대 황제 스즈키 히코이치 씨가 평원 엘프를 처음 보고 『다크 엘프』라고 부르면서, 지금은 그 호칭이 정착—.

"스즈키란 자식, 진짜 골 때리네. 이 인간, 일본인이 틀림없어."

「조수군~!」

누군가가 창문을 쾅쾅 두드려댔지만, 나는 같은 고향 사람이 저지른 짓거리를 눈으로 확인하는 데 열중했다.

—평원 엘프, 즉 다크 엘프는 평원에 사는 대형 초식 동물을 사냥하기에 투창 기술이 뛰어나다.

단백질이 풍부한 식사를 하면서 체격이 좋아져서, 숲 엘프에 비해 몸매가 좋다고 한다.

「조수군, 두목의 명령을 무시한다면 나한테도 생각이 있어. 도적의 자물쇠 따기 스킬을 잊은 건 아니지?」

내가 창문을 쳐다보지도 않으며, 손만 뻗어서 마법을 펼쳤다.

"『프리즈』."

내가 펼친 프리즈는 커튼과 함께 창틀과 자물쇠까지 얼렸다.

크리스가 자물쇠를 상대로 씨름하는 가운데, 나는 책의 페이지를 넘겼다.

―나무 위에 사는 숲 엘프는 주로 숲의 버섯과 과일을 식량으로 삼았다.

그리고 안전한 나무 위에서 짐승을 활로 사냥하는 수렵을 했기에, 활을 잘 다루는 이가 많다.

활을 다루기 위해 가슴에 천을 두르는 일이 많은 탓에 숲 엘프의 여성 중에는 가슴이 작은 자가 많았고, 그 탓에 몸매가 뛰어난 다크 엘프족을 일방적으로 적대시했으며―.

「조수군의 집은 멋진 저택이지만, 보안이 허술하네. 이렇게 간단한 자물쇠 정도는 크리스 님이라면 간단히 딸 수…… 어라? 뭐야? 왜 자물쇠가 얼어붙은 건데?」

―그렇게 숲 엘프는 문제가 있지만, 실은 특정 인물과 친분이 깊은 것으로 유명하다.

그 인물이란 정기적으로 어디선가 나타나는, 검은 머리카락과 검은 눈을 지닌 특이한 이름의 사람들이다.

어째선지 그들은 숲 엘프에게 우호적이었고, 숲 엘프 또한 그런 그들을 싫어하지 않았다.

그들은 엘프에게 활이 능숙하고 채식주의를 한다는 등의 독특한 가치관을 지니고 있었기에, 엘프들은 그 기대에 부응하기 위해 마을에서 사는 이들도 활 연습에 여념이 없었다.

그들 앞에서는 채소만 먹고 『활? 태어나서 이제까지 써본 적이 없지만 한번 해볼까. 아, 왠지 손에 익네』같은 거짓말을 하면서 고도의 활 솜씨를 선보였다고 한다―.

「아니, 창문까지 얼었어! 조수군, 이상해! 아무리 추워도 그렇지, 이렇게 얼어붙을 정도의 날씨가 아니거든?! 창문에 프리즈를 건 거지?!」

바로 그때, 크리스는 무시무시한 폭거를 범했다.

단검을 뽑아 들더니, 유리창을 긁어대기 시작한 것이다.

「조수군, 화 안 낼 테니까 들여보내 줘! 프리즈로 건 창문 때문에, 발코니가 되게 춥단 말이야!」

유리창을 긁는 소리 탓에 소름이 돋는 것을 참은 끝에 화 안 내겠다는 언질을 받아낸 나는, 얼어붙은 커튼을 뜯어낸 후에 틴더로 창문을 녹였다.

그리고 불이 안 붙도록 조심하면서, 겨우겨우 얼어붙은 창문을 녹이는 데 성공했다.

"어제에 이어서 이게 무슨 짓이에요. 나는 맡은 일을 깔끔히 수행했는데, 두목은 침입에 성공했어요?"

그렇게 물으면서 창문을 열자, 크리스는 몸을 덜덜 떨면서 안으로 들어왔다.

"바로 그거야! 가위바위보를 진 너한테는 미끼 역할을 맡겼잖아~!"

"무슨 소리를 하는 거예요. 나는 할 일을 다 했거든요? 미끼로서 당당히 정면 현관을 통해 방문한 후, 집사 분을 통해 다크니스를 만나고 왔어요."

"그건 미끼가 아니라 손님이라고 해! 나는 고생고생해가며 집에 침입했는데, 너는 왜 다크니스와 차 마시며 노닥거리기나 한 건데?!"

너무하네. 나는 어엿하게 미끼의 소임을 다했는데 말이야.

나는 방구석에 놓인 스토브를 향해 손을 내민 크리스를 쳐다보며 어깨를 으쓱했다.

"두목은 우리를 신경 쓰지 말고 할 일이나 하면 됐잖아요. 그러면 나한테도 알리바이가 생겼을 거라고요."

"약았어, 조수군! 신기를 훔치는 데 성공하더라도, 내가 한 짓이라는 걸 들키면 너도 공범이라고 확 까발려버릴 거야."

"잠깐만, 신이 되어 가지고 하는 짓이 너무 쪼잔한 거 아니에요?! 그것보다, 신기는 못 훔친 거예요?"

몸을 녹인 덕분에 여유가 생긴 건지, 크리스는 내가 스토

브로 굽고 있던 떡을 접시에 담아서 주인 허락 없이 먹어 치웠다.

"그게 말이야. 보물고에 들어가 봤지만, 그럴듯한 물건이 안 보였어…… 우물우물……."

나도 질 수 없다는 듯이 적당히 구워진 떡을 젓가락으로 쥔 후, 간장에 살짝 찍어서 먹었다.

"아뜨뜨……. 그럼 그 신기를 가지고 있는 건 다른 귀족 아니에요? 그리고 다크니스라면 위험한 신기를 손에 넣더라도, 악용하는 일은 없을 거라고 생각하는데요."

"일단 그 가능성도 고려해봤지만, 신기의 효과를 생각하면 그럴 가능성은 낮아. 다른 귀족이라면, 일부러 비싼 돈을 들여가며 그런 신기를 가지고 싶어 할 리가 없거든."

크리스가 내가 구운 떡을 허락도 안 받고 먹어대자, 나는 떡을 감싸며 그녀를 위협했다.

"어젯밤에도 물어봤지만, 대체 어떤 효과를 지닌 신기인가요? 그걸 알면 다크니스와 교섭을 해볼 수도 있을 것 같은데요."

"어젯밤에도 말했지만, 차마 내 입으로는 말 못 해. 하지만 다크니스라면 그 어떤 조건을 제시해도 절대 내주지 않을 거라고 단언할 수 있어."

동료를 향한 내 신뢰와, 절친을 향한 크리스의 신뢰는 평행선을 그렸다.

저래 봬도 걔는 내 파티 안에서는 가장 말이 통하는 애인데…….

크리스는 그런 내 생각을 눈치챈 건지, 진지한 표정을 짓더니…….

"저기, 조수군. 마지막 떡은 내가 먹을래!"

3

어젯밤에 이어 또 더스티네스 가를 찾은 우리는 오늘 밤에도 격렬한 논쟁을 벌였다.

「너무 약았잖아요! 어제는 내가 미끼가 됐으니까, 오늘은 두목 차례라고요!」

「조수는 두목의 명령에 따라야 하는 법이거든?! 그리고 딱 봐도 어제보다 경비가 삼엄하잖아! 두목이 위험을 무릅쓸 수는 없어!」

내 앞에서 고집을 부리고 있는 크리스가 말한 것처럼, 어찌 된 건지 저택의 경비 태세는 삼엄하기 그지없었다.

분명 어제 침입 탓이리라.

「나한테는 잘못 없거든요? 두목이 어제 침입한 게 들통난 거 아니에요?」

「나, 그런 실수 안 하거든? 보물고에는 들어갔지만, 보물을 훔치진 않았단 말이야.」

나는 크리스와 몇 번 같이 귀족의 집에 침입해보면서 눈치챈 점이 있다.

이 사람은 입으론 이렇게 말하지만, 꽤 손버릇이 나쁘다.

「틈만 나면 눈에 들어온 돈 될 만한 것들을 챙기는 두목이 그런 소리를 해봤자 설득력 없어요. 고생고생해서 보물고에 침입해놓고 아무것도 안 훔치면 도적의 명예가 손상된다, 같은 소리를 하면서 또 슬쩍한 거죠?」

「이번에는 진짜로 안 훔쳤어! 여기는 다크니스의 집이거든? 악덕 귀족도 아닌데다, 절친 중의 절친네 집인데 어떻게 훔치냔 말이야!」

절친 중의 절친네 집에서, 신기라고 하는 최상급 보물을 훔치려 하는 크리스가 진지한 눈길로 역설했다.

「그럼 도둑질 말고 다른 괜한 짓거리를 한 거 아니에요?」

「보물고에 다크니스의 어릴 적 앨범이 있기에, 히죽대며 살펴봤을 뿐이야.」

아마 그것 때문이겠네.

「다크니스의 아버지는 딸 바보에요. 딸 앨범을 보물고에 둘 정도로요. 앨범에 뭔가 손을 써둔 거 아닐까요?」

다크니스를 반라로 만든 후에 물을 뿌려서 속살이 다 비치게 했을 뿐인데 처형하려고 할 만큼, 딸 바보니까 말이다.

……아니, 귀족 영애에게 그런 짓을 하면 처형당할 만도 하다는 생각도 드네.

「으~음, 딱히 별거 없었는데 말이야……. 꼬마 다크니스가 자다가 실례를 한 이불을 숨기고 있는 사진이 있는, 귀엽고 재미있는 앨범이었어. 이불에 실례한 사진은 챙겨놨으니까, 나중에 조수군한테도 보여줄게.」

「그래놓고 안 훔치긴 뭘 안 훔쳤단 거예요.」

바로 그것 때문에 이 사단이 난 거라고.

「하, 하지만, 사진 때문에 이렇게 경비가 삼엄해진다는 게 말이 돼? 보물을 도둑맞은 것도 아니잖아?」

자기가 저지른 실수를 눈치챈 크리스는 허둥지둥 그렇게 말했지만…….

「다크니스의 아버지한테는 소중하기 그지없는 보물일 거예요. 더스티네스 가의 응접실에는 다크니스가 어릴 적에 그린 그림이 전시되어 있거든요?」

「다크니스의 아버지와 몇 번 만난 적이 있긴 한데, 진짜 뜻밖의 일면을 지녔네.」

원인을 파악하면 대처는 간단하다.

나는 크리스를 향해 손을 내밀면서 말했다.

「그 사진을 주세요. 다크니스한테 돌려주고 올게요.」

「싫어. 그건 다크니스에게 혼날 경우에 대비한 설교 회피 아이템이야. 아무도 찾을 수 없는 장소에 소중히 보관해뒀어.」

「……걔가 화낼 때 그딴 걸 꺼내 들었다간, 설교 정도로는 안 끝날 것 같은 느낌이 드는데요.」

사진을 복사할 수는 없을까? 나도 설교 회피용으로 챙겨 두고 싶은데 말이야.

아무튼, 이 상황은 어떻게 해야 할까.

다크니스의 아버지는 이 사태를 심각하게 여기는지 어제보다 경비병이 세 배로 늘어났으며, 집 전체가 훤할 정도로 불을 밝혀뒀다.

이래서는 매직 아이템이라도 쓰지 않는 한 침입은 어려울 것 같았다.

「지상에서 어렵다면 지하로 침입해야겠지만, 크리에이트 어스로는 구멍을 낼 수가 없으니 침입 경로가 없네요. ……오늘은 이만 돌아가서 잠이나 자는 게 어때요?」

「포기하지 마! 침입 경로라면 있어!」

내가 일찌감치 포기하려 하자, 몸을 웅크린 크리스가 따라오라는 듯이 손짓을 했다.

이윽고 저택 근처에 도착한 크리스는 말없이 하수도를 손가락으로 가리켰다.

"싫어요."

「조수군, 목소리가 커! 이럴 때 하수도로 침입하는 건 클리셰니까, 어쩔 수 없어!」

크리스는 말을 엄청 쉽게 하지만, 이곳을 통과하는 건 여러모로 버겁다.

「클리셰하니 생각난 건데, 하수도를 깨끗하게 해주는 존재를 알아요. 바로 슬라임이죠. 숲에서 슬라임을 잡아와서, 다크니스네 집 하수도에 집어넣죠. 반년 정도 기다리면, 이 하수도는 깨끗하게 청소된 침입 경로가…….」

「절대 안 되거든?! 슬라임이 화장실까지 침입해서 대참사가 벌어질 게 뻔해! 그리고 반년은 너무 길단 말이야!」

슬라임을 이용한 하수 처리는 이세계 만화의 상식인데, 왜 이 세상은 그런 쪽으로 융통성이 없는 걸까……. 어, 앗!

"두목, 좋은 생각이 났어요! 신기를 얻는 게 목적이라면, 일부러 침입할 필요가 없다고요!"

―다음날.

"카즈마아아아아아아아아! 카즈마는 있느냐아아아아아아아!"

방에서 늘어지게 자고 있을 때, 머리끝까지 화가 솟구친 다크니스가 다짜고짜 고함을 지르며 쳐들어왔다.

"우왓?! 꼭두새벽부터 무슨 일이야?! 남의 방에 들어갈 때는 노크를 해야 할 거 아냐! 내가 이 나이대 애다운 짓거리를 하고 있었다면 대참사가 벌어졌을 거라고!"

"네가 자기 나이대 애다운 음란한 짓거리를 한다고 이제 와서 신경이라도 쓸 것 같으냐! 네놈은 애초부터 그러고도 남을 놈이지 않느냐!"

애는 꼭두새벽부터 남의 방에 쳐들어와서, 왜 이딴 소리를 늘어놓는 걸까.

바로 그때, 다크니스는 손에 쥔 종이를 나에게 보여주려는 듯이 내밀면서 외쳤다.

"카즈마, 네 이 놈! 감히 귀족을 협박해?! 변호사는 붙여주겠다만, 엄벌은 피할 수 없을 거다!"

다크니스가 내민 종이에는 이런 글이 적혀 있었다.

『보물고에 잠들어 있던 더스티네스 가의 진귀한 보물, 라라티나 양 다섯 살 때 사진은 내가 가지고 있다. 돌려받고 싶다면 내가 제시한 보물을 준비해라. 보물을 준비한다면 차후에 교환 방법을 알려주겠다. —세상을 염려하는 정체불명의 도적단—.』

"잠깐만, 왜 갑자기 그딴 걸 나한테 보여주며 나를 범인으로 단정 짓는 거냐고!"

"카즈마가 한밤중에 갑자기 우리 집에 찾아온 날, 보물고에 도둑이 침입했다! 타이밍을 보아하니 네가 관여한 게 틀림없어!"

다크니스가 딱 잘라 단언했지만, 이 말은 아직 결정적인 증거를 거머쥐지 못했다는 의미이기도 했다.

"동료의 집에 놀러 갔을 뿐인데, 범죄자 취급을 하는 건 좀 너무하지 않아?! 그딴 소리를 늘어놓는 걸 보면, 증거는 있는 거겠지? 자, 증거를 내놔 봐!"

내가 뻔뻔하게 나가자, 다크니스는 흥 하고 코웃음을 쳤다.

"증거? 귀족인 내 증언만으로도 충분한 증거가 되지. 이 내가 법정에서 『저 남자라면 언젠가 그런 짓을 저지르리라고 생각했습니다』 하고 말만 하면 그 자리에서 재판은 끝난다."

"횡포야! 귀족 특권의 남용이라고! 이럴 때만 권력을 휘둘러대는 거야, 이 비겁한 자식아!"

"이, 이딴 협박문을 보낸 너야말로 비겁한 자식이다! 그것보다 공범인 크리스는 어디 있느냐? 걔가 어디 있는지 알고 있지? 빨리 털어놔라!"

평소에는 뇌가 근육으로 된 마조히스트면서, 이럴 때만 감이 좋다.

"고, 공범이라는 게 무슨 소리야? 나는 갑자기 네 얼굴이 보고 싶어져서 한밤중에 차 한 잔 같이 마시러 갔을 뿐이야. ……어이, 다크니스. 나는 한밤중에 너를 만나러 가면 안 되는 거야? 우리는 이제 어른이잖아. 전에 너희 집에 침입했을 때, 그렇게 말하며 나를 유혹한 건 너잖……아야야 야야야야야! 하지 마, 볼이 떨어지겠다고!"

다크니스가 말없이 내 볼을 잡아당기자, 나는 허둥지둥 그녀의 팔을 두들기며 항복 의사를 표시했다.

"마음에도 없는 소리를 늘어놓는 건 이 입이냐! 네가 내 신경을 끄는 사이에 크리스가 보물고에 침입한 거지? 자, 크리스가 있는 곳을 실토해라! 안 그러면 보복 삼아, 이 방에 숨겨둔 네 보물을 전부 몰수해주마!"

"귀족 특권의 남용에 이어 보물의 강제 몰수는 너무 횡포잖아! 크리스가 어디 있는지는 진짜로 몰라! 같이 도둑질을 할 때면, 걔가 나를 찾아오거든! 느닷없이 한밤중에 창문으로 들어온다고!"

딱히 보물을 몰수당할 위기에 처해서 이러는 게 아니다. 나는 크리스를 팔아넘기는 게 아니라, 그녀가 어디 있는지 진짜 모른다는 진실을 말했을 뿐이다.

내가 그렇게 말하자, 볼에서 손을 뗀 다크니스는 갑자기 생각에 잠겼다.

"그러고 보니 나도 크리스와 오랫동안 알고 지냈지만, 그녀가 어디서 지내는지는 모르는구나. ……어이, 카즈마. 크리스는 항상, 이 방의 창문을 통해 들어온다고 했지?"

4

그날 밤.

창문에서 똑똑 두드리는 소리가 들리더니, 이어서 작은 목소리가 들려왔다.

「조수군, 오늘은 사진을 가져왔어. 보물과의 교환 쪽은 어떻게 되어가고 있어? 다크니스가 요구에 응할 것 같아?」

커튼이 걷히는 것과 동시에 창문이 열리더니, 크리스는 그대로 팔을 잡히고 말았다.

"보물과의 교환이라면 순조롭다. 이렇게 사진을 빼앗았으니 말이지."

"다다다, 다크니스?! 네가 왜 여기 있는 거야?!"

크리스의 팔을 움켜쥔 이는 화가 머리끝까지 치솟은 다크니스였다.

다크니스는 혼란에 빠진 나머지 목소리가 떨리는 크리스를 향해 얼굴을 내밀더니…….

"이 저택은 우리 모두의 집이다. 내가 여기 있는 건 전혀 이상한 일이 아니지. 자, 크리스. 우선 그 사진을 내놔라! 그 후, 어째서 이런 바보 같은 짓을 벌인 건지 들어주마!"

"잠깐마아아아아안! 조수군, 네가 나를 팔아넘긴 거구나?!"

다크니스에게 잡힌 크리스가 마구 휘둘리면서 고함을 질렀다.

나는 침대에 벌러덩 드러누운 채 대답했다.

"가혹한 고초를 겪은 탓에 침대에서 일어나지도 못하게 된 이 꼴 좀 보라고요. 나름 노력해봤지만, 다크니스의 심문을 버텨내지 못했어요."

"느긋하게 책이나 읽고 있잖아! 완전 게을러터진 게, 평소의 너와 다름없거든?!"

울부짖으면서 방안으로 끌려 들어온 크리스는 융단 위에서 무릎을 꿇었다.

"다크니스! 미리 말해두겠는데, 그 협박장을 쓴 사람은 조수군이야!"

"앗?! 두목이란 작자가 부하를 팔아치우는 거예요?! 애초에 다크니스의 집에 침입하자고 말한 사람은 바로 두목이잖아요!"

우리가 꼴사나운 다툼을 시작하자, 다크니스가 낮디낮은 목소리로 말했다.

"두 사람 다 닥쳐라."

""넵.""

⋯⋯어찌 된 건지 나까지 융단 위에 무릎을 꿇게 된 가운데, 우리는 다크니스에게 경위를 설명했다.

"—즉, 위험한 신기가 우리 가문에 있는 것 같아서 몰래 손에 넣으려고 했다는 것이냐. ⋯⋯저기, 크리스. 내가 전에 말했을 텐데? 너한테 해가 되게 하지 않을 테니, 도둑질을 하기 전에 우선 나와 상의하라고 말이다⋯⋯."

이제까지 불같이 화를 내던 다크니스는 잠시 입을 꾹 다문 후, 말을 이었다.

"신기를 손에 넣은 귀족을 신용하지 못하는 심정이라면 이해한다. 전해 들은 거지만, 신기라 불리는 매직 아이템은 하나같이 상상을 초월하는 힘을 지니고 있었지. 그런 물건을 귀족이 손에 넣는다면, 가문을 번영시키는 것 정도는 식은 죽 먹기일 것이다. 허나⋯⋯."

다크니스는 살짝 안타까운 표정을 짓더니, 타이르듯이 크리스에게 말했다.

"나도 엄연한 귀족이다만, 믿어주지 않겠느냐? 절친인 크리스를 배신하지 않겠다고 이 자리에서 맹세하마. 그러니……. 부탁이다. 나에게 의지해다오."

"다크니스……."

……그렇다. 이 애는 올곧고 성실하다.

욕망에 점철된 귀족과 다르다. 자기가 막대한 빚을 지면서까지 백성을 구원하려 하는, 귀족의 귀감 같은 사람이다.

분위기가 착 가라앉는 가운데, 나는 크리스에게 물어보기로 했다.

"저렇게까지 말하는데, 그냥 사실대로 이야기해주는 게 어때? 크리스는 다크니스가 신기를 손에 넣으면 절대로 포기하지 않을 거라고 말했지? 하지만 지금의 쟤를 보고도, 그렇게 생각해?"

"조수군……. 응, 그래. 다크니스는 내 절친인걸. 신기 같은 것보다 나와의 우정을 선택해줄 거야. 의심해서 미안해, 다크니스."

크리스가 미안하다는 듯이 그렇게 말하자, 다크니스는 빙긋 미소 지었다.

"아직 어떤 신기인지 못 들었으니, 앞일은 모르는 법이다. 그게 백성에게 크게 도움이 되는 물건이라면, 무슨 수를 써서라도 손에 넣으려고 할지도 모르지."

상냥한 미소를 머금으며 놀리는 투로 그렇게 말하는 다크니스에게, 크리스는 이야기해줬다.

"그 신기의 이름은 『예속의 목줄』. 목줄을 찬 상대를 굴복시키는 아이템인데, 소유자의 명령에 따르지 않으면 어마어마한 고통이 가해지는 물건이야."

....

"어이, 다크니스. 무슨 말 좀 해봐. 내가 그딴 물건을 원할리가 없지 않느냐, 같은 소리 좀 해보라고."

"어. ....내가…… 그런 물건을…… 원할…… 리가…………."

나는 봤다. 그 이름을 들은 순간, 다크니스의 눈빛이 변하는 것을 나는 똑똑히 봤다.

그것은 이세계 만화에서 흔히 나오는 노예화 아이템이자, 다크니스가 탐내지 않을 리가 없는 신기다.

"저, 저기, 다크니스. 나, 믿어도 되지? 처음에는 다크니스가 샀다고 생각했거든? 목줄처럼 생긴 신기인데, 혹시 짚이는 데 없어? 다크니스의 집에는 없지?"

크리스가 약간 미심쩍은 눈길로 쳐다보자, 다크니스는 진지한 눈빛으로 마주 쳐다봤다.

"그래. 유감스럽게도 그 신기 같은 물건은 없구나. ……저기, 그 신기에 대해 더 자세하게 이야기해주지 않겠느냐? 어마어마한 고통이라는 게 어느 정도 수준인지, 목줄의 소유자로 인식되는 조건이 뭔지, 같은 것 말이다. 소유자가 결정되지 않은 상황에서 직접 그 목줄을 찬다면, 어떤 효과가 발생하지? 목줄을 풀려고 하면 어떤 페널티를 받게 되는 것이냐? 그리고……."

"됐어. 너는 입 다물라고. 자세한 이야기는 내가 들을 거야."

"……저기, 어떻게 생각해? 확실히 다크니스의 집에 없는 것 같기는 한데, 조수군은 이 애를 믿을 수 있어?"

이미 거의 아웃이나 다름없지만, 확실히 위험한 효과를 지닌 신기이기는 했다. 다크니스가 자기 욕망보다 귀족의 긍지를 선택할 거라고 믿고 싶다.

우리가 의혹에 찬 눈길을 보내자, 다크니스는 날카로운 시선을 머금었다.

"괜찮다. 한순간 마음이 흔들리기는 했지만, 부디 나를 믿어다오. 그리고 크리스는 나 이외의 귀족이 그걸 원하지 않을 거라고 여기는 것 같다만, 그렇지 않다. 일상적으로 메이드를 희롱하는 정통파 귀족이라면, 누구라도 군침을 삼킬 아이템이지."

"조수군, 내 활동이 틀리지 않았다는 확신이 생겼어. 귀족은 역시 글러먹었다니깐."

"이 나라의 귀족들은 한 번쯤 전 재산을 탈탈 털려보는 편이 좋겠단 생각이 드네."

5

귀족 거리의 호화로운 저택 앞에서, 다크니스가 당당한 목소리로 외쳤다.

"크랭크 남작에게 고한다! 집에 있다는 건 알고 있다! 이 제부터 더스티네스 공작가가 지닌 감독권을 행사하겠다! 귀하의 보물고를 보여주실까!"

다크니스의 뒤편에는 무장한 더스티네스 가의 병사들이 줄지어 서 있었으며, 나와 크리스는 가장 뒤편에서 상황을 살펴보고 있었다.

"조수군, 어떻게 하지? 나, 일을 이렇게 키울 생각은 없었거든?"

"이렇게 됐으니 어쩔 수 없어요. 이미 우리 손을 떠났으니까, 그냥 지켜보기나 하죠."

다크니스는 진심을 발휘했다.

평소의 마조히스트 느낌이 완전히 자취를 감춘 지금의 다크니스는 그야말로 대귀족 가문의 영애 그 자체였다.

포위를 당한 저택에서 허둥지둥 뛰쳐나온 이는 번쩍거리는 귀금속을 잔뜩 걸친 뚱뚱한 중년 남성이었다.

"더더더더, 더스티네스 님! 이이이, 이게 대체 무슨 일인지요?!"

"어머나, 크랭크 남작님. 아침부터 고상한 향수를 뿌리셨군요. 정말 부럽기 그지없어요."

눈앞에 있는 저 금방이라도 울음을 터뜨릴 것 같은 면상의 남성이 이 가문의 당주 같았다.

다크니스는 그런 크랭크 남작을 차가운 눈길로 내려다보더니, 귀족 특유의 빙빙 돌려 말하기로 그가 술 냄새를 풍기고 있다는 점을 지적하면서 참 팔자 좋네~ 하고 비꼬았다.

"어, 어젯밤에는 늦게까지 일을 한지라, 간만에 과음을……. 그것보다, 보물고를 보여달라는 건 횡포가 아닐지요? 저는 그런 일을 당할 만한 이유가 짐작조차 안 됩니다만……."

조금 진정이 된 건지, 크랭크 남작은 쭈뼛거리면서 그렇게 대꾸했다.

그런 크랭크 남작을, 다크니스는 인정사정없이 몰아붙였다.

"이유가 짐작조차 안 돼? 그럴 리가 없을 텐데? 영지도 없는 연금 귀족인 당신의 한 해 수입 정도는 쉽게 짐작이 되지. ……하지만 이상한걸. 크랭크 남작의 살림살이를 보아하니, 영 계산이 안 맞는 것 같은데……."

"그그그그, 그게……! 제 후원자이신 후작님께서, 정기적으로 지원을 해주셔서……. 딱히 찔리는 구석은 없습니다."

"없기는 무슨!"

끈질기게 귀족을 몰아붙이던 다크니스가 갑자기 발끈했다.

"그 후작가와 함께 몬스터 매매를 하고 있다더군! 여성형 몬스터를 모아서 음란한 목적으로 팔다니, 부끄러운 줄 알아라! 아무리 상대가 몬스터일지라도, 떳떳한 짓이라고 생각하는 것이냐!"

오호라, 갑자기 저택을 포위한 데는 합당한 이유가 있었던 건가.

욕망에 사로잡힌 다크니스가 귀족 특권을 남용해서 강도질을 하려는 거라고 착각했다.

"모, 몰라! 나는 몰라! 애초에, 그런 목적으로 판 게 아냐! 몬스터 매매 사업은 하고 있지만, 대량의 경험치를 얻을 수 있는 몬스터를 잡아서 부자에게 팔 뿐……."

"거짓말 마라!"

다크니스는 얼굴이 새파랗게 질린 남작이 늘어놓는 변명을 끝까지 들을 가치도 없다는 듯이 중간에 끊었다.

"네놈이 메이드들에게 교육을 빙자해 희롱하고 있다는 걸 알고 있다! 그런 남자가 사로잡은 여성형 몬스터에게 음란한 짓을 안 할 리가 없어!"

"메, 메이드를 희롱하는 건 귀족의 소양이라고! 그걸 이유 삼아 이딴 트집을 잡는다는 게 말이 돼!? 횡포야! 이딴 짓은 횡포라고!"

메이드를 희롱한 건 인정하는 거냐.

"이제 됐다! 다들, 보물고를 조사해라! 거기에 거래 금지품이 있을 것이다!"

더 이야기를 나눠봤자 소용없다는 듯이, 다크니스가 명령을 내렸다.

필사적으로 말리는 크랭크 남작의 옆을 스쳐 지나간 병사들이 차례차례 저택 안으로 밀려들어 갔다.

……그리고 저택에 들어가고 몇 분도 지나기 전에, 병사가 뭔가를 들고 돌아왔다.

"아가씨! 보물고에서 이런 물건을 발견했습니다! 멸종위기종이라 현재 취급이 규제되고 있는, 골든 파오리의 경험치 엑기스입니다! 그 외에도 지금은 멸종된 것으로 여겨지는 수컷 오크의 고환이 들어간 자양강장제 등, 금지품이 이렇게나 잔뜩……!"

그 말을 들은 크랭크 남작은 체념한 것처럼 무너지듯 무릎을 꿇었다.

크랭크 남작에게 누명을 씌울 작정이라고 생각했던 나와 크리스는 그 모습을 보고 깜짝 놀라며 서로를 쳐다봤다.

"역시 있었구나! 그 외에도 위험한 물건이 없었느냐? 예를 들어 목줄 형태의 마도구라든가, 대상을 복종시키는 마도구 같은 것 말이다!"

"아뇨, 그런 것은 없었습니다. 대부분 경험치 상승 관련 품목 혹은 정력제였습니다."

…………

"그래……."

"어이, 다크니스. 일 제대로 해서 충분한 성과를 냈는데,

표정이 왜 그 모양인 거야?"

귀족다운 활약을 했는데도 불구하고, 다크니스는 아쉽다는 듯이 어두운 표정을 지었다.

그 후로도……

"이리 오너라! 프렐류드 백작, 당신은 현재 금지품 취급 혐의를 받고 있다! 보물고를 보여주실까!"

"더스티네스 님?! 이런 기습적인 수사는 비겁한 짓이다! 확실히 금지품을 가지고 있긴 하지! 하지만 우뭇가사리 슬라임을 개인적으로 즐기는 정도는 자기 책임……."

다크니스는 특히 나쁜 소문이 도는 귀족의 저택을 연이어 습격했고—.

"칼파스 남작에게 고한다! 이제부터 귀하의 가문을 대상으로 가택 수색을 실시하겠다! 이유라면 짐작이 될 테지?!"

"더스티네스 님, 피치 못할 사정이 있습니다! 사실 저는 난치병에 걸렸습니다……. 세금을 내면 심한 복통이 발생하면서, 두통, 구역질, 요통, 불면증 등의 증상이……."

"너희들, 보물고에 있는 것을 전부 압류해라!"

아침에 시작된 가택 수색은—.

"더더, 더스티네스 님, 마개조 슬라임에는 장점이 있답니다! 촉수가 끝내주는 로퍼도 그렇고요! 원하신다면 마니아 사이에서 인기인 에로 몬스터들을 제공해드릴 수도……."

"저 여자가 더는 못 지껄이게 해라! 시설 안에 있는 위법 몬스터는 더스티네스 공작가에서 일시적으로 맡도록 하겠다! ……카, 카즈마, 왜 그런 눈빛으로 쳐다보는 것이냐. 할 말이 있으면 어디 해봐라!"

해가 질 즈음에는—.

"프리모 자작! 귀공은 현재…… 앗! 도망친다! 쫓아라!"

"자작은 저희가 쫓겠습니다! 아가씨께서는 저택 안으로 들어가 주십시오!"

"저기 봐! 자작의 저택 정원에 대량의 안락소녀가 심겨 있어! 저 인간, 무슨 생각으로 마을 안에서 이딴 악질적인 몬스터를 기르는 거냐고!"

"제초제! 제초제를 가져와라!"

켕기는 구석이 있는 귀족들을 궁지에 모든 데 성공했다—.

6

"저기, 조수군. 다크니스가 이렇게까지 할 줄은 몰랐어. 이건 혹시 내 탓인 거야……?"

평소와 다르게 표정이 완전히 질린 크리스가 그런 말을 하자, 다크니스가 입을 열었다.

"크리스, 안심해라. 딱히 신기 건이 없었더라도, 오늘 잡아들인 귀족들은 다른 건으로 조사 중이었다. 빠르던 늦든

가택 수색을 했을 테지."

"그렇다네요, 두목. 잘된 거 아니에요? 악덕 귀족을 빨리 잡아들인 것은 두목의 공적이라고 해도 과언이 아닐 거예요."

다크니스와 내가 그렇게 말하자, 크리스는 질색하듯 눈썹을 찌푸렸다.

"……조수군, 나한테 책임을 떠넘기려고 하는 거 아냐? 이 일의 절반은 네 공적이거든?"

"저는 일개 조수에 불과하니까, 공적은 전부 두목에게 넘길게요."

—여기는 귀족 거리 중앙에 위치한 호화로운 저택 앞이다.

우리가 공적을 서로에게 떠넘기는 가운데, 귀족이 고용한 사병들이 긴장한 표정으로 줄지어 서 있었다.

그들과 대치한 다크니스가 천천히 입을 열었다.

"자. 지금까지는 전부 헛수고로 끝났지만, 여기는 마지막까지 아껴둔 유력 후보다. 재력, 밀매 루트 확보를 위한 커넥션, 그리고 당주의 성적 취향 등……. 이런 점들을 고려해 볼 때, 예의 신기를 소유했을 가능성이 가장 크지."

"이 휘황찬란한 집을 보니, 악행을 밥 먹듯이 저질렀을 거란 느낌이 마구 드네. 그런데 가능성이 가장 크다면, 왜 마지막까지 미뤄둔 거야? 가장 먼저 여기부터 쳐들어왔으면 됐을 텐데……."

자기 뒤편에 병사들을 도열시킨 다크니스에게, 나는 그렇게 물었다.

"음…… 이 슈메르 후작은 액셀 마을에서 우리 가문 다음으로 격이 높고 오래된 대귀족이거든. 가능하면 확실한 증거를 손에 넣은 후에 수사하고 싶었다만……."

즉, 이제까지 쳐들어갔던 귀족 가문은 확실한 증거가 없는데도 쳐들어갔단 말이구나.

나는 완전히 질려버린 크리스와 작은 목소리로 쑥덕댔다.

「저기, 조수군, 이건 완전 무법자나 할 짓 아냐? 이 애는 내 절친이지만, 슬슬 친구로 랭크 다운시키는 편이 좋을지도 몰라.」

「그렇게 치면 저는 이 녀석의 동거인 겸 파티 멤버거든요? 절친이나 친구는 언제든 거리를 둘 수 있으니까, 나보다는 훨씬 낫다고요.」

"너희들, 다 들린다! 그리고 습격한 귀족은 전부 구린 구석이 있었지 않느냐!"

다크니스도 조금 찔리는 구석이 있는 건지, 얼굴을 붉히며 그렇게 외쳤다.

―바로 그때였다.

"어디서 굴러먹던 무법자인가 했더니, 더스티네스 님이시군요. 이게 대체 무슨 일인가요? 다과회에 초대한 기억은 없습니다만? 참 난폭한 행차군요."

저택을 지키고 있던 사병들이 갈라지더니, 손에 쥔 부채로 입가를 가리고 붉은 기운이 감도는 눈동자를 지닌 미녀가 모습을 드러냈다.

귀족 느낌이 물씬 나는 옷차림을 한 그 여자는 완전무장을 한 다크니스를 핥듯이 쳐다보더니…….

"공작가의 영애답지 않은 모습이시군요. 혹시 기사 놀이에 푹 빠지신 건가요? 더스티네스 님은 모험가이실 텐데……. 아하, 모험 놀이는 질리셨나 보군요."

적대 파벌의 귀족인 건지, 그 여성은 다크니스를 마구 조롱했다.

하지만 다크니스는 이런 조롱에 익숙한 건지, 자신만만한 미소를 지으며 말했다.

"이건 기사 놀이가 아니다, 슈메르 미드 향향. 원래라면 좀 더 증거를 확보한 후에 움직이고 싶었다만, 피치 못할 사정이 생겨서 말이지."

진지한 표정인 다크니스가 상대방 못지않게 귀족 느낌 물씬 나는 조롱 섞인 대꾸를 하는 가운데, 나는 이 말을 입 밖으로 내뱉고 말았다.

"홍마족 분이신가요?"

"아, 아냐! 거기 평민, 나를 홍마족 취급하면 용서하지 않을 거야!"

향향이 붉은 기운이 감도는 눈동자로 나를 노려봤지만…….

"하지만 방금 다크니스가 당신을 향향이라고 불렀는데……."

"닥쳐! 내 이름을 가지고 놀린다면 확 처형해버릴 거야!"

하지만 붉은 기운이 감도는 눈동자도 그렇고, 이름도 그렇고, 선조 중에 홍마족이 있는 게 틀림없어 보이는데…….

내가 당혹스러워하자, 다크니스가 설명해줬다.

"슈메르 가문은 대대로 강력한 마법사를 배출해온 가문이다. 내가 알기로 전전대 당주가 아내로 삼은 이가 홍마족이었지. 귀족은 강자의 피를 자기 핏줄에 섞고 싶어 하거든……."

"아하. 향향은 할머니가 지어준 이름이구나."

"평민, 나를 더 우롱한다면 처형한다고 똑똑히 말했지?! 『커스드 라이트닝』!"

이름에 콤플렉스를 가지고 있는 건지, 향향이 느닷없이 마법을 사용했다.

그것은 레벨이 낮고 마법 내성이 약한 내가 정통으로 맞았다간 즉사를 피할 수 없는 상급 마법이었다.

하지만—

"크으……. 꽤 하는구나, 슈메르!"

"더스티네스……!"

다크니스가 재빨리 앞으로 나서더니, 자기 몸으로 그 마법을 막아냈다.

내성 괴물인 다크니스는 상급 마법을 정통으로 맞았는데도 멀쩡할 뿐만 아니라, 약간 기쁜 표정을 짓고 있었다.

"증거 부족인 점을 걱정했는데, 덕분에 그 우려가 사라졌다. 마을 한복판에서 상급 이상의 마법을 사용하는 건 범죄다. 게다가 공작 가문의 일원인 나에게 상처를 입히기까지 했지. 이것으로 대의는 우리에게 있다!"

다크니스가 의기양양한 목소리로 그렇게 말하자, 향향은 울상을 지으며 고함을 질렀다.

"이, 이익! 전부 네 계략이었구나, 더스티네스! 자기도 이름이 라라티나인 주제에, 이름 가지고 도발해서 내가 손을 쓰게 만드는 건 너무 교활한 짓 아냐?! 부끄러운 이름을 가진 동지니까, 이제까지 파티에서 마주쳐도 이름으로 부르지는 않았는데……!"

"라, 라라티나라고 부르지 마라! 그리고 나는 도발하지 않았다! 동료가 멋대로 벌인 일이란 말이다!"

이 두 사람은 의외로 마음이 잘 맞지 않을까.

"하지만 나는 라라티나도, 향향도 귀여운 이름이라고 생각해."

"저도 홍마족과 가깝게 지내기 때문에, 이상한 이름에는 딱히 위화감이 없어요."

우리의 그런 말이 들린 건지, 대치한 향향과 라라티나는 수치심에 얼굴을 붉혔다.

"더 이야기해봤자 소용없을 것 같네, 더스티네스! 너희를 우리 가문의 보물고를 뒤지러 온 도적으로 단정 짓겠어! 나는 마법으로 도적을 격퇴했을 뿐이라고, 재판에서 증언할 거야!"

향향이 그렇게 선언하면서 한쪽 손을 들자, 뒤편에 있는 사병들이 전투태세를 취했다.

"거참 알기 쉬운걸, 슈메르! 그럼 강제로 밀고 들어가 주지! 나는 네가 타고난 사디스트라는 걸 알고 있다. 보물고에 그 성적 취향을 충족시켜줄 금지품이 있으리라는 것도 말이다! 『예속의 목줄』이 거기 있지?! 마음에 드는 남자에게 그걸 채운 후, 음탕한 명령을 내릴 속셈이지 않느냐, 이 변태야!"

"마, 말도 안 되는 소리 늘어놓지 마, 더스티네스! 당신이야말로 타고난 마조히스트잖아! 그것보다, 어째서 우리 보물고 안에 있는 물건을 아는…… 아, 아니, 잠깐만 있어 봐? 이 근처에 사는 귀족의 저택을 습격한 진짜 이유는, 범죄 수사나 정의 집행 같은 게 어엿한 이유가 아니라……."

향향의 안색이 바뀌는 사이, 선두에 선 다크니스는 그녀가 더는 입을 놀리지 못하게 하려는 듯이 검을 뽑아 들며 고함쳤다.

"진입하라—!"

7

그날 밤.

「조수군, 아직 깨어있어?」

「네, 물론이죠. 이미 준비도 마쳤어요.」

발코니를 통해 찾아온 크리스에게, 나는 창문 너머에서 작은 목소리로 대꾸했다.

웬만한 술집이 이미 문을 닫았고, 아쿠아도 잠들었을 시간대.

나는 가면을 손에 쥔 후, 발코니로 나갔다.

「아, 오래간만에 그 가면을 보네. 오늘 밤의 조수군은 진심이구나.」

「온 힘을 다하지 않았다간, 그 바보를 제압하는 건 무리일 테니까요.」

미리 논의한 것은 아니지만, 오늘 밤에 서로가 할 일은 이미 이해하고 있다.

「그 애는 따끔한 맛을 좀 봐야 할 것 같거든. 그렇게 자기를 믿으라고 떠들어댔으면서 말이야. 이번만큼은 그냥 못 넘어가.」

「네. 평소 툭하면 설교를 해대는 다크니스를, 오늘 밤에는 질질 짤 때까지 갈궈 주자고요.」

―향향의 집에 돌격을 감행한 다크니스는 인솔한 병사와

함께 화끈하게 날뛰면서 보물고로 진입했다.

그리고 예상대로 그곳에는 수많은 금지품이 보관되어 있었으며, 그것들은 더스티네스 가에서 전부 압수했다.

그 후에 증거품을 보여주며 우쭐대는 다크니스와 재판에서 네 성적 취향부터 시작해 전부 까발려주겠다고 선언하는 향향이 드잡이질을 시작했기에, 나와 크리스가 바인드로 두 사람을 묶었다.

뒷일은 수많은 증거를 손에 넣은 다크니스와 왕가 사람들에게 맡기는 것으로 해피 엔딩, 이었으면 참 좋았겠지만—.

「『유감스럽게도 예의 신기는 발견하지 못했다. 하지만 안심해라, 크리스. 그 목줄은 반드시 찾아내겠다!』 같은 소리를 그렇게 싱글벙글하며 늘어놔봤자 설득력이 없잖아. 이럴 것 같아서 내가 다크니스에게 그 신기의 존재를 절대 알리면 안 된다고 말한 거야. 나는 그 애의 오랜 친구거든. 이렇게 될 줄 알았다니깐.」

그때 다크니스의 앞에 거짓말을 하면 울리는 마도구를 뒀다면, 아마 마구 딸랑거렸을 것이다.

크리스의 절친에서 친구로 랭크 다운된 다크니스는 압수한 수많은 증거를 가지고 집으로 돌아갔다.

나도 다크니스와 오랜 지인 사이다. 걔가 이제부터 무슨 짓을 벌일지 훤히 짐작됐다.

「그런데 조수군. 최악의 사태는 고려하고 있어?」

「……최악의 사태가 뭔가요? 내 예상으로는, 지금쯤 예속의 목줄을 자기가 차고 한창 즐기고 있을 것 같은데요.」

크리스는 내 말을 듣고 고개를 젓더니, 진지한 목소리로 말했다.

「그건 원래 혼자서는 써먹을 수 없는 물건이야. 누군가를 복종시키는 신기인 만큼, 다크니스가 목줄을 가지고 이상한 짓을 벌이려면 주인님이 필요해.」

예속의 목줄이 지닌 효과는, 목줄을 찬 상대가 소유자의 명령에 따르지 않으면 어마어마한 고통을 받게 된다는 것이다.

그 고통을 받기 위해서는 다크니스에게 명령을 내려줄 소유자가 필요한데―.

「아하……. 걔는 대체 누구를 주인으로 삼으려는 걸까요? 설마 자기 가문 사람을 끌어들이려는 건……?」

내가 그렇게 말하자, 크리스는 입가를 씰룩이며 속삭이듯 말했다.

「다크니스의 부끄러운 취향을 아는 상대. 그리고 만에 하나, 그 어마어마한 고통을 견디지 못한 나머지 명령에 거역할 수 없게 되더라도 괜찮은 상대. 그게 누구일지는 뻔하지 않아?」

……응. 뭐, 솔직히 말하자면 왠지 그럴 것 같은 느낌이 들긴 했다.

명령이 어떤 것이냐에 따라서는 입으론 싫다고 하면서 따를 것 같기에, 실은 조금 기대가 되기도 했다.

나는 멋쩍은 마음에 뒤통수를 긁적이며 말했다.

「이야~, 역시 그렇게 생각해요? 그래도 곤란하네요. 우리는 파티 멤버 사이잖아요? 그런 식으로 선을 넘어버렸다간, 내일부터 어떻게 얼굴을 보냐고요……」

「에이, 너도 마음이 없는 건 아니잖아? 자, 주인님으로 지정되면 어떤 명령을 내릴 건지 말해봐. 지금이라면 신기 탓으로 돌려서, 다크니스에게 이런저런 명령을 내릴 수 있거든?」

크리스가 내 옆구리를 팔꿈치로 찌르면서 놀리듯 말했다.

"으음…… ○○으로 ××하거나, 겸사겸사 ○○하고 ○○하며 ××하라고 명령하고 싶어요. 아, 물론 메이드복은 표준 장비이고, 속옷은……. 두목, 자기가 말 꺼내놓고 그렇게 완전히 질색하는 건 좀 아니지 않아요?"

"아니, 어떻게 질색을 안 하냔 말이야. 다크니스라도 질색할지도 모르거든? 너는 절대로 그 신기를 건드리지 마."

이 사람, 자기가 먼저 말을 꺼내놓고 진짜 심한 소리를 하네.

하지만 다크니스가 누가 주인님이라도 괜찮다고 생각하기 전에, 한시라도 빨리 예속의 목줄을 빼앗아야 한다.

나는 손에 쥔 가면을 쓰면서, 오래간만에 온 힘을 다하기로 결의를 굳힌 후…….

"……아까 말한 짓은 안 하겠다고 약속할 테니까, 만약 주인님으로 지정되면 그 신기를 가지고 조금만 놀아도 될까요?"

"신기를 악용한다면 천벌을 내릴 거예요, 카즈마 씨."

……잘못했습니다.

—더스티네스 공작가에서, 병사들의 고함이 울려 퍼졌다.

"도적이다—!"

삼세판이라는 말이 있다.

최근 며칠 동안 세 번이나 더스티네스 저택에 침입하게 됐는데, 제발 이번이 마지막이었으면 한다.

그런고로, 오늘 밤은 잔재주를 부리지 않기로 했다.

"설마 강행 돌파를 선택할 줄은 몰랐어. 오늘 밤의 조수 군은 진짜로 진심이네."

"이 가면을 쓰면, 왠지 전지전능해진 느낌이 들거든요."

특히 보름달이 뜨는 날에 가까워질수록 그런 경향이 강해졌다.

이 가면은 바닐에게 받은 건데, 혹시 저주라도 걸려 있는 건 아니겠지?

"이놈들, 여기가 어디인지 알긴 하는 것이냐?!"

"일전에 보물고에 침입해서, 아가씨의 앨범에 낙서한 것도 네놈들이냐!"

정문을 통해 저택에 당당히 쳐들어가자, 경비를 서고 있던 병사가 그렇게 외쳤다.

나는 병사들의 말을 듣고 크리스를 쳐다봤다.

"잠시 눈을 뗀 사이에 그딴 짓을 한 거냐."

"친구의 얼굴 사진에 낙서하는 걸, 전부터 동경했거든."

크리스는 멋쩍은 듯이 뒤통수를 긁으면서, 눈앞에 있는 병사를 향해 로프를 내밀었다.

"『바인드』!"

"흥!"

크리스가 스킬로 로프를 날렸지만, 병사는 검으로 그것을 잘랐다.

간단히 스킬이 무효화되자, 크리스는 약간 동요했다.

"조, 조수군! 이 사람들, 꽤 강해!"

"다크니스의 본가에 있는 병사들이니까요. 조무래기일 리가 없잖아요. 『크리에이트 어스』! 『윈드 브레스』!"

"커억?!"

"이, 이 자식……!"

눈앞에 있는 병사는 눈에 흙이 들어간 탓에 움직임을 멈췄다.

그 틈에 옆을 지나치려 하던 우리를 향해, 다른 병사가 고함을 쳤다.

"어이, 이 연계는 전에 본 적 있어! 이 자식, 일전에 저택에 침입했던 아가씨의 친구야! 눈에 흙 뿌리는 것과 얼음 마법을 조심해! 그것 말고도 무슨 짓을 할지 모른다고!"

"아, 그때 그 자식이구나! 그러고 보니 마스크로 입가를 감춘 은발 소년도 눈에 익어. 쟤도 아가씨의 친구야."

느닷없이 정체가 들통나고 말았다.

"아아아, 아냐! 나는 다크니스와 아무런 사이도 아니거든?! 애초에 나는 소년이 아닌걸!"

"두목, 작전을 변경하죠. 더스티네스 가의 병사는 강하니까, 자초지종을 이야기해서 우리 편으로 끌어들이자고요."

바로 그때였다.

"이게 무슨 소란이냐."

병사 몇 명을 대동하고 나타난 다크니스의 아버지가 가라앉은 목소리로 그렇게 말했다.

한 손에 폭이 넓은 장검을 손에 쥔 그에게서는 귀족답게 강자 오라가 감돌았다.

그렇다. 이 세상의 왕족과 귀족은 기본적으로 강하다.

나와 크리스가 긴장감에 사로잡혀 있을 때, 다크니스의 아버지는 표정을 누그러뜨리며 입을 열었다.

"너희는…… 딸의 친구인 크리스와 카즈마 군 아닌가. 이 시간에 무슨 일이지?"

"저는 따님과는 아무 상관없는, 지나가던 의적이에요."

"다크니스의 아버님, 오래간만이에요. 실은 피치 못할 이유가 있어서 이런 일을 벌였어요."

내가 순순히 정체를 밝히자, 크리스가 따지고 들었다.

"저기, 조수군! 너는 포기하는 게 너무 빨라! 너희 나라의 높으신 양반이 말했잖아?! 포기하면 그 순간 종료라고 말이야!"

"두목, 이 상황에서는 어쩔 수 없어요. 게다가 다크니스의 아버님이라면 충분히 말이 통할 거라고 생각해요. 따님분이 사고를 쳤으니까요."

다크니스가 평소 하는 짓을 생각하면 믿기지 않겠지만, 이 사람은 공작가의 당주다. 강자가 틀림없으니, 그냥 순순히 사과하는 게 가장 낫다.

그렇게 생각한 내가 크리스에게 한 말에, 다크니스의 아버지가 반응을 보였다.

"……딸이 사고를 쳐? 그게 무슨 말인지 설명해주게."

8

응접실로 안내된 나와 크리스는 자초지종을 전부 고자질했다.

다크니스의 아버지는 이야기를 끝까지 듣더니, 머리를 감싸 쥐며 몸을 웅크렸다.

"자네들에게 큰 폐를 끼쳤군. 신중한 그 애가 오늘 갑자기 강압적인 수사를 하기에 위화감을 느끼긴 했는데……. 정말 미안하네."

다크니스의 아버지가 그렇게 말하며 고개를 숙이자, 나는 고개를 끄덕였다.

"진짜 문제라니까요. 댁의 딸은 대체 어떻게 되어 먹은 거예요? 교육 좀 제대로 하라고요."

"저기, 조수군. 입 좀 다물어. 으음……. 그렇게 됐으니까, 아마 다크니스가 신기를 몰래 가지고 있을 거라고 생각해요. 그건 위험한 물건이니 압수하고 싶거든요. 그러니 좀 도와주시지 않겠어요?"

"음, 그런 일이라면 협력하지. 나도 딸을 믿고 싶지만……."

다크니스의 아버지는 자기 딸의 평소 행실을 알기에, 부끄러운 듯이 말끝을 흐렸다.

"저는 걔라면 그러고도 남는다고 생각해요."

"저기, 조수군. 부모님 앞이니까 말 좀 조심해. 나도 다크니스를 믿고 싶지만……."

"아니, 부끄러운 이야기지만 나도 딸이라면 그런 짓을 벌일 거라고 생각하네."

역시 아버지라서 그런지, 딸을 다른 의미에서 신뢰하고 계시군요.

—다크니스의 아버지에게 협력을 얻어낸 우리는 그녀의 방 앞에 도착했다.

다크니스의 아버지만이 아니라, 이 저택 사람들에게도 자초지종을 설명했다.

이 건이 무사히 해결될지라도, 아가씨가 또 바보짓을 했다는 게 이 집 사람들에게는 훤히 알려진 것이다.

다크니스는 나중에 쪽팔려서 죽고 싶어진다는 형벌을 받는 게 확정됐다.

나와 크리스는 서로를 쳐다보며 고개를 끄덕인 후, 문에 귀를 대고 내부의 상황을 살폈다.

그러자, 방안에서 다크니스의 초조한 목소리가 들려왔다—.

『—젠장! 이건 대체 어떻게 쓰는 거지?! 설명서는 없는 것이냐! 이건 신기니까, 함부로 다루면 큰일이 벌어질지도 모르는데…….』

역시 저지르고 만 거냐고.

우리를 서로의 얼굴을 쳐다보며 말했다.

"쟤, 두목의 친구죠? 올바른 길로 이끌어주라고요."

"쟤는 그냥 아는 사이일 뿐이야. 너야말로 쟤의 파티 멤버이자 동거인이라며? 좀 올바른 인간으로 만들지 그래?"

나는 다크니스와 같은 셰어하우스에서 살고 있을 뿐인 사이인데요.

『거기 있는 건 누구지?! 오늘은 아무도 이 방에 다가오지 말라고 했을 텐데!』

목소리를 낮추지 않고 말한 바람에, 안에 있는 다크니스에게 들렸던 것 같았다.

명령조로 말하는 목소리가 평소와 다르게 약간 상기된 것을 보면, 본인도 찔리는 구석이 있는 것 같았다.

　이 가문 사람이라면 명령에 순순히 따르겠지만, 공교롭게도 우리는 명령에 따를 이유가 없다.

　나는 문에 노크하며 말했다.

　"나야, 나. 카즈마야. 알았으면 빨리 문 열어."

　"크리스 님도 있어. 우리 이야기 좀 나누자."

　『너, 너희가 왜 여기 있는 것이냐?! 아, 아니, 으음, 오늘은 늦었으니까 내일 이야기를 나누지 않겠느냐?!』

　방 안에서 숨을 삼키는 목소리와 함께, 다크니스의 당황한 목소리가 들려왔다.

　그런 다크니스의 대답을 들은 크리스가 철사를 꺼냈다.

　"조수군, 로프는 준비됐지? 내가 문을 따면 바로 뛰어 들어가. 그리고 바인드로 묶어서 무력화하는 거야."

　"맡겨만 주세요. 멍석말이 형벌에 처하겠어요."

　『머, 멈춰라! 이 시간에 공작 영애의 침실에 발을 들이는 게 얼마나 큰일인지 알긴 하는 것이냐!』

　이대로 있다간 문이 열릴 거라고 판단한 건지, 다크니스는 권력으로 우리를 협박하려 했다.

　하지만……

　"다크니스의 아버지에게 이미 허락받았어. 우리한테 딸을 잘 부탁한다고 하시던걸?"

"혹시나 해서 말해두는데, 창문으로 도망치려고 해봤자 소용없다고. 너희 가문의 병사 여러분이 창 밑에서 대기 중이거든."

『윽?!』

크리스가 문을 딴 순간, 나는 방문을 걷어차서 열어젖혔다.

"『바인드』!"

"순순히 당할까보냐아아아아!"

방 안에 들어가는 것과 동시에 날린 로프는, 다크니스가 던진 침대를 꽁꽁 묶었다.

"이, 이 자식! 평소에는 조무래기면서……!"

"너희 목소리가 다 들렸거든! 그리고 나한테도 머리가 있지! 같은 술수에 몇 번이나 당할 것 같으냐!"

오늘 밤의 다크니스는 진심인 것 같았다.

네글리제 차림인 다크니스는 침대를 집어 던지느라 숨결이 거칠어진 상태에서 그렇게 말했다.

평소에는 그렇게 간단히 바인드에 걸렸으면서, 실은 대책을 세워뒀다니…….

"……너, 설마 평소에는 내 바인드에 일부러 걸려줬던 거 아냐?"

"그 점에 관해서는 묵비권을 행사하겠다. ……음? 너희들, 구속용 로프가 이제 없는 것 같구나."

잽싸게 행동할 수 있도록, 나와 크리스는 바인드용 로프는 하나씩만 가져왔다.

크리스의 로프는 아까 병사에게 잘렸고, 내 로프는 침대를 옭아매고 있다.

"그래도 상대가 다크니스라면 어떻게든 돼. 게다가 이쪽은 두 명이거든."

"그래. 오히려 몸이 가벼운 우리에게 다크니스의 공격이 명중할 리 없잖아. 그에 반해 우리가 스틸을 쓰면 그 순간 게임 끝이거든?"

이 자식의 바인드를 막은 건 뜻밖이지만, 이 저택 사람들도 우리 편을 들어주고 있다. 이미 결판은 난 것이나 다름없다.

······이미 거기까지 생각이 미쳤을 테지만, 다크니스는 자신만만한 웃음을 흘렸다.

"모험가와 도적이 진심인 크루세이더에게 이길 수 있을 것 같으냐? 게다가 너희는 목적을 착각하고 있는 것 같구나. 예를 들자면, 이 목줄을······."

다크니스가 그렇게 말하면서 발치에 떨어져 있던 목줄을 주워들었다.

""『스―』.""

우리가 스킬을 발동시키려 한 순간, 다크니스는 목줄을 뒤편으로 던졌다.

"이렇게 내가 들고 있지 않다면, 스틸로 빼앗는 건 불가능하지."

스틸은 대상자가 지닌 물건 중에서 랜덤으로 무언가를 빼앗는다.

돌이나 잡동사니를 잔뜩 지니는 식의 스틸 대책이라면, 나와 크리스는 행운 수치가 높으니 목줄을 빼앗는 게 가능하겠지만…….

"저기, 조수군. 다크니스가 평소와 다르게 똑똑해! 이 애, 대체 어떻게 되어 먹은 거야?!"

"바인드를 막아낸 것도 그렇고, 좀 이상해요. 평소의 얼간이다움이 사라졌네요."

"펴, 평소의 내가 바보라는 식으로 말하지 마라! 이래 봬도 어릴 때부터 교육을 받아온 귀족 영애란 말이다!"

아무래도 끓어오른 욕망이 다크니스의 지능을 풀가동시키고 있는 것 같았다.

그렇다면 얘와 정면 대결을 펼칠 수밖에 없다는 건데…….

"조, 조수군. 네가 다크니스를 막아. 그 틈에 내가 목줄을 빼앗을게."

"시, 싫어요. 고릴라급의 악력을 지닌 쟤를 내가 막는 건 무리라고요. 두목이라면 그렇게 심한 짓은 안 당할 테니까, 미끼 역할을 맡아줘요."

서로에게 미끼 역할을 떠넘기면서, 우리는 슬금슬금 다크니스에게 다가갔다.

빈틈이 보이면 확 달려들어서 목줄을 빼앗을 생각이지만,

다크니스도 우리 속셈을 꿰뚫어 보고 있는 것 같았다.

"어이, 다크니스. 거래하자. 한동안 저걸 이용해서 놀게 해줄게. 뭣하면 내가 주인이 되어줄 수도 있어. 그래서 만족하고 나면 크리스에게 돌려주는 거야. 어때?"

"사토 카즈마 씨. 저는 그런 발칙한 거래를 허락할 수 없답니다."

크리스가 진심 톤으로 말한 탓에 내가 한순간 움찔했을 때였다.

"나를 얕보지 마라, 카즈마! 더스티네스 일족의 긍지를 걸고, 좀도둑에게 빼앗길 바에야 신기를 나에게 쓸 각오 정도는 진즉에 되어 있다!"

당당한 목소리로 그렇게 선언한 다크니스는 뒤편에 굴러다니던 신기를 주워들더니, 망설임 없이 자기 목에 채웠다.

그렇다. 우리의 목적인 예속의 목줄을 자기 목에…….

"이 자식, 결국 저질렀어! 평소에는 나름 멀쩡한 편이면서, 왜 너는 욕망 앞에서는 이렇게 망설임이 없는 거냐고!"

"얘는 대체 왜 이 모양인 거야?! 조수군은 물러나! 내가 다크니스의 주인님이 될래!"

그렇게 말한 크리스는 나한테서 다크니스를 지키려는 듯이 앞으로 나섰다.

"아니, 잠깐만 있어 봐. 다크니스는 내 소중한 동료야. 이 일의 책임은 내가 지겠어."

"안 돼. 다크니스에게 음란한 명령을 내릴 생각이지?! 내가 주인님이 되어봤자, 큰길가에서 노래를 시키기나 할 거야!"

"저를 얕보지 말라고요! 얘가 질색할 만한 짓도 시킬 거예요! 하늘거리는 귀여운 옷을 입힌 후, 공원에서 어린애와 놀아주게 할 거라고요!"

"시, 신기를 착용한 게 아주 조금 후회되는구나……."

다크니스는 말다툼을 벌이는 우리를 보고 살짝 질렸지만, 곧 마음을 굳히며 이쪽을 손가락으로 가리키더니…….

"주인님은 바로 너다, 카즈마! 나, 더스티네스 포드 라라티나는 사토 카즈마에게 예속되겠다!"

다크니스가 그렇게 선언한 순간, 목줄이 살짝 빛났다.

손수 목줄을 채운 상대를 자기에게 억지로 예속시키는 물건인 줄 알았는데, 이런 식으로 사용하는 신기였던 건가.

주인님이라는 건 이런 식으로 억지로 시킬 수도 있는 거구나…….

"이런 식으로 써먹을 수도 있네……."

아니었다. 아무래도 신조차도 이런 식으로 사용할 줄 몰랐던 것 같았다.

"자, 카즈마. 나에게 명령을 내려라! 따를 마음이 드는 명령이라면 들어주지. 허나, 조금이라도 마음에 안 든다면, 전력으로 반항하겠다!"

다크니스는 의기양양한 목소리로 그렇게 선언했지만, 그

런 짓을 왜…….

"참고로. 아무런 명령을 내리지 않는 것도 안 된다. 노예의 행동은 주인이 책임져야 하는 법이지. 제대로 교육시키지 못한다면, 내가 무시무시한 짓을 벌일지도 모른다!"

아무 명령도 안 하면 될 줄 알았는데, 노예가 쓰레기 같은 협박을 해댔다.

"두목. 저, 이 노예 필요없는뎁쇼."

"나도 필요 없어. 하지만 주인님이 됐으니까 네가 책임져."

어쩌지. 예속의 목줄은 신기니까, 스틸로도 벗길 수 없을 것 같은데…….

내가 생각했던 노예와 너무 달라. 이세계의 미소녀 노예는 더 순종적인 거 아니었어? 대체 왜 주인님을 협박하는 거냐고.

나는 내키지 않아 하면서, 다크니스에게 말했다.

"그럼……. 그 네글리제의 끝자락을 선정적인 느낌으로 들춰주세요."

"조, 조수군…….."

크리스가 질렸다는 표정을 지으며 뒷걸음질을 쳤지만, 나는 불가항력이라고 주장하고 싶다.

"훗, 대뜸 욕망에 점철된 요구를 하는구나! 순순히 따라줄 수도 있다만—난 라라티나! 다섯 살! 카즈마 오빠, 나와 놀아줘!?!??!!?!??"

다크니스가 갑자기 망가졌다.

하지만 갑자기 바보 같은 소리를 늘어놓은 본인이 가장 당혹스러워하고 있었다.

"두목, 저는 이럴 때 어떤 표정을 지으면 좋을지 모르겠는뎁쇼."

"웃으면 된다고 생각해. 하아…… 다크니스는 바보라니깐. 그 신기는 명령에 따르지 않으면 어마어마한 고통을 받게 된다고 내가 말했잖아?"

어마어마한 고통.

크리스는 육체적인 고통이라고는 말하지 않았다.

즉, 대상자에게 고통으로 여겨지는 일이 벌어진다는 의미……

"……다크니스. 노골적으로 귀여운 포즈 취하면서 고양이 말투로 말해봐."

"절대 싫어냐옹. 카즈마냐옹은 나중에 두고봐냐옹. 나중에 확 죽여버릴 거야냐옹!"

"귀여워, 다크니스! 나, 다크니스의 아버지한테서 마도 카메라 빌려올게!"

눈가에 눈물이 맺힌 다크니스가 얼굴이 새빨갛게 붉힌 채 아이돌 같은 포즈를 취했다.

내 명령에 따르는 건지, 어마어마한 고통 탓에 이러는 건지 판단하기 어려웠다.

한편, 다크니스는 귀여운 포즈를 취한 채……

"어이, 카즈마. 이러다간 나중에 후회할 거다. 이런 식으로 권력을 휘두르고 싶지는 않았다만, 나는 공작가의 영애다. 너에게 능욕을 당했다고 떠들고 다니면, 세간에서는 누구 말을 더 믿을 것 같으냐? 평소 행실을 고려해도 내가 더 유리할 것 같구나. 자, 이해했으면 바보짓을 관둬라! 안 그러면 따끔한 맛을 보게 될 것이다!"

목줄을 찬 지금 상황에서는 저항할 수 없다는 것을 눈치챈 건지, 다크니스는 다른 방향으로 나를 협박하기 시작했다.

이를 악물면서 노려보는 걸 보면, 얘는 아직 자기 처지를 이해하지 못한 것 같았다.

"두목, 기왕이면 얘를 자기 아버지 앞으로 데려가죠. 거기서 아빠 사랑해~ 하고 말하게 시키는 거예요."

"조수군, 대단해! 말하든 안 하든 대참사가 벌어질 게 틀림없어!"

"두 분, 정말 죄송합니다! 그것만은 하지 말아주십시오! 그랬다간 진짜로 죽어버릴 거예요! 이 신기도 돌려드리겠어요! 제발 용서해주세요!"

엉엉 울면서 고개를 젓는 다크니스를 데리고, 우리는 그녀의 아버지가 있는 곳으로 향했다.

"저기, 조수군. 나중에 나한테 주인님을 넘겨줘. 끝내주게 귀여운 옷을 입힌 후, 큰길가에서 아이돌 데뷔를 시킬래."

"기왕 할 거면 모험가 길드로 끌고 가죠. 아는 사람들 앞에서, 충격적인 아이돌 데뷔를 시키자고요."

 "둘 다 화난 것이냐?! 저기, 엄청 화가 난 거지?! 정말 잘
못했다! 죄송합니다! 반성했습니다! 다시는 바보짓을 안하겠
어요!"

 ─그 후, 자기 아버지와 이 집 사람들 앞에서 라라티나 촬
영회가 열린 결과, 다크니스는 일주일가량 자기 방에 틀어
박혔다─.

전직 마왕군 간부의 진심 배틀을!

1

마을 근처에 있는 언덕 위에서, 위즈와 바닐이 대치했다.

"바닐 씨와 진심으로 싸우는 건, 제가 인간이었던 시절 이후로 처음이네요."

평소와 다르게 진지한 눈길을 머금은 위즈가 앞치마를 벗으며 전투태세를 취했다.

그런 위즈와 대치한 바닐은 입가에 옅은 미소를 머금더니……

"음. 그 시절의 그대는 긍지 높고 용기 넘치는 최고의 모험가였다. 이 몸이 아무런 대가도 받지 않고 리치가 되는 금주를 가르쳐준 것도, 그런 그대에게 끌렸기 때문이지."

………….

"야, 약았어요, 바닐 씨! 대뜸 그런 소리를 하면 어떻게 해요! 이제 와서 저를 추켜세워봤자, 절대 용서해주지 않을 거예요! 하지만, 조금만 더 듣고 있어도 될까요?"

위즈가 동요한 기색을 보이자, 바닐은 지긋지긋하다는 듯이 입가를 일그러뜨리며 말했다.

"그런 그대가 지금은 요 모양 요 꼴이지 않느냐! 이 몸이 인정했던 위즈를 돌려다오! 너 같은 빚더미에 올라앉은 리치 따위는 사양이란 말이다!"

"여기 있어요! 바닐 씨가 인정한 위즈라면 여기 있단 말이에요! 빚더미에 올라앉은 건 사과드리겠지만, 그것도 필요 경비예요! 한껏 치켜세워주고 이렇게 내동댕이치는 건 너무하지 않나요?!"

위즈가 울상을 지으면서 여기 있다고 호소하는 가운데, 바닐은 가면에 손을 댔다.

"그러고 보니 그대에게는 이 가면 아래를 보여준 적이 없었군. 이제부터 진심으로 싸울 것이지 않느냐. 이 몸도 모든 것을 드러내 보인 후, 전력을 다해 상대해주지."

"네엣?! 자자자, 잠깐만요, 바닐 씨! 모험가 길드 접수원인 루나 씨에게 들었어요! 바닐 씨는 엄청난 미남이라면서요?! 싸우기 전에 맨 얼굴을 드러내서, 저를 머뭇거리게 만들려는 작전이죠?! 하지만 안 통해요! 그런 걸 보여줘봤자……."

당황한 위즈의 말을 끝까지 들어주지도 않으며, 바닐은 가면을 던졌다.

트레이드 마크인 가면을 벗으면서, 드러난 얼굴에는—.

"……『커스드 크리스털 프리즌』!"

거기에는 위즈의 얼굴이 비치는 안면 사이즈의 거울이 달려 있었으며, 표면에 『노처녀 리치의 얼간이 면상』이라는 글자가 적혀 있었다.

가면을 벗은 바람에 붕괴되려 하는 몸에, 위즈의 마법이 작렬했다.

흙으로 만든 바닐의 몸이 얼음덩어리 안에 갇히면서, 붕괴가 멈췄다.

바로 그때, 지면에 내던진 가면 아래에서 몸이 자라났다.

"후하하하하하하하! 이 몸의 가면 아래는 마담들에게 인기라서 말이지! 보여준다고 해서 문제 될 건 없다만, 보고 싶다는 말을 들으면 보여주지 않고 싶어지는 게 악마의 본성이다. 그래도 정 보고 싶다면, 5만 에리스에 보여주도록 하지!"

바닐에게 조롱을 당한 위즈는 차가운 눈길을 머금은 채 작게 웃었다.

"우후후후후후훗. 바닐 씨도 참, 겨우 5만 에리스에 괜찮겠어요? 저, 실은 전부터 생각해온 상품 아이디어가 있어요. 손님의 타깃층이 좁기는 하지만, 분명 잘 팔릴 거라고 자신해요."

"호오, 위즈가 그렇게 자신 있어 하니 가소롭기 짝이 없군! 또 어처구니없는 상품이 틀림없겠지!"

위즈가 장사에 재능이 없다고 여기는 바닐은 그 말을 듣고 폭소를 터뜨렸다.

하지만 위즈는 바닐의 말을 개의치 않으며, 얼음덩어리 안에 있는 그의 육체를 손가락으로 가리켰다.

"상품은 저것이에요. 바닐 씨가 사용하던 육체를 얼린 후, 서큐버스 여러분에게 판매……."

"이 몸의 육체를 팔아 치우려는 것이냐, 이 쓰레기 점주야! 굿즈를 만들어 파는 것보다 훨씬 악랄하지 않느냐!"

나는 그런 두 사람을 멀찍이서 쳐다보면서 아쿠아에게 물었다.

"어이, 너는 누가 이길 거라고 생각해? 그냥 구경만 하기에는 아쉬우니까, 누가 이길지 내기 안 할래?"

"그야 물론 위즈지. 평소에는 카즈마 씨에게 도박으로 이길 것 같지 않지만, 이번만큼은 질 것 같지 않아. 뭐, 저 괴상망측 가면 악마보다, 위즈를 응원하고 싶기도 하지만 말이야!"

아쿠아는 자신만만한 목소리로 그렇게 말했지만, 아무래도 내기는 성립되지 않을 것 같았다.

왜냐하면—.

"이런 우연도 다 있네. 나도 위즈에게 걸겠어. 이게 평범한 승부라면 대등한 싸움이 벌어지겠지만……."

하지만 위즈는 오늘 기합이 잔뜩 들어가 있다.

바닐이 치트급의 강자라는 건 알지만, 오늘은 한 방 제대로 먹게 될 것 같다—.

2

어느 날의 오후.

나와 아쿠아가 거실에서 퇴폐적으로 데굴거리고 있자, 청소 당번인 메구밍이 방해된다면서 우리를 쫓아냈다.

다크니스는 공적인 업무를 보러 아침 일찍 집을 나섰으며, 한가하기 그지없는 우리는 마도구점에 놀러 갔다.

"네놈들은 이 가게를 뭐라고 생각하는 것이냐. 일전에도 괴짜 종족과 함께 노닥거리러 와서, 데몬 링을 못 쓰게 만들지 않았느냐. 여기는 놀이터가 아니니까, 볼일이 없으면 빨리 돌아가라!"

상품 선반의 마도구를 천으로 닦고 있던 바닐이 짜증 섞인 어조로 그렇게 말했다.

얼마 전에 메구밍이 데몬 링이라는 레어 마도구를 착용했다가 빠지지 않는 사태가 벌어졌는데, 바닐은 그 반지가 파괴된 후로 우리를 쭉 경계하고 있었다.

바닐은 성가셔 죽겠다는 반응을 보였지만, 미인 점주가 차를 대접해주는 이 가게는 어느새 우리에게 있어 휴식처가 됐다.

"바닐 씨, 너무 그러지 마세요. 손님도 뜸하니 괜찮잖아요. 게다가, 두 분 다 마침 잘 오셨어요. 실은 좀 봐줬으면 하는 새 상품이 있어요."

정성 들여 차를 끓이던 위즈가 밝은 목소리로 그렇게 말했다.

"……방금 뭐라고 했지? 새 상품이라는 말이 들린 것 같다만……."

"네, 잘 팔릴 게 틀림없는 새 상품이에요! 후훗, 이번 상품은 정말 자신 있어요. 바닐 씨를 놀래주려고 몰래 개발했죠!"

그렇게 말한 위즈는 의기양양한 표정을 지었지만, 바닐은 두려움에 사로잡힌 목소리로 말했다.

"……물건을 보기 전에 확인해둘 게 있다. 이미 그대가 멋대로 빚을 지지 못하도록, 이 마을에 사는 대부분의 고리대금업자를 미리 협박해뒀지. 그리고 채산성을 중시하는 은행에서, 적자 점주가 제출한 변제 계획서를 통과시킬 리가 없다. ……대체 어떻게 자금을 조달한 것이지?"

"바닐 씨는 참 걱정이 많다니까요. 빚은 안 졌어요. 실은 돈으로 바꿀 수 있을 만한 물건이 없나 싶어서 가게 안을 둘러보다가, 비밀의 방과 보물 상자를 발견했지 뭐예요!"

바닐이 가게 안쪽으로 뛰어갔다.

이윽고 쿠쿠궁 하고 무거운 물체가 움직이는 소리가 안쪽에서 들려오더니, 안색이 싹 바뀐 바닐이 돌아왔다.

"장사 쪽으로는 완전 꽝이면서, 왜 이런 건 잘 찾는 거냐 말이다! 일부러 방을 개조해서까지 숨겨둔 경영 자금에 손댄 것이냐!"

"가, 갑자기 무슨 소리를 하는 거예요?! 그거, 혹시 바닐 씨의 비상금이었어요? 그, 그럼 그렇다고 말을 해줘야 알 것 아니에요. 돈이 될 만한 게 없나 싶어서 탐지 마법을 썼다가 비밀의 방을 발견했어요. 그랬더니 방 안에 보물 상자가 있지 뭐예요. 그래서 그 안에 든 걸 쓰자고 생각한 거예요."

그렇다. 위즈는 수많은 던전을 공략한 경력이 있다. 사고 방식이 모험가다운 것도 어쩔 수 없을 것이다.

"가게 안에 보물 상자가 있다는 게 말이 된다고 생각하는 거냐! 조금만 생각해보면, 내가 숨겨둔 거라는 알 수 있지 않느냐!"

"그, 그게, 리치인 제가 오랫동안 생활해온 가게니까 일부가 던전화한 거라고 생각을……."

"그렇게 간단히 던전화한다면, 그대에게 던전 제작을 부탁하지도 않았을 거다! 이익, 이 몸이 아르바이트를 해가며 모은 경영 자금이……. 이 횡령 점주! 이 일을 어떻게 책임질 거냐!"

슬금슬금 다가오는 바닐에게서 도망치듯, 위즈는 같은 거리만큼 후퇴했다.

"자, 잠깐만요, 바닐 씨! 이번 일은 정보 공유가 이뤄지지 않아서 일어난 불행한 사고예요! 보고, 연락, 상담이 부족했다는 증거죠! 저희는 공동 경영자이자 일심동체! 저희 사이에 비밀이 있어선 안 돼요!"

"그대도 이 몸을 놀래주려고 몰래 상품 개발을 진행했지 않느냐! 이렇게 불합리한 일심동체가 말이 된다고 생각하느냐! 악마에게 있어 계약은 절대적이지만, 더는 알 바 아니다. 막대한 대가를 치르는 한이 있더라도, 그대와의 계약을 끊고…… 이, 이익, 뭐하는 것이냐! 이 손을 놔라, 짐짝 점주!"

그런 선언을 한 바닐에게, 위즈는 절대 놔주지 않겠다는 듯이 매달렸다.

"저를 버리겠다는 건가요, 바닐 씨! 평소에 제 마음을 그렇게 가지고 놀았으면서 버리겠다는 거예요?! 함께 이 가게를 성공시키자는 달콤한 말을 속삭여놓고, 이제 와서 저를 내다 버리는 거냐고요!"

"오해 살법한 소리 하지 마라! 악감정의 섭취를, 마음을 가지고 놀았다고 표현하지 마라!"

위즈가 울면서 그런 소리를 늘어놓자, 바닐은 질색을 하며 반론했다.

지옥의 대악마가 계약 파기를 하려고 하는 이 흔치 않은 상황이 펼쳐지자, 과자를 손에 쥔 아쿠아도 흥미롭다는 듯이 쳐다봤다.

"카즈마 씨, 카즈마 씨. 왠지 아침 드라마의 막장 장면을 보고 있는 것처럼 즐거워. 과연 위즈는 이 상황에서 역전할 수 있을까?"

"낭비하는 버릇이 있는 기둥서방이, 집을 나가려고 하는 아내를 필사적으로 잡는 상황이네. 바닐에게 버림받았다간 가게가 망할 게 틀림없으니까, 위즈는 절대 포기하지 않을 거야. 지금 이 순간부터, 도망가는 바닐과 쫓아가는 위즈의 장대한 서사의 막이 오르겠네."

"구경꾼 계집과 망언 꼬마여. 보고 있지만 말고, 이 여자를 말려라!"

바닐이 자기한테 매달린 위즈의 머리를 양손으로 밀쳐내면서 고함을 질렀다.

바로 그때, 위즈가 좋은 생각이 난 것처럼 말했다.

"바닐 씨, 하다못해 제가 개발한 새 상품을 봐주세요! 그러면 계약 파기 생각이 싹 사라질 거예요! 이번 상품은 진짜로 히트할 게 분명해요!"

"히트할 게 분명해요, 라는 말도 이미 질렸다! ……그럼 이렇게 할까. 만약 그 새 상품이 팔리지 않을 거라고 판단되면, 그대는 자기 몸을 써서 돈을 벌어줘야겠다."

위즈가 아련한 기대를 품으며 그런 제안을 하자, 바닐은 악마적인 요구를 내놨다.

"저기, 위즈가 자기 몸을 써서 돈을 번다는 게 대체 어떤 건지, 자세하게 이야기해주지 않겠어?"

"너, 이런 상황에서 용케 그런 걸 묻네."

악랄하기 그지없는 요구였지만, 위즈는 바닐을 잡을 기회가 생겼다는 사실에 환한 표정을 지었다.

"좋아요! 만약 새 상품이 별로라면, 제 몸이든 뭐든 다 마음대로 하세요! 잘 봐요, 바닐 씨! 이번 상품은 바로 이것이에요!"

위즈가 그렇게 말하며 꺼내놓은 것은 바로, 세우면 무릎

언저리에 닿는 크기의 인형이었다.

소녀 형태를 한 귀여운 디자인이어서, 아이들에게 인기가 있을 법한 상품이다.

"……흠. 그대가 만든 것치고는 나쁘지 않은 디자인이다만, 단순한 인형일 리가 없을 텐데?"

바닐이 그렇게 말하자, 위즈는 그 말을 기다렸다는 듯이 미소 지었다.

"이건 바닐 씨의 인형을 참고해서 만든, 자율형 메이드 인형이에요! 잘 보세요!"

그렇게 말하면서 바닥에 인형을 내려놓고 버튼을 누르자, 인형은 빗자루로 청소를 하기 시작했다.

지구의 청소 로봇에 비하면 효율이 나쁘지만, 이것은 획기적인 마도구일지도 모른다.

"언뜻 보면 잘 팔릴 것 같지만, 어차피 심각한 결점이 있겠지. 제작비가 한 대당 1천만 에리스나 해서 청소부를 고용하는 편이 싸다거나, 3분 정도밖에 작동이 안 된다거나……."

위즈와 오랫동안 알고 지낸 바닐은 바로 결점을 언급했다.

"그렇지 않아요! 개발비는 꽤 들었지만, 한 대당 5만 에리스에 팔면 본전을 뽑을 수 있어요! 그리고, 가동 시간은 한나절 이상! 또한 공기 중의 마력을 흡수하는 장치가 달려서, 아껴 쓴다면 몇십 년도 쓸 수 있죠!"

"……저, 정말이냐? 그대 말만 들으면 멋진 상품인 것 같다만, 이 몸이 그 말을 믿어도 되겠느냐?"

믿기지 않지만 믿고 싶다는 갈등에 사로잡힌 바닐에게, 위즈는 환한 미소를 지어 보이며 말했다.

"네, 전부 사실이에요! 게다가 부속 기능은 이것만이 아니에요!"

"오오……! 어디 그 부속 기능을 들어볼까!"

인형을 안아든 위즈가 의기양양한 표정으로 말했다.

"주인님을 지키기 위한 경비 기능도 달려 있어요! 등록자 이외의 인물을 감지하면 경고 후에 자폭해서 침입자를 격퇴한다고 하는……."

『침입자를 감지했습니다. 자폭해서 격퇴하겠습니다.』

"바로 자폭하려고 하지 않느냐, 이 망할 멍청이야!"

인형을 움켜쥔 바닐은 그대로 밖으로 뛰쳐나가서 하늘로 냅다 집어 던졌다.

꽝음과 함께 파편이 사방에 흩뿌려지자, 이 근처에 사는 사람들이 무슨 일인가 싶어 나와 봤다.

"위, 위력이 좀 강한 편이기는 하지만, 방범 기능 하나는 확실해요!"

"하고 싶은 말은 그게 전부인가? ……하아. 가게에 가져오기 전에 테스트를 좀 제대로 해, 이 덜렁이 점주야. 하지만, 위력을 줄일 수만 있다면 괜찮은 기능이겠구나. 가족 전원을 등록하고, 자주 방문하는 손님도 등록시키면 되겠지.

흠, 이거라면……."

바닐이 생각에 잠기자, 위즈는 어리둥절한 표정을 지으며 딱 잘라 말했다.

"폭발의 위력은 줄일 수 없는데요? 그리고 등록자는 딱 한 명만 가능해요. 이건 메이드 인형이잖아요? 모시는 주인님은 한 명만이어야 하지 않겠어요?"

"……그래. 그대가 추구하는 바는 잘 이해가 안 된다만, 아무튼 자폭 기능은 빼다오. 청소 인형으로 팔면 충분한 이득을 거둘 수 있을 거다."

바닐이 그런 제안을 했지만, 위즈는 여전히 어리둥절한 표정을 지은 채 대꾸했다.

"못 빼는데요? 모든 기능이 다 연동되어 있어서, 하나라도 빼면 작동을 안 해요. 그래도 걱정하지 마세요. 혼자 사는 분들이 구매……."

"구매할 리가 없지 않느냐, 이 잡동사니 점주야! 누군가가 방문할 때마다 집을 날려 먹는 위험물을 대체 누가 사냔 말이다! 설명 도중까지는 참 좋았는데, 왜 자폭 기능 같은 걸 넣은 거냐!"

바닐이 마구 흔들어대자, 위즈는 당황한 어조로 말했다.

"바, 바닐 씨의 인형을 참고했다고 아까 말했잖아요. 그러니 자폭 기능이 필수라고 생각……."

그런 위즈를 향해, 바닐이 고함을 질렀다.

"그건 던전 방어용으로 만든 거라 자폭하는 거다! 에에잇, 이딴 물건이 팔릴 것 같으냐! 약속대로 그대는 자기 몸을 이용해 돈을 벌어줘야겠다!"

"뭐, 뭐라고요?! 좋아요, 제 몸으로 돈을 벌겠어요! 이래 봬도 저는 여러모로 꽤 끝내주거든요?! 그 점을 똑똑히 알려주겠어요!"

위즈는 발끈해서 입에서 나오는 대로 지껄인 것 같지만, 이래 봬도 자시고를 떠나서 위즈는 충분히 끝내준다고 생각한다.

자, 어떻게 할까. 언제부터 출근하는 걸까. 지금 예약 가능할까?

"그 마음가짐은 높이 사지! 그럼 이 몸의 수하가 경영하는 그 가게에서, 일주일 정도 일해라. 그리고 안심하도록. 그대가 자각 못 했을 뿐, 꽤 수요가 있지. 일주일이면 충분한 금액을 벌어들일 수 있을 거다."

바닐이 기분이 좋은 어조로 그렇게 떠들자, 어찌 된 건지 위즈가 갑자기 입을 다물었다.

"……잠깐만요. 수하가 경영하는 가게라면, 역시 서큐버스 분들이 운영하는 가게를 말하는 건가요?"

위즈가 당혹스러워하자, 바닐은 고개를 갸웃거리면서 입을 열었다.

"……당연하지 않느냐. 거기 말고 어디서 네가 돈을 벌 수 있다는 거지? 생활 능력도 없거니와 장사에 재능도 없는 그대에게 남아 있는 거라고는, 그 쓸데없이 쭉쭉 빵빵한 몸뚱어리뿐……."

"그 입 다무세요, 바닐 씨! 대체 저한테 뭘 시키려는 거죠?! 제가 말한 몸으로 돈을 번다는 건, 전직 모험가인 점을 살리겠다는 의미였다고요!"

그러고 보니 위즈는 원래 실력파 모험가였다.

서큐버스 가게에서 일하는 것보다, 고난이도 퀘스트를 수행하는 편이 더 큰 돈을 벌 수 있으려나…….

"카즈마 씨, 카즈마 씨. 왜 그렇게 아쉬워하는 거야?"

"아쉬워한 적 없어. 남이 들으면 오해할 소리 하지 말라고."

하지만 바닐은 위즈의 선언을 듣더니, 더욱 고개를 갸웃거렸다.

"리치가 된 그대는 모험가 카드를 남에게 보여줄 수 없을 텐데? 그런 상황에서 어떻게 퀘스트를 받을 거지?"

"딱히 퀘스트를 받을 필요는 없어요. 바닐 씨는 모험가가 아니니 모르겠지만, 모험가 길드를 통하지 않고도 돈을 벌 수단이 있거든요?"

모험가 길드는 토벌한 몬스터를 매입해주지만, 길드 이외의 업자에게 팔면 안 된단 규칙은 없다.

위즈는 저래 봬도 상인 길드에 소속된 점주다.

몬스터 소재를 팔 거래처가 있는 것이리라—.

다음 날 아침.

"그럼 바닐 씨, 한동안 이 가게의 관리를 부탁드리겠어요."

마도구점 입구에서, 짐을 짊어진 위즈가 그렇게 말했다.

액셀 주변에서 돈을 벌 줄 알았는데, 아무래도 꽤 먼 곳까지 갈 생각이라는 것 같았다.

이 근처에는 약한 몬스터 밖에 없기에, 입수 가능한 소재의 가격도 싸다고 한다.

"음. 이 몸이라면 5년 안에 이 가게를 거대 상회로 만들 수 있으니, 그때까지 돌아오지 않아도 된다."

"시, 싫어요! 제 가게니까, 망할 때도 성공할 때도 함께할 거예요!"

바닐을 향해 필사적인 어조로 그렇게 대꾸한 위즈는 나와 아쿠아를 돌아봤다.

"두 분도 건강히 지내세요. 한동안 못 보게 되어서 유감이지만, 가능한 한 빨리 돌아올게요."

"응. 위즈가 없으면 여길 와도 다과를 얻어먹을 수 없잖아. 내가 너무 굶어서 울음 터뜨리기 전에 돌아와."

"어이, 위즈네 가게를 공짜 찻집처럼 여기지 좀 말라고……."

위즈는 후후 하고 작게 웃음을 터뜨린 후, 바닐을 향해 돌아섰다.

"그럼 바닐 씨, 저는 이만 가볼게요. 가게 안쪽에서 기르고 있는 무순을 잘 부탁해요. 매일 햇볕을 쬐게 해주고, 물을 주세요."

"음, 그대의 소중한 주식이니 말이다. 그 정도는 이 몸에게 맡겨라. 무순이 도망치지 못하도록 관리해두마."

바닐이 그렇게 대답하자, 위즈는 고개를 끄덕인 후에 우리에게서 돌아섰―.

"……물은 물기가 좀 없다 싶을 때만 분무기로 뿌려주기면 돼요. 그리고 햇볕 아래에 너무 오래 놔두면 안 되거든요? 가능하면 직사광선도 피하는 편이……."

"알았다, 알았어. 그런 것들은 이웃에 사는 마담이 잘 아니, 걱정하지 마라."

위즈는 고개를 끄덕인 후, 걸음을 내디뎠다.

―그리고 한 걸음 내디딘 후에 바닐을 향해 고개만 돌렸다.

"……바닐 씨는 제가 없으면 식사를 어떻게 할 거죠? 악감정을 제공해줄 상대는 있나요? 진짜로 제가 가버려도……."

"괜찮으니 빨리 가라, 이 관심병 점주야! 이번에 탕진한 자금을 조달할 때까지 돌아오지 마라!"

"뭐, 뭐예요! 좀 잡아줘도 괜찮지 않아요?! 흥, 두고 봐요! 금방 자금을 조달해서 돌아올 거라고요!"

그렇게 말한 위즈는 누가 뒷머리를 잡아당기는 것처럼 몇 번이나 뒤를 돌아본 끝에, 액셀 마을을 떠났다―.

그날 밤.

저녁 식사를 마친 우리는 거실 소파에 늘어진 채, 오늘 있었던 일을 서로에게 이야기해줬다.

"그렇게 됐으니까, 위즈는 한동안 가게를 비우게 됐어. 놀려주러 가게에 가봤자 바닐 밖에 없다고. 괜한 짓을 했다간 반격을 당할 테니 조심해."

"저희를 뭐로 보고 그런 소리를 하는 거예요. 아쿠아나 위즈가 없는 상태에서 그 악마를 놀릴 리가 없잖아요. 그런 건 위즈가 돌아온 후에 할 거예요."

"아니, 메구밍. 위즈가 돌아온 후에도 그런 짓은 하지 마라. 또 이상한 저주를 너에게 걸지도 모르지 않느냐."

다크니스가 그렇게 말하자, 메구밍이 흠칫하며 몸을 부르르 떨었다.

일전에 마도구를 망가뜨린 벌로, 마법 위력이 저하되는 저주에 걸렸던 것이 트라우마로 남은 것 같았다.

"위즈가 돌아올 때까지 한가하겠네. 그렇다고 찻집에 갈 돈도 없는데 말이야. ……카즈마 씨, 카즈마 씨."

"용돈이라면 안 줄 거야. 이달 초에 줬잖아."

……하고 내가 딱 잘라 말하자, 내 등 뒤로 이동한 아쿠아가 딱히 부탁하지도 않았는데 내 어깨를 주무르기 시작했다.

"카즈마 씨는 요즘 레벨이 올라서 성장한 덕분에 몸이 좀 탄탄해진 것도 같으니까, 좀 괜찮아진 것 같은 느낌이 안 드는 것도 아니네. 이대로 가면 인생의 봄이 찾아와도 이상하지 않을 거야."

"그걸 칭찬이랍시고 늘어놓는다는 게 되게 열받네. 대체 왜 쓸데없는 단어를 집어넣는 거냐고."

―다음날.

"자, 보고 가십시오! 오늘 상품은 바로 이것입니다! 모험가의 필수 아이템, 파티마다 하나는 꼭 확보해두고 싶은 해독 포션! 소비기한이 코앞이기에, 매우 싼 가격에 넘겨드립니다!"

"뭐……? 아니, 확실히 싸긴 한데……. 해독 포션은 꼭 챙겨야 하는 아이템이니까, 소비기한이 얼마 안 남은 걸 살 의미가 없지 않아?"

"맞아. 게다가 이 근처에는 독을 지닌 몬스터가 많지도 않은데……."

내가 가게 상황을 살피러 와보니, 마도구점 앞에 테이블을 둔 바닐이 모험가 상대로 힘차게 호객을 하고 있었다.

"네, 네, 물론 알고 있습니다. 저희 쪽에서도 재고 처분을 겸해 이 가격에 제공해드리는 거죠! 하지만 재고를 처분해주는 손님으로서는 서비스라도 좀 받고 싶은 심정일 겁니다!"

"아니, 서비스를 주더라도 일부러 그런 걸 사지는……."

바로 그때, 바닐이 해독 포션 병에 사진 한 장을 붙였다.

"이 포션을 다섯 병 사주시면 덜렁이 점주 브로마이드를……."

"다섯 병 사겠습니다."

"주세요. 다섯 병 주세요."

"모험가에게 해독 포션을 챙겨 다니는 건 기본 중의 기본이잖아. 아, 나도 다섯 병 줘요."

끼워팔기 장사를 시작한 바닐에게, 나는 다가가서 말했다.

"나도 다섯 병 주세요. 위즈한테 비밀로 해줄 테니까, 가장 잘 찍힌 걸로 내놔."

"악마를 협박하다니, 목숨 아까운 줄 모르는 놈이구나. 하지만, 구매만 해준다면 문제 될 게 없지."

나는 점주 브로마이드……가 아니라, 모험가에게 필수 아이템인 해독 포션을 소중히 안아 들며 말을 이었다.

"잘 있어, 바닐. 다음에 좋은 상품을 팔면 또 들를게."

"음, 그렇다면 매일 들러라. 이제부터 일주일간, 평소에는 팔지 않는 상품이 선반에 진열될 예정이지."

""들르겠습니다.""

나를 비롯한 모험가들은 바닐의 말에 즉시 답했다—.

—그 후로……

"오늘 상품은 바로 이것! 평범하기 그지없는 모험가 필수

보존 식량이지만, 유통기한이 얼마 남지 않았으니 싸게 판매합니다! 그리고 물론 이 보존 식량을 다섯 개 사주신 분께만, 서비스로 비에 젖은 점주 브로마이드를……."

"주세요. 보존 식량 다섯 개 주세요!"

"모험가에게 보존 식량은 필수거든. 어쩔 수 없지. 다섯 개 주세요."

다른 자식들이 말한 것처럼, 모험가에게 보존 식량은 필수다.

"나도 보존 식량 다섯 개 주세요. 비에 젖은 점주 씨도 좋지만, 좀 더 공격적인 건 없는 거야?"

"뭐냐, 더 공격적인 걸 원하는 건가. 그럼, 보존 식량을 열 개 이상 사주신 분께만……."

"""열 개 주세요."""

우리가 즉시 대답하자, 바닐은 약간 압도당한 듯한 반응을 보이면서 사진을 넘겨줬다.

기대를 품으며 사진을 뒤집어보니—

"후하하하하하하하하! 아까보다 더 공격적인 흠뻑 점주 브로마이드일 것이라고 생각했느냐? 유감이지만, 모험가 장비를 걸친 공격형 점주 브로마이드……."

사진을 건네주며 폭소를 터뜨리던 바닐은 갑자기 입을 꾹 다물었다.

"……악감정이 흘러들어오지 않는구나. 너희는 그것도 괜찮은 것이냐."

"""이건 이것대로 괜찮거든.""""

—매일같이 펼쳐진 마도구점의 특별 세일은…….

"오늘 상품은 바로 이것! 이 근처에서 주운 돌멩이지만, 다섯 개 산 손님 한정으로 식사 점주 브로마이드, 물을 주는 점주 브로마이드, 청소 점주 브로마이드 중 하나가 들어 있는 봉투를 증정하겠다! 또한 낮은 확률의 레어품으로, 막 잠에서 깨어난 점주 브로마이드가 들어 있는 봉투도……."

"모험가라면 품속에 돌멩이 정도는 품에 넣어 다니다, 여차하면 던져야 하는 법이지. 다섯 개 주세요."

"투석 공격은 누구라도 할 수 있어서, 자주 쓴다고. 열다섯 개 주세요!"

"스테이터스가 상승하면 투석도 무시할 게 못 되거든. 서른 개 주세요. ……어이, 카즈마. 너는 활을 쓰니까 필요 없지 않아?"

"나는 전력을 다해 리스크를 회피하는 신중남, 카즈마 님 이거든. 활이 다 떨어졌을 경우에 대비해두는 게 당연하잖아. 쉰 개 주세요. 그리고 레어품도 포함해 컴플리트를 해야 게이머라 할 수 있지 않겠어?"

—마지막 날인 오늘까지, 호평이 이어졌다—.

"자, 어서 오십시오! 오늘 상품은 이것입니다! 보기에는 평범한 시계 같지만, 섹시 점주 목소리로 깨워주는 자명종 시계! 이 몸이 꾸준히 녹음해온 점주의 목소리를, 교묘하게 편집해서 만든 명작입니다!"

"1만 에리스!"

"2만 에리스야!"

"나는 3만 5천 에리스를 내겠어!"

경매에 붙여진 자명종 시계의 가격이 거침없이 상승했다.

그런 열띤 경매를 본 바닐은 기분 좋은지 크게 웃었다.

"후하하하하하하하! 감사합니다! 감사합니다! 구매해주셔서, 감사합니다! ……꼬맹이, 네놈은 참가하지 않는 것이냐? 이건 오늘만 파는 기간 한정품이다!"

아까부터 웃음을 참지 못하던 바닐은 경매에 끼지 않고 관망하는 나에게 말을 건넸다.

이미 꽤 많은 상품을 팔았지만, 예전부터 이 기회를 노리고 있었던 바닐은 위즈가 없는 지금이 기회라는 듯이 굿즈를 팔아치우기 시작했다.

처음에는 상품의 덤으로 주던 점주 굿즈도 요즘 들어서는 대놓고 팔기 시작했으며, 오늘은 아예 경매에 붙인 것이다.

"어이어이, 바닐. 나를 얕보지 말라고. 어차피 메인 상품은 마지막에 내놓을 거잖아? 그때까지 자금을 온존해두려는 거야."

"……확실히 하이라이트 상품은 후반에 내놓을 거지만, 네놈은 이 몸을 말리기는커녕 진짜로 경매에 참가할 건가."

이렇게 진심으로 참가할 거라고는 생각 못했던 건지, 바닐은 뜻밖이라는 태도를 보였다.

"네가 악랄한 장사를 벌였다면 나도 말렸을 거야. 하지만 이게 과연 악랄한 장사일까? 여기 모인 이들의 얼굴을 봐. 다들 눈부시게 빛나고 있잖아? 이 많은 손님을 행복하게 해 주는 장사를 방해할 수는 없다고."

"……그래. 그런 억지 논리를 이렇게 진지한 표정으로 늘어놓을 줄은 몰랐다만, 말리지 않는다면 그걸로 됐다. 이 몸으로서도 그편이 낫지."

바닐은 뭔가를 눈치챈 것처럼 주위를 둘러보았다.

"그런데, 위즈가 여행을 떠난 후로 그 재앙녀의 모습이 보이지 않는구나. 분명 이 몸의 장사를 방해할 거라고 생각했다만……."

"그건 걱정하지 마. 나도 걔가 방해할 것 같아서, 매일 용돈을 쥐어 주며 술 마시러 가게 했거든. 모두의 행복을 지키는 것도 모험가가 할 일이잖아."

"……위즈에게의 비밀 엄수 및 장사 협력에 대한 보상으로서, 점주의 섹시 포스터를 덤으로 주마."

나는 악랄한 장사가 아니라 말리지 않았을 뿐, 욕망에 진 것은 아니다.

그러니 바닐이 준 포스터는 보상이 아니라, 지인이 주는 사적인 선물로써 받았다.

……내가 그 포스터를 품속에 집어넣은, 바로 그때였다.

"바닐 니이이이이이이이이이이임! 큰일 났어요, 바닐 님~!"

장사에 힘쓰는 바닐의 곁으로, 매우 눈에 익은 여자애가 뛰어왔다.

경매에 참여 중인 모험가들도 그 애가 눈에 익은지, 다들 순순히 길을 비켜줬다.

"뭐냐, 시끄럽구나. 보다시피 지금은 바쁘다. 중요한 일이 아니라면 나중에 이야기해라."

"그, 그게! 중요한 일이에요, 바닐 님! 으음, 여기서 말씀드리는 건 좀……."

바닐을 존칭으로 부른 그 로리로리한 여자애는, 내가 자주 가는 가게의 점원이었다.

즉, 서큐버스 아가씨다.

"여기 있는 이들은 하나같이 네 정체를 안다고. 이제 와서 신경 쓸 필요 없거든?"

"그래. 아가씨가 곤란한 상황에 처한 거라면, 경우에 따라선 도와줄 수도 있어."

"예의 가게가 얽힌 문제라면, 전력을 다해 도울 거야."

이야기를 할지 말지 고민하던 서큐버스는 이 자리에 있는 이들이 가게 단골들이라는 점을 그제야 눈치챈 것 같았다.

"바닐 님, 실은…… . 저희 동포가 경영하는 던전이 습격을 받아서, 함락 직전까지 몰린 것 같아요!"

로리 서큐버스가 울먹거리며 호소했지만, 바닐은 한심하다는 듯이 코웃음을 쳤다.

"그게 어쨌다는 것이냐, 동포여. 던전을 경영한다는 건 보물로 모험가를 유인해 격퇴하고, 그들의 목숨을 양식으로 삼는 행위다. 거칠고 막되어 먹은 데다 목욕도 제대로 안 해서 꾀죄죄한 모험가들이지만, 서로가 목숨을 걸고 있는 만큼 함락 위기에 몰리더라도 남에게 도움을 청해선 안 된다. 그래. 던전의 주인이라면 마지막 순간에는 화려한 최후를 맞이해야 마땅하지."

바닐은 그럴듯한 말을 늘어놨지만, 은근슬쩍 우리를 디스하지는 말아줬으면 한다.

바닐에게 거절당하리란 예상을 못 했던 건 아닌지, 로리 서큐버스는 더는 애원하지 않으며 눈물을 감추려는 듯이 고개를 숙였다.

—바로 그때, 누군가가 중얼거렸다.

"바닐이 도와주지 않는다면, 다른 사람한테 부탁하면 되지 않아? 아가씨의 동포라면, 그 던전의 주인도 서큐버스일 거 아냐."

로리 서큐버스가 고개를 들더니, 바닐을 쳐다봤다.

바닐은 서큐버스의 시선을 받자, 좋을 대로 하라는 듯이 입가를 미소의 형태로 일그러뜨렸다.

자기가 직접 도와줄 생각은 없지만, 서큐버스의 매력으로 모험가를 낚아서 던전을 구원하는 건 오케이인 것 같았다.

표정이 환해진 로리 서큐버스는 아까 누군가가 한 말에 허둥지둥 답했다.

"아, 네! 그분도 서큐버스예요! 저희 선배인데, 옛날에는 저희 가게에서도 일했어요!"

로리 서큐버스가 그렇게 말한 순간, 이 자리에 있는 모험가들이 들끓었다.

당연했다. 이 자리에는 여자의 눈물에 약한 사나이뿐이니까 말이다.

"하지만 상대는 동업자야. 인간 상대로 죽일 작정으로 싸울 수는 없잖아?"

"그건 그래……. 던전 공략은 길드에서 추천하는 행위이고, 그것을 방해하는 것만으로도 큰 문제지. 그렇다면, 던전의 주인을 탈출시키는 게……."

"그것보다, 그 던전은 어디 있는 거야? 이미 함락 직전이라며? 함락되기 전에 도착할 수 있겠어?"

서큐버스를 도우러 가는 건 이미 결정 사항인 건지, 모험가들이 그렇게 말하는 가운데…….

"던전은 왕도 근처에 있어요! 텔레포트 가게를 이용하면 금방 갈 수 있으니까, 아직 안 늦었을지도 몰라요! 전송요금은 저희가 부담할게요! 그리고……."

로리 서큐버스는 숨을 삼키더니, 결정적인 말을 입에 담았다.

"던전의 명칭은 『욕망의 미궁』! 남성 모험가라면 누구나 아는, 무지무지 유명한 던전이에요!"

4

왕도를 경유한 모험가들이 던전 안으로 쏟아져 들어갔다.

"다들 서둘러! 던전이 공략되게 두지 마! 여기는 남자의 꿈으로 가득한 던전이라고!"

"젠장, 언젠가 이 던전에 여자 모험가와 같이 와보는 게 꿈이었는데……!"

"안 그런 사람이 어디 있어! 아아아아, 이렇게 후덥지근한 멤버가 아니라, 여자애와 단둘이 이 던전에 도전하고 싶었어!"

"이 던전을 공략하려는 걸 보면, 도전한 모험가는 여자가 분명해! 남성 모험가라면 여기를 함락시킬 생각을 못할 거잖아!"

모험가들이 입을 모아 그렇게 말하는 것을 보면, 이 던전은 매우 유명한 것 같았다.

그리고…….

"그런데 무슨 바람이 분 거야? 너라면 이 던전의 서큐버스를 내버릴 줄 알았는데……."

아까 돕는 것을 거절했던 바닐이 우리와 동행하고 있었다.

"……음. 이 몸의 힘으로도 이 던전의 도전자를 내다보지 못하는 게 신경 쓰여서 말이다."

"그 말은, 꽤 강한 고레벨 모험가라는 거지? 뭐, 네가 같이 와줘서 든든하긴 한데……."

바닐이 미묘한 표정을 짓고 있는 가운데, 나는 앞장서고 있는 모험가에게 이 던전에 관해 물었다.

"저기, 나도 덩달아 따라오긴 했는데 말이야. 이 던전은 그렇게 인기 있는 곳이야?"

"뭐?! 맙소사. 카즈마 너, 파티 멤버가 여자 천지인데도 이 곳에 와본 적이 없는 거냐? 아까 서큐버스가 말했지? 남성 모험가라면 누구나 안다고 말이야. 이 던전에는 음란한 함정이 가득 있어."

그 말은 아까 들었는데, 음란한 함정이라는 건 대체 무슨 소리일까.

옷만 녹이는 몬스터, 마개조 슬라임이 솟아 나오는 함정이 있는 걸까?

"잘 모르는 것 같으니까, 가르쳐주겠어. 이 던전에는 남녀가 단둘이 들어가지 않으면 작동하지 않는 함정 방이 있어.

그리고 그 방에서 탈출하기 위해선, 던전의 주인이 내린 음란한 지시에 따라야만……."

"그렇다면 이 던전이 공략되게 둘 수 없잖아!"

아쿠아는 옛날에 던전에서 버려졌던 트라우마가 있으니 따라오지 않을 것이다.

그리고 메구밍 또한, 던전에서는 폭렬마법을 쓸 수 없어서 들어가고 싶어 하지 않는다.

그러니, 이 던전에 도전한다면, 에로 담당인 다크니스와 필연적으로 단둘이 도전하게 된다.

"모험가에게 던전에 도전하는 건 당연한 일이잖아. 나, 무사히 여기서 돌아간다면 동료와 함께 도전해보겠어."

"그래. 그렇게 해. 참고로 남성 모험가 사이에는 보스 방에 도전하지 않는다는 암묵의 룰이 있어. 보통은 거기 도달하기 전에 그렇고 그런 사이가 되니까, 보스 방에 도달하는 일 자체가 없지만 말이야."

딱히 다크니스와 그렇고 그런 사이가 되고 싶은 건 아니지만, 던전 공략 중에 함정에 걸려서 사고로 그렇게 되는 건 어쩔 수 없다.

던전의 주인이 내리는 지시가 어느 정도 수준인지는 모르지만, 간단히 말해 러키 색골 이벤트가 빈발하는 던전이다.

이 던전이 어떤 곳인지 몰랐다고 주장하면, 재판에서도 이길 수 있을 것이다…….

"어, 어이, 이게 다 뭐야!"

바로 그때, 앞장서서 달리던 모험가가 고함을 질렀다.

무슨 일인가 싶어서 뒤편에서 쳐다보니, 던전의 방 한가운데에 커다란 구멍이 뚫려 있었다.

설마 이 던전을 공략하는 모험가가 바닥에 구멍을 뚫어서 지름길을 만든 건가?

"이딴 식으로 공략해도 되는 거냐고! 던전에 구멍을 뚫다니, 작렬마법…… 아니, 폭발마법을 쓸 수 있는 모험가나 가능하잖아! 게다가 마력 소비도 어마어마할 텐데……."

"아니, 애초에 어떻게 이 구멍을 통해 아래층으로 내려간 거지? 높이가 상당한데, 로프를 쓴 흔적도 없어. 내려간 직후에 몬스터에게 습격을 당할지도 모르는데, 여기서 뛰어내린다는 건 자살행위야."

모험가들의 말을 들은 순간, 나는 불길한 예감이 엄습했다.

폭발마법을 쓸 수 있고, 아래층으로 뛰어내려도 다치지 않는 모험가.

……리치라면, 일반적인 물리 공격은 통하지 않을 것이다.

그리고 남성 모험가라면 이 던전을 끝까지 공략하지 않을 테니, 도전자는 여성일 가능성이 크다고 한다.

"어이, 바닐. 문득 든 생각인데……."

"더는 말하지 마라, 꼬맹아. 우리가 앞장서서, 그걸 서둘러 회수하자."

바닐은 그렇게 말하더니, 내 대답을 듣지도 않고······.

"앞장서다니, 나까지 갈 필요느으으으으으으으으으으으은!"

"여기까지 왔으니, 끝까지 어울려줘야 할 것 아니냐! 네놈이 있는 편이 설득하기 쉬울 것이다!"

바닐은 나를 안아 들더니, 거대한 구멍으로 뛰어내렸다─.

─대체 몇 번이나 구멍에 뛰어내린 것일까.

여기가 던전의 최하층인지 바닥에는 구멍이 없었고, 발밑에는 드레인 터치로 마력을 빨린 탓에 비쩍 말라버린 몬스터가 굴러다니고 있었다.

······이제까지 조용하던 던전 안쪽에서, 폭발음이 들려왔다.

소리가 들린 곳으로 뛰어가 보니, 말다툼 소리가 들려왔다.

"눈감아주세요! 눈감아주세요! 부탁이에요, 눈감아주세요! 이 던전을 만들면서 이런저런 일이 있었던 바람에, 저는 잔기(殘機)가 남아 있지 않아요!"

"마, 마음 같아서는 눈감아주고 싶지만, 저한테도 사정이 있어서요. 죄송해요!"

그곳에 있는 이는 바로 위즈였다.

무릎을 꿇고 울면서 비는 서큐버스에게, 위즈는 한 손을 내민 채 슬금슬금 다가가고 있었다.

이곳은 위즈가 오기 전까지 보스 방이었던 것 같지만, 입구가 폭파되어 문이 떨어져 나간 이 방의 내부는 처참했다.

"여자 모험가가 온 것을 보면, 이 던전의 정체가 들통난 거죠?! 오늘부로 던전을 접을 테니, 눈감아주세요!"

"으, 으음, 이 던전의 정체는 모르지만……. 돈이 필요해서 던전이 어디 없나 탐색하다 보니, 우연히 여기를 발견해서……."

대화 내용으로 유추해볼 때, 위즈는 이곳의 평판을 듣고 온 게 아닌 것 같았다.

"즈, 즉, 던전의 보물을 노리고 쳐들어온 강도군요? 알았어요, 보물을 전부 드릴 테니, 목숨만 살려주세요!"

"가, 강도라니, 말이 너무 심하잖아요! 저는 던전을 공략하러 왔을 뿐이에요!"

어이쿠, 이대로 있다간 서큐버스 누님이 퇴치되고 말겠는걸.

어떻게 위즈를 설득할지 고민하고 있을 때, 바닐이 쓱 앞으로 나섰다.

"거기까지 해라, 강도 점주여. 그대가 말한 몸으로 돈을 벌겠다는 게, 이런 짓을 말한 것이었느냐."

"바, 바닐 씨?! 게다가 카즈마 씨까지……?!"

"바닐 님~!"

바닐의 갑작스러운 등장에 위즈는 놀랐고, 서큐버스의 눈가에는 눈물이 맺혔다.

"미안하지만, 저 자는 동포라서 말이지. 평소 같으면 던전을 경영하고 있으니 자업자득이라며 내버려두겠다만……."

평소와 다르게 바닐이 그런 갸륵한 말을 하자, 서큐버스를 해치우려던 위즈가 움직임을 멈췄다.

"그대에게 돈을 벌어오라고 보낸 게 이 몸인 이상, 이 상황을 만든 것 또한 이 몸인 게 되지. 그 바람에 동포가 토벌당하는 걸 두고 볼 수는 없구나."

"하, 하지만 바닐 씨. 그럼 제가 써버린 가게 자금은 어떻게 할 건가요?"

위즈가 당혹스러워하자, 바닐은 슬며시 쓴웃음을 머금었다.

"자금은 어찌어찌 조달했다. 그것보다, 이 몸의 가족끼리 싸우는 것을 두고 볼 수는 없구나. 자, 점주여. 가게로 돌아가자."

"바, 바닐 씨, 그래도 될까요? 가게에 돌아갈 수 있는 건 기쁘지만……."

위즈는 머뭇머뭇 대답하면서도, 돌아서서 지상으로 향하기 시작한 바닐을 쫓아갔다.

"그것보다, 방금 저희를 가족이라고 했죠? 즉, 이 서큐버스 씨만이 아니라 저도 가족으로 여긴다는 말이죠? 평소에는 그렇게 퉁명하지만, 바닐 씨는 의외로 츤데레군요!"

"좋다. 역시 너는 5년 후에 돌아와라."

"노, 농담이에요, 바닐 씨! 바닐 씨도 농담한 거죠? 저, 가게에 돌아가도 되는 거죠?!"

허둥지둥 바닐의 뒤를 쫓으면서, 위즈는 불안한 목소리로 그렇게 외쳤다―.

다음날 오후.

어젯밤에는 구조했던 서큐버스 누님이 도와주러 온 바닐과 모험가들에게 답례를 하고 싶다고 해서, 왕도의 고급 가게에서 융숭한 접대를 받았다.

오래간만에 제대로 된 식사를 하게 된 위즈도 행복한 표정으로 배부르게 음식을 먹었다.

덕분에 이 시간이 되어서야 액셀 마을에 돌아왔는데—.

"어서 오십쇼! 자, 마도구는 빨리 사는 사람이 임자입니다! 한 집에 한 대씩 꼭 필요한 살충 인형! 이게 있으면 공포의 대왕도 무섭지 않습니다! 지금이라면 단돈 5만 에리스에 넘겨드립니다!"

마을에 돌아온 우리가 가게에 가보니, 어찌 된 건지 아쿠아가 멋대로 상품을 판매하고 있었다.

원래라면 남의 가게에서 무슨 짓이냐며 화를 냈겠지만…….

"이게 대체 무슨 일이냐. 가게가…… 위즈가 개발한 신상품이 이렇게 잔뜩 팔리다니……!"

바닐이 눈을 의심하며 떨리는 목소리로 그렇게 말하자, 위즈는 깜짝 놀라면서도 가슴을 폈다.

"바닐 씨, 어때요?! 제가 그렇게 잘 팔릴 거라고 말했잖아요! 자, 손님 여러분의 얼굴 좀 보세요. 다들 저렇게 표정이 환하잖아요……!"

그렇게 말하며 미소 짓는 위즈의 눈앞에서, 마지막 메이드 인형이 팔렸다.

위즈가 자신에 찬 목소리로 한 말을 들은 바닐이 쓴웃음을 머금었다.

"이게 바로 기쁜 오산이라는 건가. 그대는 너무 강하기에, 이 몸의 힘으로도 행동이나 미래를 읽을 수 없지. 설마 저 잡동사니가 이렇게 잘 팔릴 줄이야……."

"자, 잡동사니라고 부르지 마세요! 귀엽고 편리한 인형이란 말이에요!"

위즈가 그렇게 말하며 바닐에게 따졌지만, 저 인형의 결점을 아는 나로선 영 찝찝했다.

"아니, 그래도 왜 다들 자폭 기능이 딸린 인형을 가지고 싶어 하는 거지? 청소 기능 포함이라는 점만으로는 이렇게 잘 팔릴 것 같지 않은데……."

내가 그런 의문을 입에 담자, 인형을 다 팔아치운 아쿠아가 만족한 표정을 지으며 나에게 다가왔다.

"아, 그게 말이지? 마을 하수도에 공포의 대왕이 대량 발생한 것 같은데, 상대가 상대라 그런지 아무도 퀘스트를 맡지 않나 봐. 그래서 마을 사람들이 자택에서 하수도로 이어지는 곳에 설치하려고 인형을 사러……."

"잠깐만요! 그건 제가 기획한 사용법이 아니에요! 그건 어디까지나 청소 인형이라고요!"

"후하하하하! 푸하하하! 이럴 줄 알았다, 후하하하하하하!"

공포의 대왕이란 간단히 말해 이세계 바퀴벌레다.

"그래도 잘했다, 위즈. 오늘부터 그대의 주식은 핫도그용 식빵이다!"

"정말인가요, 바닐 씨?! 감자와 무순에서 졸업해도 되는 거예요?!"

그 자식들의 무시무시한 점은, 한 마리라도 해치우면 동료들이 해치운 상대의 얼굴을 기억해뒀다가 그날 밤에 무리 지어서 역습하러 온다는 점이다.

제거한 상대가 자폭하는 인형이라면, 공포의 대왕도 역습하지 못할 거라고 여기는 건가.

"살충 인형이 전부 팔려서 다행이네, 위즈. 내 알바비는 인형 하나당 1만 에리스면 돼."

"무슨 소리를 하는 것이냐, 이 탐욕녀여. 알바비는 살충 인형 하나당 500에리스다."

"두 사람 다, 살충 인형이라고 부르지 마세요!"

―바로 그때였다.

현관문이 힘차게 열어젖혀지더니, 눈에 익은 금발 양아치가 뛰어 들어왔다.

"바닐 나리이이이이이이이잇! 너무하잖아! 점주 씨 굿즈를 판다는 이야기를 왜 안 해준 거냐고! 다 같이 돈 벌러 갔다 와보니, 다른 모험가들이 자랑하지 뭐야! 나와 나리 사이잖아! 혹시 남은 게 있으면 좀 나눠줘!"

욕망으로 가득 찬 더스트가 그렇게 말한 순간, 가게 안의 공기가 단숨에 식어버렸다.

뛰어 들어온 더스트는 그제야 위즈가 있다는 사실을 눈치 챈 것 같았다.

"……점주 씨. 탕진한 자금을 벌려고 여행을 떠났다고 들었는데, 돌아왔구나."

"저, 방금 돌아왔어요. 그런데 더스트 씨, 자세한 이야기를 들려주세요. 제 굿즈라는 게 무슨 말이죠?"

어떻게 얼버무릴지 생각하는 사이, 분위기 파악 못 한 이 자식이 입을 멋대로 놀렸다.

"나는 매일 술 마시러 다녀서 자세한 건 모르는데, 저기 있는 가면 악마가 위즈의 음란한 굿즈를 만들어서 팔았나 봐! 위즈는 사람들한테 인기 있잖아? 그래서 날개 돋친 듯이 팔렸대!"

6

액셀 마을 인근의 언덕 위는 기묘한 공기에 휩싸여 있었다.

위즈의 옆에는 얼어붙은 바닐의 몸뚱이가 남겨져 있었으

며, 대치한 두 사람 사이에서는 일촉즉발의 분위기가 감돌고 있었다.

"각오하세요, 바닐 씨! 인간이었던 시절의 저로 여기면 큰코 다칠 거예요!"

"후하하하하하하하! 그 시절에는 그대를 실컷 놀려줬는데, 지금은 얼마나 성장했는지 봐주도록 하지! 뭐, 그렇게 오래 버티진 못하겠지만 말이다!"

위즈가 힘차게 마법 영창을 시작하자, 바닐이 즉시 살인 광선을 준비했다.

"『바닐식 살인광선』!"

"『크리에이트 어스 월』!"

바닐이 날린 광선이 위즈가 만들어낸 흙벽에 막혔다.

위즈의 주위를 흙벽이 완전히 감싸자, 그 안에서 새로운 영창이 들려왔다.

"『커스드 네크로맨시』!"

위즈가 아직 흙벽의 보호를 받는 가운데, 떨어진 곳의 흙이 솟구치면서 뭔가가 모습을 드러냈다.

그것은 액셀 마을 인근에서 질릴 정도로 토벌되는 몬스터, 자이언트 토드가 언데드화한 것이었다.

"자기는 흙벽 안에 틀어박혀 있으면서, 언데드에게 나를 공격하라 시키려는 건가? 흥, 개구리 좀비 따위로 이 몸을 어찌할 수 있을 거라고 얕보……."

"『커스드 네크로맨시』!"

바닐이 말을 끝까지 잇기도 전에, 위즈가 또 마법을 펼쳤다.

두 번째 언데드 개구리가 만들어지더니, 그것이 몸을 일으키기도 전에 첫 번째 개구리가 바닐에게 달려들었다.

"이, 이익, 다음은 이 몸의 턴이지 않느냐! 물량으로 밀어붙일 작정인 것이냐?!"

"『커스드 네크로맨시』!!"

두 번째, 세 번째 개구리가 만들어지는 가운데, 첫 번째 개구리가 바닐을 향해 달려들었고—!

"『턴 언데드』!"

"꺄아아아아아아아아아앗?!"

바닐에게 공격이 명중하기 직전, 아쿠아에 의해 소멸했다.

턴 언데드의 여파는 남은 두 개구리에게도 미쳤으며, 흙벽 안에서 위즈의 비명이 들려오는 것을 보면 거기까지도 전달된 것 같았다.

"내 앞에서 언데드 몬스터는 소환 금지야. 위즈에게 1 페널티를 주겠어."

"네, 네에……."

흙벽 안에서 가녀린 목소리가 들려왔다.

"후하하하하하하하, 이번에는 내 차례구나! 지혜조차 지니지 못한 하급 악마여, 이 몸의 부름에 응해서 나타나라!"

"『세이크리드 엑소시즘』!"

바닐이 지면에 손을 대자, 아쿠아가 파마의 마법을 날렸다.

지면에서 솟아난 하급 악마와 함께, 바닐의 몸이 가면만 남기고 붕괴했다.

지면에 떨어진 가면 아래에서, 흙으로 된 몸이 꿈틀대며 생겨났다.

"이 분위기 파악 못 하는 방해녀! 네놈은 대체 아까부터 뭐 하는 것이냐!"

"내 앞에서 악마를 부르게 둘 것 같아? 너도 1 페널티야."

바닐이 아쿠아의 훼방으로 대미지를 받은 사이, 흙벽 안에서 목소리가 들려왔다.

"『라이트닝 스트라이크』!"

"으윽?!"

구름 한 점 없는 하늘에서 갑자기 떨어진 번개가, 바닐에게 정통으로 꽂혔다.

"『크리에이트 어스 골렘』!"

위즈를 숨겨주던 흙벽이 인간 형태로 모습을 바꾸더니, 이윽고 3미터 가량 되는 덩치를 지닌 골렘이 탄생했다.

흙벽이 사라지면서 모습을 드러낸 위즈는 아쿠아의 훼방 탓인지, 약간 투명해진 상태였다.

"……기습이라고는 해도 이 몸의 잔기를 줄이다니, 꽤 하는군."

"우후후후. 리치가 살짝 진심을 발휘해봤을 뿐이에요, 바닐 씨. 자, 이제부터 본격적으로 싸워볼까요!"

위즈가 힘차게 선언하면서 마법 영창을 시작하자, 바닐은 살인광선을 날릴 준비를 했다.

그에 맞춰 위즈를 공격하지 못하도록 막으려는 듯이 골렘이 앞으로 나섰다.

"또 성가신 전법을 사용하는구나! 좋다! 오랜 세월 존재해온 대악마가 지닌 힘의 일부를 보여주지!"

"리치와 악마 중에 어느 쪽이 더 뛰어난지, 확실히 하도록 하죠!『커스드 라이트닝』!!"

7

지형이 뒤바뀌어버린 언덕 위에서, 둘의 전투는 오랫동안 이어졌다.

처음에는 위즈가 골렘을 방패삼으며 각종 마법을 펼쳐서 압도했지만, 마력이 바닥을 보이기 시작하면서 상황이 일변했다.

바닐에게 근접전을 시도하며 드레인 터치로 마력을 빼앗으려 했지만, 상대는 철저하게 거리를 벌리며 떨어진 위치에서 살인광선을 뿜었다.

바닐식 파괴광선에 의해 골렘은 이미 파괴됐고, 이제는 위즈의 모습이 반투명해져 있었다.

"아아아아아아아아앗! 지, 지지 않을 거예요! 저, 오늘만은 절대 바닐 씨에게 질 수 없단 말이에요오오오오오!"

"후하하하하하하하! 이제 그만 졌다는 걸 인정해라, 이 패배자 점주여! 오늘은 잘 싸웠다! 그 점은 칭찬해주마! 자, 더 싸워봤자 승산은 없다. 빨리 가게로 돌아가서, 살충 인형을 생산하거라!"

이제 와서는 술래잡기나 다름없어졌지만, 만신창이가 된 위즈의 눈은 아직 포기하지 않은 것 같았다.

그에 비해 바닐은 잔기가 몇 개 줄어들기만 했을 뿐, 아직 여유로운 미소를 머금고 있었다.

그렇게 필사적으로 바닐을 쫓던 위즈가 갑자기 걸음을 멈췄다.

그리고 결심했다는 표정으로, 바닐을 향해 작은 목소리로 말했다.

"바닐 씨는 역시 강하군요. 지금 이대로는 도저히 이길 수 있을 것 같지가 않아요."

"호오, 드디어 패배를 인정하는 건가. 그러나 그대도 잘 싸웠다. 오늘은 이 몸의 승리로 끝났지만, 앞으로 몇백 년이 지나면 승부의 행방은 알 수 없겠지."

바닐 또한 걸음을 멈추더니, 웬일인지 위즈에게 찬사를 보냈다.

하지만 위즈는 고개를 젓더니, 호주머니 안에서 무언가를 꺼냈다.

"아뇨, 아직 승패는 갈리지 않았어요. 실은 제가 지닌 힘만으로 싸우고 싶었지만, 더는 그럴 수 없을 것 같네요."

이제까지 의기양양하게 웃고 있던 바닐이 갑자기 웃음을 멈췄다.

갑자기 왜 그러나 싶어 쳐다보니, 바닐의 시선은 위즈가 손에 든 물체에 못 박혀 있었다.

위즈가 손에 쥔 것은 마나타이트.

마력을 대신 부담해주는, 마법사에게 인기 있는 『고가』의 일회용 아이템—

"이렇게 되면 수단과 방법을 가리지 않겠어요, 바닐 씨! 『커스드 라이트닝』!"

마나타이트를 움켜쥔 위즈가 검은 번개를 날렸다.

바닐은 겨우겨우 그것을 피하더니, 동요한 기색이 묻어나는 목소리로 말했다.

"지, 진정해라, 위즈. 대화로 풀자. 그것은 지난달에 이 몸이 사들인 고품질 마나타이트인가? 자물쇠가 달린 창고에 넣어뒀는데, 그걸 어떻게 꺼낸 거지?"

"마법사는 언락이란 자물쇠 따기 마법을 쓸 수 있으니까, 저한테 자물쇠 같은 건 의미 없어요. 그것보다 이건 바닐 씨가 사들인 것이었군요. 감사히 잘 쓰겠어요!"

어찌 된 건지 위즈가 기뻐하자, 바닐은 발끈하며 고함을 질렀다.

"그것은 그대가 써도 되는 물건이 아니다! 마왕군과의 싸움의 격화되려는 것 같아서, 마나타이트의 가격이 상승할 거라 예상하고 사들인 물건이란 말이다!"

"바, 바닐 씨가 그런 소릴 해도, 이렇게 손에 넣었으니 써버릴 거예요! 아, 안 그러면 바닐 씨에게 이길 수 없는걸요……."

선물거래용으로 사들인 마나타이트를 위즈가 쓰자, 바닐조차도 당황하고 말았다.

"좋아, 알았다. 일단 비긴 걸로 하자. 인간 사이에는 이런 말도 있다지? 다툼은 아무것도 낳지 않는다, 복수는 아무것도 낳지 않는다, 란 격언 말이다."

"이제 와서 그런 말 해봤자 소용없어요! 저는 진짜로 화났단 말이에요! 게다가 이참에 제대로 결판을 내지 않았다간, 바닐 씨가 또 이상한 걸 팔 것 같으니까……. 『커스드 크리스털 프리즌』!"

위즈는 그런 말을 하는 와중에도, 마나타이트를 써서 마법을 날리고 있었다.

마법 자체는 그렇게 위협적이지 않지만, 위즈가 마법을 쓸 때마다 바닐의 안색이 나빠졌다.

"카즈마 씨, 카즈마 씨. 저 별종 악마의 몸은 흙으로 되어 있는데, 안색이 변하기도 하네. 오늘 참 좋은 걸 구경했어."

"그래. 그 정도로 초조한 거겠지. 평소에 그렇게 여유롭던 바닐의 저런 모습은 흔히 볼 수 있는 게 아냐. 더 궁지에 몰리는 모습을 보고 싶은걸."

"거기 있는 구경꾼들이여, 느긋한 소리 그만하고 저 탕진 점주를 말려라!"

바닐이 필사적인 목소리로 그렇게 외쳤지만, 그 말에 대답하듯 위즈가 마법을 펼쳤다.

"역시 마나타이트는 편리하네요. 기회가 있으면 더 사들여야겠어요. 그래도 칭찬해주세요, 바닐 씨. 일전에 대량으로 사들였던 최고 품질 마나타이트만은 안 가져왔어요, 『인페르노』!"

"마나타이트는 가격 변동이 극심해서, 신출내기가 그걸로 돈 벌어들이려 하는 건 위험하니 관둬라! 그리고, 최고 품질 마나타이트만은 더 이상 사들이지 말아다오!"

일전에 위즈는 바닐이 나한테서 뜯어낸 돈으로 최고 품질 마나타이트를 사는 데 탕진해버렸다. 그것이 트라우마로 남은 바닐이 고함을 질렀다.

그것이 결정타가 된 건지, 활활 타오르는 불꽃에 휘말린 바닐이 두 손을 들면서 선언했다.

"이 몸이 졌다! 더 싸워봤자 무의미하지. 섹시 점주 굿즈를 판매한 것도 사과하마. 그러니까……."

"『라이트닝 스트라이크』! 멋대로 패배를 인정하지 마세요! 아직 여력이 남아 있다는 걸 알고 있어요! 이런 식으로 이겨봤자 저는 개운하지 않아요, 『크리에이트 어스 골렘』!"

바닐에게 번개가 정통으로 꽂힌 가운데, 대지에서 흙먼지가 피어오르면서 새로운 어스 골렘이 생겨났다.

바닐은 번개를 맞고 무너진 몸을 재생시키면서, 완전히 뚜껑이 열리고 말았다.

"이 꽉꽉 막힌 제멋대로 점주 자식! 그대가 이긴 걸로 해주겠다는데, 대체 왜 이러는 것이냐! 이제 됐다! 더는 마나 타이트를 쓰지 못하도록, 내가 실력으로 제압해주마!"

"흐, 흥! 이제 와서 센 척 해봤자 소용없어요! 게다가 슬슬 해가 지려고 하거든요? 밤은 리치의 시간대예요, 『라이트 오브 세이버』!!!!!"

"멍청한 자식, 밤은 악마에게 있어서도 힘이 넘쳐흐르는 시간대다! 그러니 지구전으로 몰고 가봤자 의미는 없지! 서둘러 그대를 해치워주마!"

빛나는 검을 만들어낸 위즈가, 골렘과 함께 바닐에게 달려들었다.

"카즈마 씨, 카즈마 씨. 리치와 악마는 백수와 같은 습성을 지녔나 봐. 나, 조금이지만 친근감이 들어."

"저 두 사람 앞에서는 그런 말 하지 마. 아마 질색할 거야."

위즈가 휘두른 검에 한쪽 팔이 잘린 바닐이 다른 팔을 들어 올렸다.

"『바닐식 살인광선』!"

"『커스드 크리스털 프리즌』!"

필살의 광선에 꿰뚫리면서도, 위즈는 왠지 즐거운 듯이……

"바닐 씨! 이렇게 공격을 주고받으니, 옛날에 던전에서 진심으로 싸웠던 때가 생각나네요!"

……하고 말한 순간, 얼음에 갇힌 바닐의 몸이 폭발하며 산산이 흩어졌다.

자기 몸을 자폭시켜서, 얼음 안에서 탈출하려 한 것 같았다.

바닐은 부서진 몸에서 가면을 떼어내더니, 그것을 지면에 던졌다.

그리고 새로운 몸이 생산되는 가운데, 바닐이 싫증난 투로……

"그때는 아직 늠름하고 귀여웠는데, 어쩌다 이런 얼간이 리치가 된 것이냐! 이것이 타락이라고 하는 건가…….."

"타, 타락 같은 소리 마세요! 저는 리치가 된 걸 후회하지 않는단 말이에요!"

위즈가 항의하듯 그렇게 말하더니, 호주머니에서 마나타이트를 잔뜩 꺼냈다.

그 돌의 개수를 본 바닐의 입가에 경련이 일어났다.

"저, 점주……. 그대가 양손으로 쥐고 있는 마나타이트가, 얼마나 하는지 알고 있는 것이냐?"

바닐이 떨리는 목소리로 작게 말하자, 위즈는 즐거운 듯이 미소를 머금었다.

"몰라요! 모르지만……. 이걸 다 써버리면, 개운할 게 틀림없다는 것만은 알겠어요!"

"으아아아아아아아아아아아아아아아아아아아아아아아아아아아악!"

―대악마와 리치의 싸움은 위즈가 마나타이트를 다 써버릴 때까지 이어졌고, 바닐은 위즈 굿즈를 두 번 다시 팔지 않기로 마음속으로 맹세했으며…….

―마나타이트에 의한 적자가 살충 인형으로 낸 이익을 넘어서자, 위즈의 주식은 콩나물로 바뀌었다.

이 세 계 부조리 일상록

【0월 ×일. 비.】

창밖에서 억수같이 쏟아지는 비를 쳐다보며, 나는 혼잣말 하듯 말했다.

"나, 이 세상이 싫어."

지금은 오후.

점심 식사를 마친 나는 마을에 나가려던 참이었는데…….

"너, 대뜸 무슨 소리를 하는 거야. 일기예보는 안 본 거야?"

창밖을 바라보는 나를 향해, 아쿠아는 어처구니없다는 투로 말했다.

이 세상에도 일기예보라는 게 존재한다.

매일 아침 오는 신문에, 전속 점술사의 일기예보가 실려 있다.

"일기예보는 봤어. 하지만, 그게 오타일 거라고 생각했단 말이야. 왜냐하면……."

나는 집 마당에서 펄쩍펄쩍 뛰고 있는 생선을 손가락으로 가리키며 말했다.

"갑작스러운 폭우와 생선 주의. 가능한 한 외출을 자제하고, 피치 못해 외출할 때는 머리를 지키는 방어구를 준비할 것. ……생선을 주의하라는 게 대체 뭐야. 뭘 조심하면 되는 건데?"

"고급 생선이 하늘에서 내려와도 함부로 잡으려고 하지 말고, 비가 그칠 때까지 집 안에 있으란 소리야. 이 시기에는 여름의 대정령과 폭풍의 대정령이 활발하게 싸우니까, 전장 강우대가 발생하기 쉬워. 하늘에 쌓인 적란운이 큰비를 내리게 하니까, 더운 여름에 물을 원하는 생선들이 곳곳에서 모여드는 거야."

"저기, 무슨 말을 하는 건지 모르겠거든?"

눈앞에서 일어나고 있는 광경도 이해가 안 됐다.

이 세상은 여러모로 이상하다고 생각하지만, 이 불합리한 자연 현상에는 도저히 익숙해지지 않았다.

"이렇게 큰비가 그치고 나면 생선이 참 싸져. 오늘 밤에는 회와 생선구이를 즐겨야겠네."

"진짜냐. 하늘에서 내려온 생선을 먹는 거냐고."

……이 부조리한 세상에 대한 푸념을 내가 늘어놓고 있을 때였다.

"아쿠아, 카즈마, 돌아왔다! 목욕하고 싶으니, 마법으로 물을 만들어다오!"

"앗, 제 모자 안에 자바리가 들어 있어요! 다크니스, 목욕하기 전에 옷 안을 살펴봐 주세요. 고급 생선이 들어 있을지도 몰라요!"

아침부터 일과를 하러 갔던 메구밍이 다크니스에게 업힌

채 흠뻑 젖어서 돌아왔다.

모자에서 튀어나온 생선이 도망치려 하자, 메구밍은 희희낙락하며 그 생선을 잡았다.

"생선을 이용한 미끈미끈 플레이를 기대했다만, 어찌 된 건지 내 갑옷 틈새로는 아무것도 침입하지 않았다. 나도 메구밍처럼 가벼운 복장을 했어야 했나……."

"그런 이유로 방어력을 하락시키지 마세요. 그것보다 오늘 밤에는 파티예요. 나중에 마당에 떨어져 있는 생선도 잡자고요!"

두 사람은 돌아오자마자 야단법석을 떨었지만, 이 세상의 주민이라 그런지 하늘에서 생선이 내려오는 일상에 익숙한 것 같았다.

평소에는 딱히 만나고 싶다는 생각이 안 들지만, 지금은 이 세상에 살고 있을 일본 출신 전생자들과 만나서 푸념을 늘어놓고 싶다.

"앗! 카즈마, 저기 봐! 장어가 있어!"

……아직도 그치지 않은 빗속으로, 아까 나에게 주의를 줬던 아쿠아가 뛰쳐나갔다.

물의 여신답게, 비를 보고 텐션이 상승한 것일까.

폭포 같은 호우를 개의치 않으며, 아쿠아는 정원에서 펄쩍거리고 있는 장어를 환한 표정으로 움켜잡았다.

"카즈마, 참돔과 광어도 손에 넣었어! 한동안은 생선 걱정은 안 해도 되겠네!"

"생선을 잡는 건 좋지만, 하늘에서 내려오는 생선을 조심해. ……앗!"

창문 너머로 주의를 준 순간, 타이밍 나쁘게도 아쿠아의 머리에 방어가 정통으로 명중했다.

게다가 생선이 부딪친 곳을 움켜쥐며 그 자리에서 몸을 웅크린 아쿠아의 머리를 향해, 눈다랑어가 낙하하고 있었다.

우산을 펼치며 마당으로 나간 나는, 추격타를 맞은 탓에 갓 낚아 올린 참치처럼 바닥을 굴러다니고 있는 아쿠아를 회수했다—.

【○월 △일. 흐림.】

"악역영애 라라티나! 나는 이 자리에서 당신의 악행을 고발하겠어!"

파티장 한복판에서, 다크니스가 느닷없이 고발을 당했다.

다크니스를 고발한 이는, 이성에게 꽤 인기 있을 법한 잘생긴 외모와 옅은 금발을 지닌 귀족 청년이었다.

파티장 안에 정적이 감도는 가운데…….

"돌트린 남작가의 영애, 티어를 더는 괴롭히지 마! 그리고……. 지금 이 자리에서, 너와의 약혼 파기를 선언하겠어! 부디 나를 포기해줬으면 해! 부모가 멋대로 정한 약혼이지만, 오늘 처음으로 너를 보고 깨달았어. 너는 내 취향이 아냐! 나는 티어처럼 가련한 애를 좋아해!"

갑작스러운 고발 탓에 파티장 안이 조용해졌나 싶더니, 이번에는 다크니스가 대뜸 차였다.

그리고 차인 당사자는—.

"…………"

"큭……! 그, 그만……! 마, 말없이 목을 조르지 마……. 주, 죽겠어……."

"더스티네스 님, 그만하시길!"

"화나신 것은 이해합니다만, 상황을 이해할 수가 없습니다! 우선 해명을 들어보죠!"

방금 멋지게 선언을 했던 젊은 귀족의 목을, 다크니스가 아무 말 없이 조르고 있었다.

……그것보다…….

"다크니스, 너……. 어느새 그런 상대가 생겼던 거야? 나라는 남자가 있으면서……! 자초지종을 설명해보라고!"

"맞아! 이렇게 재미있는 일을 비밀로 하다니, 너무해!"

"잠깐만요. 우선 이 상황에서는 남자에게 차인 다크니스를 위로해줘야 한다고 생각해요."

"일이 복잡해지니 너희는 조용히 있어라! 그것보다 나도 영문을 모르겠단 말이다!"

여기는 어느 귀족 가문의 파티장.

얼마 전에 대량의 고급 생선이 하늘에서 내려왔기에, 요즘 귀족 사이에서 미식 파티가 열리고 있었다.

한가해서 죽을 것 같던 우리는 초대를 받아서 외출하는 다크니스를 몰래 추적해서 파티장을 알아냈다.

그 후, 아쿠아가 응석을 부리고 내가 성희롱을 하고 메구밍이 협박을 한 결과, 얌전히 있겠다는 조건으로 참가 허락을 받아냈는데…….

"쿠, 쿨럭……! 저, 정말 난폭한 여자야. 역시 티어의 말이 옳았어!"

목을 졸린 남자는 울먹거리며 몸을 일으키더니, 홀로 납득하기 시작했다.

이 상황에서는 중재를 해야 옳겠지만, 왠지 일이 재미있어지는 것 같으니 이대로 좀 상황을 지켜보고 싶다.

바로 그때, 그 남자는 다크니스를 손가락으로 가리키며 말했다.

"다시 말하겠어! 나는 진실된 사랑을 발견했어! 그러니 너와— 크헉!"

"더스티네스 님!"

"더스티네스 님, 심정은 이해하지만 일단 말을 끝까지 들어보죠!"

다크니스에게 그딴 소리를 하던 남자는 이번엔 아무 말 없이 두들겨 맞더니, 울먹거리며 카펫 위를 나뒹굴었다.

"아니, 허락 없이 자기보다 작위가 높은 상대에게 말을 걸지 마라, 말버릇이 어떻게 되어 먹은 것이냐, 초면인 상대에게 너는 취향이 아니라고 말하는 건 무례하지 않느냐, 약혼 파기니 나를 포기해달라는 건 또 무슨 소리냐 등등, 할 말은 여러모로 있지만……."

남자를 두들겨 팬 다크니스는 당혹스러운 표정을 지으면서 말을 끝까지 했다.

"애초에, 너는 누구지?"

"나, 나를 모르는 거야? 거짓말, 그런 말로 둘러대 봤자 소용없어! 아무리 네가 나보다 작위가 높더라도……! ……작위가 높아? 어, 작위가 높다고?"

어찌 된 건지 거동이 수상해진 그 남자는 갑자기 눈빛이 흔들리기 시작했다.

귀족 중 한 명이 다크니스에게 다가가더니, 귓속말로 속삭였다.

"……핀즈 백작가의 아들, 바이스? 이름을 들어봐도 기억에 전혀 없는데……."

"이미 증거를 가지고 있거든?! 이제 와서 시치미를 떼 봤자 소용없어, 라라티나아아야얏!"

바이스란 남자는 말을 잇던 도중에 따귀를 맞고 입을 다물었다.

아무래도 다크니스는 사람들 앞에서 라라티나라 불린 게 마음에 들지 않는 것 같았다.

이제까지 상황을 지켜보고 있던 귀족 중 한 명이 바이스에게 말했다.

"바이스 군, 사람을 잘못 본 것 아닌가? 여기 계신 분은 더스티네스 공작가의 영애이신 더스티네스 포드 라라티나 님이시네."

"어—."

바이스는 그 말을 듣고 한순간 굳어버리더니, 곧 허둥지둥 주위를 둘러본 끝에 다시 다크니스를 쳐다봤다.

"라일락 자작가의 영애이신 라일락 로드 라라티나 양이……."

주위의 귀족이 고개를 젓자, 바이스의 얼굴이 점점 파랗게 질려갔다.

다크니스는 바이스를 손가락으로 가리키더니……

"좋아. 이 자식을 처형해라."

"착각했습니다, 송구합니다, 용서해 주십시오!"

그 후로 다크니스에게 싹싹 용서를 빈 바이스는, 귀족들이 재미있는 구경거리였다며 중재해준 덕분에 처형만은 면했다.

그리고 바이스는, 이런 소동을 일으킨 자초지종을 이야기하기 시작했고—.

【0월 □일. 비.】

"카즈마 씨, 카즈마 씨. 일전에 비 많이 온 날 주운 장어

말인데, 어딘가 좀 이상해. 오늘 점심으로는 장어 양념구이를 먹고 싶은데, 이건 진짜로 장어가 맞는 걸까?"

아쿠아는 부엌에 있는 물독을 들여다보면서 그렇게 말했다.

원래 오늘은 아쿠아가 식사 당번이지만 요즘 들어 고급 생선을 계속 들어오기에, 요리 스킬을 지닌 내가 솔선해서 요리를 담당하고 있다.

"이 세상에 해박하지 않은 나한테 그런 걸 묻지 마. 어차피 그런 거 아냐? 그레이터 장어나 자이언트 장어가 있는 거지? 웬만한 장어는 양념구이로 만들면 맛있……."

아쿠아와 함께 물독 안을 들여다보니, 거기에는 비늘로 덮인 뱀이 헤엄치고 있었다.

"……이건 바다뱀이나 곰치 아냐? 적어도 장어는 아닌 것 같은데?"

"나도 모르겠어. 이 애를 잡았을 때는 장어라고 생각해서 무지 들떴거든. 저기, 양념구이로 만들면 맛있을까? 밥 지어서 같이 먹으면 돼?"

맙소사. 얘는 정체불명의 뱀을 먹을 생각인 건가.

"아니, 바다뱀이면 몰라도 뱀 타입의 몬스터라면 독을 가지고 있을 것 같지 않아? 얘는 그냥 버리는 편이 좋을 것 같네."

"장어도 피에 독이 있으니까, 먹을 순 있지 않을까 싶어. 그리고 오늘은 양념구이가 먹고 싶은 기분이란 말이야."

저런 소리까지 늘어놓으니 어쩔 수 없다. 이 녀석에게 먼저 먹여서 독이 있는지 알아보자.

내가 물독 안에 손을 넣으려고 한 바로 그때였다.

"뀨웃!"

"아얏?! 어, 뭐야! 아파아아아아아앗!"

내가 잡으려고 한 뱀이 입으로 물을 뿜자, 강력한 압력이 느껴지는 물줄기에 의해 내 손이 밀려났다.

"방금 그건 물 브레스 같네. 이 애, 아무래도 장어가 아닌 것 같아."

"그 정도는 보면 알아! 우와, 손에서 피가 나잖아! 어이, 아쿠아! 빨리 치료해줘!"

예상치 못한 반격을 받고만 나는 아쿠아에게 상처를 치료받았다.

그 모습을 보고 있던 뱀은 물독 안에서 나오더니, 아쿠아에게 다가갔다.

"뭐야, 해보자는 거야? 물뱀인지 바다뱀인지 모르겠지만, 물의 여신에게 이길 거라고 생각…… 어떻게 된 거지? 이 애, 나를 따르는 것 같아."

물 속성 동지끼리라 상성이 좋은 건지, 뱀은 마치 자기를 쓰다듬어달라는 듯이 아쿠아의 손가락에 자기 머리를 비볐다.

"물의 여신에게서 넘쳐흐르는 물 오라에 이끌린 건가 보네. 너, 꽤 괜찮은 구석이 있구나?"

"애들은 한여름의 더위에서 도망치려고 큰비가 내리는 곳에 몰려든다며? 너를 공원에 있는 수도꼭지처럼 여기는 거겠지."

"여신을 그딴 것과 똑같이 취급하지 말아 줄래? 그래도 곤란하게 됐네. 이렇게 나를 따르는 애를 점심밥으로 삼는 건 좀 그래."

너, 아직도 쟤를 잡아먹는 걸 포기 안 한 거냐.

【○월 ◇일. 흐림.】

"대마법사 사이토가 일으킨 대분화로 페페론 산에 거대한 화구가 생겨난 결과, 그 자리에 화구도시 페페론이 생겨난 거예요."

다크니스의 먼 친척이라는 귀족의 저택에서, 메구밍이 그렇게 이야기를 마쳤다.

그 이야기를 진지한 표정으로 듣고 있던 여자애가 손을 들면서 질문했다.

"메구밍 선생님, 왜 그들은 그런 곳에 마을을 만든 건가요? 페페론 산이 다시 분화할 가능성은 없는 거예요?"

여자애의 이름은 리리안티느.

다크니스의 친척이라는 게 믿기지 않을 만큼 똑똑한 소녀이며, 메구밍에게 수업을 받으며 학력이 쑥쑥 상승하고 있다.

일전에 홍마족의 지능이 뛰어나다는 소문을 순진하게 믿

고 만 그녀는 다크니스의 본가를 경유해서 메구밍에게 가정교사를 의뢰했다.

나와 다크니스가 열심히 설득했지만, 메구밍이 마음에 든 리리안티느 아가씨는 이렇게 수업을 받기로 한 것이다.

"좋은 질문이에요. 우선 왜 이런 곳에 마을을 만든 것이냐면, 바로 성벽을 만들 돈이 없는 게 첫 번째 이유랍니다. 떡하니 구멍이 뚫려 있는 화구 부근에 마을을 만들어서, 주위를 천연의 성벽으로 삼은 거죠. 또한 페페론 산에는 지하수맥이 있어서, 수자원이 풍부하다는 것도 주요한 이유예요. 그리고 우려되는 분화 말인데, 페페론 산에 살던 불꽃의 대정령을 고순도 마나타이트로 유인해서 다른 산으로 이주시켰다고 해요. 그러니 앞으로 페페론 산이 분화할 일은 없겠죠."

"아하……. 이해했어요. 감사합니다. 메구밍 선생님!"

맙소사, 정령을 마나타이트로 유인할 수 있는 거냐.

메구밍의 감시역으로 다크니스와 함께 따라온 건데, 이세계 수업은 좀 재미있었다.

─바로 그때, 메구밍이 이쪽을 쳐다보며 입을 열었다.

"자, 저기 있는 두 사람에게 질문을 하겠어요. 제2차 디스트로이어 파괴 작전에서는 디스트로이어 파괴에 실패하기는 했지만, 작전 자체는 성공한 것으로 여겨지죠. 그 이유가 뭔지 아나요?"

““윽?!””

수업을 견학하고 있던 나와 다크니스는 어찌된 건지 그런 기습 질문을 받았다.

우리는 메구밍이 무례를 범하지 않는지 감시하러 온 건데, 왜 학생 취급을 받는 것일까.

애초에 제2차 디스트로이어 파괴 작전이 대체 뭐냐고. 일본인인 내가 알 리 없잖아.

“나는 역사에 해박하지 않으니, 귀족 영애인 다크니스 양께서 대답해주세요.”

“뭐엇?! 아, 아니, 나도 역사 쪽은 그다지…….”

우리가 대답하지 못하자, 메구밍은 손에 쥔 교편으로 우리 쪽을 가리키며 말했다.

“정말, 두 사람 다 이런 간단한 질문에도 답하지 못하는 건가요! 제2차 디스트로이어 파괴 작전! 이건 디스트로이어 마니아라면 누구나 알고 있는 상식이거든요? 잘 들으세요. 우선 기동요새 디스트로이어에는 수많은 다리가 달려 있어요. 그래서 그게 통과한 대지는 흙이 대대적으로 경작되어서…….”

메구밍이 물어보지도 않은 디스트로이어에 관해 이야기하는 가운데, 나는 다크니스에게 귓속말을 했다.

「어이, 다크니스. 쟤, 선생님 소리를 듣고 살짝 우쭐대기 시작했어. 슬슬 따끔한 맛 좀 보여줄까?」

「기다려라, 카즈마. 세간에는 디스트로이어를 좋아하는

사람이 의외로 많지. 어쩌면 우리야말로 상식이 부족한 걸 지도 모른다. 지금은 일단 상황을 지켜보기로 하자.」

"그래요. 그들은 바로 디스트로이어에게 유린당한 몬스터들이에요! 그들의 시체가 경작된 토지로 되돌아가면서, 비옥한 토지가 생겨난 거죠. 이리하여, 제2차 디스트로이어 파괴 작전 실행지는 이윽고 곡창지대로 다시 태어났……."

우리가 그런 이야기를 나누는 사이, 메구밍은 수업에 열중한 건지 과장스럽게 교편을 허공에 휘둘러대기 시작했다—.

【○월 ▽일. 비.】

다크니스가 홍차를 한 손에 든 채 신문을 느긋하게 바라보고 있으며, 나와 아쿠아는 그런 다크니스의 옆에 놓인 과자를 허락 없이 먹어대고 있는 그런 평온한 오후…….

부엌에 있는 물독 안을 들여다보던 메구밍이 천천히 입을 열었다.

"아쿠아, 묘로링은 대체 뭘 먹는 거죠? 바다뱀이라면 생선을 먹을 텐데 말이죠."

"묘로링이 대체 누구인데? 내 권속에게 이상한 이름 붙이지 마. 그 애의 이름은 멜비레이. 해룡왕 멜비레이야. 약해빠진 바다뱀이지만, 물의 여신인 내가 멋대로 해룡왕의 칭호를 내려줬어."

묘로링 혹은 멜비레이는 아쿠아에게 거창한 칭호를 받아

서 만족한 것 같았다.

물독 안에서 헤엄치고 있던 조그마한 뱀은 자기한테 이상한 이름을 붙이려고 한 이에게 앙갚음하려는 듯이, 물독 안을 들여다보는 메구밍의 얼굴을 향해 조그마한 물 브레스를 토했다.

"아, 이게 무슨 짓이에요! 저와 한판 붙어보잔 건가요? 아무리 상대가 쬐끄마한 뱀일지라도, 저는 절대 봐주지 않는 여자거든요?"

"저기, 메구밍. 우리 애를 괴롭히지 마. 이 애가 크면 마왕성을 바다에서 습격하게 할 거야. 내 권속 해룡왕인 만큼, 물 브레스로 성을 날려버릴 수 있을 정도로 클 게 틀림없어. 내 뛰어나기 그지없는 안목을 믿어봐."

아까 마당에서 지렁이를 부리로 쪼며 쫓아다니던 병아리를 드래곤으로 단정하는 안목을 지닌 아쿠아가 단언했다.

너, 처음에는 멜비레이를 장어라고 말했었잖아.

"해룡왕이라, 꽤 세게 나오는군요. 다 자라기 전에 제 칠흑의 사역마 촘스케에게 잡아먹힐 것 같은데…… 아얏!"

그 말이 마음에 안 든 건지, 멜비레이가 아까보다 더 세게 날린 물이 메구밍의 이마에 명중했다.

"이게 무슨 짓이에요, 멜비레이! 당신이 촘스케에게 잡아먹히기 전에, 지금 이 자리에서 양념구이로 만들어주겠어요!"

그렇게 말하며 화를 내는 메구밍 앞에서도 한 치도 물러

나지 않는 멜비레이를, 그때까지 신문을 읽고 있던 다크니스가 할 말이 있는 눈길로 지그시 쳐다봤다.

……아니, 신문을 손에 쥔 다크니스는 멜비레이와 신문을 몇 번이나 번갈아 쳐다보며 식은땀을 삐질삐질 흘리고 있었다.

그런 다크니스를 본 나는 아무 말 없이 그녀에게서 신문을 빼앗았다.

"앗?! 무슨 짓이냐!"

다크니스가 당연한 듯이 항의를 하자…….

"시끄러워~. 네가 불길한 예감만 마구 드는 행동을 취하니까 이러는 거라고! 어떤 소식이 실려 있는지는 모르겠지만, 이 신문은 읽지 않고 파기하겠어. 우리는 아무것도 모르고, 아무것도 못 본 거야."

"너, 너……! 아니, 잠깐만 있어봐라. 내가 잘못 본 것이면 그걸로 됐다. 하지만 그 조간에는 그냥 넘어가면 안 되는—우읍!"

나는 다크니스가 끝까지 말을 잇지 못하도록, 그녀의 입에 과자를 욱여넣었다.

"더는 아무 말도 하지 마. 이 세상에는 말이지. 모르는 편이 행복한 일이 있다고. 예를 들어 희소 금속으로 알려진 아다만타이트가, 실은 아다만마이마이의 응가라든가 말이야."

입안이 과자로 가득 찬 다크니스는 어찌된 건지 얼굴을 붉히며 그것을 삼키더니…….

"……아다만타이트가, 저기…… 마이마이의 배설물이라는 게 사실이냐? 내 갑옷은 아다만타이트로 된 것이다만……."

"진짜야."

나한테 대장장이 스킬을 가르쳐준 아저씨가 한 말이다. 틀림없다.

다크니스가 소중한 것이 더럽혀진 것 같은 표정을 지으며 낙심한 가운데…….

"그러니까, 멜비레이는 평범한 바다뱀이야. 쟤는 오늘 밤에 양념구이로 만들겠어. 그걸로 됐지?"

"……알았다. 좋은 생각은 아니지만, 그걸로 됐다. 확실히 세상에는 모르는 편이 행복한 일도 있으니 말이지……. 그것보다, 한 번 더 내 입에 억지로 과자를 욱여넣어 주지 않겠느냐?"

나도 너 같은 게 귀족 영애라는 걸 모르는 편이 행복했을 거라고.

【○월 □일. 비.】

어젯밤, 멜비레이를 양념구이로 만드는 것에 격렬하게 반대했던 아쿠아가 말했다.

"파오리 양식 사업을 시작하자."

이른 아침에 어딘가에 외출했다가 갑자기 돌아왔더니, 대뜸 한다는 소리가 바로 이거다.

"……새우 양식 뺨칠 정도로 수상한 이야기네. 대체 뭐에 영향을 받은 거야?"

"그딴 것과 똑같이 취급하지 마. 파오리야, 파오리! 해치워도, 잡아먹어도 경험치를 잔뜩 얻을 수 있는 파오리를 양식하자. 파오리는 귀족에게 비싸게 팔 수 있으니까, 분명 떼돈을 벌 수 있을 거야!"

하고 싶은 말이 뭔지는 알겠지만, 살아있는 생물을 양식하는 건 풍부한 지식이 없으면 무리다.

"풋내기가 함부로 벌여도 되는 일이 아니잖아. 보통 그런 건 기르던 도중에 죽어버려서 큰 손해를 보는 결말을 보게 될걸?"

양식 사업이 도박에 가깝다는 말을 듣는 건, 생물을 다루는 것은 매우 섬세한 작업이기 때문이다.

안 그래도 온갖 액체를 물로 바꿔버리는 이 자식이, 양식을 제대로 할 수 있을 리가 없다.

"카즈마는 바보구나. 내가 누구인 줄 잊은 거야? 파오리가 약해지면 힐을 걸어주면 되고, 만약 죽는다면 리저렉션으로 되살리면 돼."

"리저렉션은 아크 프리스트가 쓸 수 있는 최고위 마법이라고 들었는데, 너는 그걸 양식에 쓸 거냐."

솔직히 말해 그냥 리저렉션 가게를 차리는 편이 더 돈을 많이 벌 것 같은데 말이다.

─바로 그때, 우리의 대화를 듣고 있던 다크니스가 입을 열었다.

"확실히 파오리 양식에 성공하면 큰돈을 벌 수 있겠지만, 양식 사업은 초기 비용이 상당히 든다고 들었다. 그 돈을 어떻게 마련할 거지?"

"그 점이라면 다 생각해둔 게 있어. 파오리는 물가를 좋아하니까, 사육 예정지는 액셀의 저수지야. 그리고 양식할 파오리도 그 근처에서 잡으면 돈이 안 들어."

즉, 야생생물을 마을 저수지에서 멋대로 방목하겠다는 건가.

그런 짓을 했다간 혼날 거라든가 파오리가 도망치지 않을까 같은 생각이 줄을 이었지만, 아무래도 얘는 진심인 것 같았다.

"그래. 뭐, 힘내. 만약 성공하면 비싼 술이라도 사줘."

"무슨 바보 같은 소리를 하는 거야? 카즈마도 당연히 같이 해야 할 거 아냐."

왜 그래야 하는 거냐고.

"저수지를 멋대로 이용한 시점에서 혼나는 거 확정이고, 파오리를 간단히 잡을 수 있을 리 없잖아. 파오리의 군생지가 있기라도 한 거야?"

"저수지 이용 허가라면 다크니스가 있으니 받아낼 수 있을 거야. 파오리는 카즈마 씨의 운에 걸어볼 수밖에 없겠네. 블레싱을 건 카즈마 씨를 저 근처에 내던져두면, 파오리가 모여들지 않을까?"

사람을 몬스터용 미끼 취급하지 마.

"아, 아니, 내 가문의 권력을 이용하려 들지 말아줬으면
한다만……. 저수지가 아니라, 마을에서 떨어진 곳에 있는
호수는 어떠냐? 거기는 누군가의 소유지가 아니니까, 마음
대로 이용해도 될 것이다."

"가능하다면 마을 근처가 좋겠지만, 어쩔 수 없네. 그럼
카즈마 씨, 파오리 찾는 걸 부탁해."

"내가 파오리를 발견하면, 그 자리에서 바로 경험치로 바
꿔버릴 거라고."

……교섭 결과, 파오리 한 마리당 아쿠아 비장의 물건을
하나 받기로 했다.

술을 좋아하는 이 애가 아끼는 비장의 물건이라면 고급술
이 틀림없다. 그게 뭘지 벌써 기대되는걸—.

【○월 ×일. 흐림.】

"이렇게 해서 마력 등가교환의 법칙이 성립된 거예요. 이
법칙은 천재 마도학자 히요히요가 발견했다고 알려져 있죠."

"마력 등가교환……. 히요히요가 발견……. 공부가 됐어요!"

오늘은 예의 수업 날이다.

나는 다크니스와 함께 메구밍을 감시하러 왔지만, 아직까
지는 멀쩡한 수업이었다.

이대로 간다면, 앞으로는 감시가 필요 없지 않을까…….

"선생님. 그럼 슬슬……!"

"그래요. 그럼 리리안티느가 좋아하는 역사 수업을 시작할까요."

메구밍이 그렇게 말하자, 리리안티느가 박수를 쳤다.

메구밍은 천천히 칠판에 뭔가를 쓰더니—

"홍마력 2622년. 대마법사 페케퐁이 수많은 홍마족을 이끌고, 사신 피욧코를 토벌한 이야기로부터……."

「어이, 홍마족은 그렇게 역사가 긴 거야?」

「아, 아니, 베르제르그 왕가조차도 그렇게 오래되지는 않았다. 게다가 사신의 네이밍 센스도 이상하구나. 이런 이야기는 들어본 적이 없는 데다, 들은 적이 있다면 잊을 리가 없다만…….」

—한동안은 더 감시하기로 했다.

【○월 ◇일. 흐림.】

액셀 마을의 강가에서, 나는 작게 중얼거렸다.

"맙소사. 블레싱이 이 정도로 효과가 있는 거냐……."

아쿠아에게 축복 마법을 받은 나는 마주친 파오리 무리를 포획할지 경험치로 바꿀지 고민했다.

"저, 정말, 네 운은 때때로 약아빠졌다 싶을 정도로 효과가 뛰어나구나……. 이렇게 간단히 레어 몬스터와 조우하다니, 잘 활용하면 거금을 벌 수 있지 않겠느냐?"

나와 동행한 다크니스가 어처구니없다는 목소리로 그렇게 말했지만……

"아냐. 괜히 운을 믿으며 욕심을 부렸다간 보통 따끔한 맛을 보게 되는 법이거든. 웬만하면 질 리가 없다는 것을 알면서도, 내가 도박을 잘 안 하는 것도 그래서야."

"오호라……. 행운을 관장하는 여신, 에리스 님께서는 그런 쪽으로 똑 부러지시는 분인 건가. 도박 같은 것에는 엄격하실 것 같아."

아냐, 그 사람은 의외로 도박이나 내기 같은 걸 좋아해. 나와 처음 만났을 때도 내기를 하자고 했거든.

"그런데 이 녀석들은 어떻게 하지? 잡아서 마을 근처의 호수에 풀어두면 되는 거야?"

"그래. 파오리 무리는 리더를 뒤따르는 습성이 있지. 리더를 잡아서 호수로 옮기면, 안전히 이주시킬 수 있을 것이다."

오리 가족 같은 습성을 지녔다니, 남은 일은 간단하다.

나는 무리의 선두에서 걷고 있는 오리를 잡은 후…….

"……어이, 다크니스. 한 마리만 경험치로 삼지 않겠어?"

"윽……. 하, 하지만, 이렇게 귀여운 모습을 보니……."

내 악마의 속삭임을 들은 다크니스가 고민에 빠진 표정을 지으며 그 자리에서 굳어버렸다.

리더를 안아 든 내 뒤를, 파오리 무리가 아장아장 따라오고 있었다.

확실히 이 모습을 보고 주저하는 것도 이해는 됐다.

뭐, 이 모습을 보고도 주저 없이 사냥할 수 있는 사람은 흔치 않겠지—.

【0월 ㅁ일. 비.】

"죄송한데, 문을 열어주지 않겠어요? 메구밍을 옮겨 왔는데요."

비에 젖은 메구밍이 대량의 파오리와 함께 융융에게 업힌 채 돌아왔다.

"제 말 좀 들어보세요, 카즈마! 융융과 결투를 하러 간 호수에서, 파오리가 무리 지어 있지 뭐예요! 네, 전부 경험치로 만들어서 꿀꺽했어요! 이것도 제 평소 행실 덕분…… 앗! 뭐 하는 거예요!"

"우에에에에에에에에에에에에에에엥~!"

아무래도 아쿠아의 파오리 양식장이 피도 눈물도 없는 악당에게 괴멸당한 것 같았다.

얼마 전에 파오리의 행진을 보고 애들을 사냥할 수 있는 사람은 흔치 않을 거라고 생각했는데, 주저 없이 사냥하고도 남을 애가 가까이에 있다는 걸 깜빡했다.

"파, 파오리는 몬스터니까 메구밍의 행동은 틀리지 않았다. 틀리지 않았다만……."

파오리 무리의 행진을 떠올린 건지, 보기보다 정이 많은 다크니스가 눈물을 글썽였다.

움직이지 못하는 메구밍에게 아쿠아가 달려든 가운데, 나는 파오리를 안아 들며 부엌으로 향했다.

그날 밤에는 용용과 함께 파오리 전골을 다 같이 즐겼다.

【○월 ▽일. 비.】

라라티나가 핀즈 백작이 주최한 파티에 초대됐다.

나도 에스코트 역할로서 동행했는데, 거기서 결투 소동이 벌어졌다.

핀즈 백작의 아들인 바이스 씨가 약혼 파기를 선언하자, 차인 악역영애 라라티나가 결투를 신청한 것이다.

우리 라라티나가 아니라, 라일락 가의 라라티나 양이다.

우리 라라티나가 입회인이 되어서 바이스 씨와의 결투가 벌어졌는데, 이긴 사람은 라라티나 양이었다.

라라티나 양이 차여서 화난 마음에 바이스 씨를 처형하려는 건가 했는데, 뜻밖의 전개가 펼쳐졌다.

부모가 멋대로 정한 약혼이라기에 서로가 초면일 거라고 생각했는데, 라라티나 양의 말에 따르면 실은 바이스 씨와 어릴 적에 자주 만나서 같이 놀았다고 한다.

사랑하는 바이스 씨와의 약혼이 결정되어서 들떠 있을 때, 돌트린 남작가의 티어 양이 바이스 씨를 유혹한 것을 용서할 수 없어서 그녀를 괴롭혔다고 한다.

　라라티나 양의 고백을 들은 티어 양은 그녀를 용서했고, 바이스 씨는 조금이지만 라라티나 양에게 끌리는 듯한 표정을 지었다.

　그 후에 라라티나 양이 『하지만 결투에서 이겼으니 바이스는 내 것이야』 하고 말하자, 티어 양이 결투를 신청한다는 카오스한 전개가 펼쳐졌다.

　그 결투는 무승부로 끝났고, 경품인 바이스 씨와의 약혼권은 재판으로 누가 차지할지 정하게 됐다.

　참고로 우리 라라티나는, 라라티나~ 라라티나~ 하고 사방에서 사람들이 불러댄 탓에 약간 울컥했다.

【○월 ▼일. 비.】

　요즘 들어, 좀 신경 쓰이는 점이 있다.

　아쿠아가 주워온 멜비레이가 하늘을 올려다보면, 폭우가 내리는 것이다.

　상급 마법 중에는 날씨를 조작하는 것도 있다고 하지만, 딱히 마법을 쓴 것 같지도 않았다.

　멜비레이는 성장이 빨라서, 물독 안에서 기를 수 없게 됐다.

　아쿠아가 마당에 연못을 만들어서 기르겠다는 소리를 했다.

　다크니스가 마당에 구멍을 팠고, 거기에 물을 생성해서 멜비레이의 새로운 집을 만들었다.

메구밍은 구멍 파기와 토목공사라면 자기가 전문이라고 말했지만, 네가 만드는 건 구멍이 아니라 폭심지잖아.

그리고 멜비레이를 양념구이로 해 먹자는 내 의견은 무시당했다.

【○월 ×일. 흐림.】

메구밍의 수업은 점점 수상쩍어졌다.

사신 토벌에 이은 파괴신 토벌, 고룡 토벌, 대악마 토벌 등, 다크니스도 모르는 홍마족의 공적이 이야기됐다.

홍마족이 모이면 실제로 그런 짓을 벌이고도 남을 것 같아서 눈감아줬지만, 일전의 수업에서는 이 세상의 문명은 과거에 붕괴된 적이 있고, 홍마족은 전대 문명의 생존자이며, 인류에게 지식과 문명을 전파했다는 소리를 늘어났다.

너희는 역사가 얼마 안 된 개조 인간 일족이잖아, 같은 식으로 딴죽을 날려야 할 부분이 늘어나고 있었다.

리리안티느가 그런 수상한 역사에 영향을 받는 것을 다크니스가 우려하기 시작했다.

역시 감시는 계속 이어가야만 할 것 같았다.

【○월 ◆일. 비.】

아쿠아가 위세 새우 양식 사업을 시작하겠단 소리를 늘어났다.

위세 새우를 잡아달라는 부탁을 받은 내가 강에서 잡아온 가재를 새끼새우라고 속이며 주자, 아쿠아는 그것을 저수지에 풀어놓고 기르기 시작했다.

아쿠아의 말에 따르면 요즘은 아무 먹이나 줘도 잘 먹기 때문에 참 기르기 편하다고 한다.

그러고 보니 파오리를 잡아다 주고 비장의 물건을 못 받았다는 게 생각났다.

오늘 밤에라도 아쿠아에게 그 비장의 고급술을 받아야겠다.

【○월 ▲일. 비.】

아쿠아에게 답례를 요구했더니 이상한 모양의 돌을 줬다. 그걸 확 내던져버리려고 하자, 아쿠아가 화를 냈다.

아쿠아의 말에 따르면 강에서 오랜 세월에 걸쳐 기적적인 방식으로 굴러다녀야만 생겨나는, 멋진 형태의 슈퍼 레어 돌멩이라고 한다.

그 말을 들어도 얼마나 좋은 돌인지 이해가 안 되었기에 필요 없다며 돌려주자, 아쿠아는 환한 표정으로 자기 방에 가지고 돌아갔다.

저렇게 소중히 여기는 모습을 보니, 괜히 가지고 싶어지는 게 참 묘했다.

그러고 보니 요즘 들어, 멜비레이가 하늘을 올려다볼 때마다 비가 내렸다.

어떻게든 하고 싶지만, 얼마 전에 식칼을 들고 포를 뜨려고 다가갔더니 강력한 물 브레스로 반격을 해왔다.

나는 바다뱀한테도 못 이기는 거냐, 싶은 생각이 들어서 좀 침울해졌다.

【O월 O일. 비.】

우리 라라티나가 입회한 가운데, 바이스 씨와의 약혼을 둘러싼 재판이 열렸다.

재판에서는 우선 라라티나 양 측이 바이스 씨의 일방적인 약혼 파기가 무효라는 점을 주장했고, 우리 라라티나도 그 말에 동의했다.

그러자 티어 양 측에서는 타인을 심하게 괴롭히는 악역영애는 바이스 씨에게 어울리지 않는다고 반론했고, 우리 라라티나도 그 말에 동의했다.

두 사람이 격렬하게 말다툼을 벌이는 사이, 우리 라라티나는 거짓말을 하면 울리는 마도구를 가져오게 했다. 그렇게 티어 양이 주장하는 괴롭힘이 자작극이란 사실이 판명됐다.

그것으로 이 재판이 끝나면 좋았겠지만, 라라티나 양이 주장했던 바이스 씨와 어릴 적에 놀았다는 이야기도 거짓말인 게 판명됐다.

결국 티어 양과 라라티나 양은 둘 다, 바이스 씨의 재산을 차지하는 게 목적이었던 것 같았다.

바이스 씨가 인간 불신에 빠지려던 때에 우리 라라티나가 전원에게서 귀족 자격을 몰수하겠다는 소리를 했고, 다급히 세 사람이 논의를 한 결과—.

【○월 ◇일. 비.】

메구밍의 가정교사 아르바이트가 종료됐다.

홍마족이 제6차 천마대전에서 창세신과 대악마를 상대로 싸웠다는 이야기는 솔직히 좀 재미있었지만, 애초에 제1차 천마대전조차도 일어난 적이 없는 것 같았다.

리리안티느는 똑똑한 아이라서, 그저 재미있는 이야기 삼아 듣고 있었던 것 같았다.

또한 역사 수업 이외는 제대로 된 내용이었던 것 같으며, 아이의 성적이 올라서 부모도 기뻐했다.

그러니 리리안티느가 이상한 포즈를 취하기 시작하지만 않았다면, 다크니스도 아르바이트를 계속하게 됐겠지만—.

【○월 ×일. 비.】

아쿠아의 가재 사육지에서 엄청난 소동이 벌어졌다.

아쿠아가 풀어놓은 가재를 잡아먹기 위해, 개구리가 모여들어서 정착한 것 같았다.

급히 저수지의 개구리 토벌 퀘스트가 실시됐고, 모험가들의 격렬한 전투 탓에 한동안 저수지를 사용할 수 없게 됐다.

또 변상하게 되는 것을 경계했는데, 새로운 저수지를 만드는 것으로 용서를 받았다.

메구밍이 폭렬마법으로 커다란 구덩이를 만들었고, 아쿠아가 거기에 물을 생성하는 계획이다.

혼쭐이 나서 반성을 한 줄 알았던 아쿠아가 이번에는 자라가 어떨까 하고 중얼거린 게 신경 쓰였다.

그리고, 멜비레이의 몸통에 조그마한 다리가 자라난 것이 신경 쓰였다—.

【○월 □일. 비.】

바이스 씨의 결혼식이 열렸다.

논의 결과, 두 사람 다 아내로 맞이하게 된 것 같았다.

이 세상에서는 마왕군에 의한 인구 감소 대책으로 일부다처제가 허용되고 있다.

바이스 씨가 시체 같은 눈빛을 머금고 있지만, 아내로 맞이하는 두 사람 다 미인이기에 솔직히 부럽다.

그리고 이 결혼을 계기로, 라라티나 양은 라라티느 양이 됐다.

호적을 손보면서 이름을 바꾼 것 같았다.

어찌 된 건지 우리 라라티나가 방긋방긋 웃고 있었는데, 나중에 캐물어 봐야겠다는 생각이 들었다.

【0월 △일. ……】

그날도 아침부터 비가 내렸다.

나는 창밖을 쳐다보며 말했다.

"……저기, 멜비레이 말인데……."

""………….""

내가 별생각 없이 그렇게 말하자, 메구밍과 다크니스가 고개를 돌렸다.

"멜비레이가 왜? 그 애, 요즘 개인기를 익혔어. 물 브레스로 공을 공중에 띄울 수 있게 됐다니깐."

아쿠아가 그렇게 말하며 가린 곳을 보니, 연못에서 고개를 내민 멜비레이가 공중을 향해 물 브레스를 뿜고 있었다.

브레스 끝에는 커다란 공이 절묘한 밸런스로 떠 있었으며―.

"저건 확실히 대단하긴 한데, 중요한 건 그게 아냐. ……저 자식, 바다뱀이 아니지? 이대로 계속 기르면 안 되는 녀석 아냐?"

점점 성장한 멜비레이는 이제 연못 안에 몸이 다 들어가지 않아서, 항상 물 밖으로 고개를 내밀고 있었다.

연못의 크기는 지름이 약 3미터 정도 된다.

거기에 똬리를 튼 채 들어가 있는 멜비레이는 딱 봐도 갑갑해 보였다.

"맞아. 멜비레이는 바다뱀이 아니라 해룡왕이야. 슬슬 더 큰 집을 만들어줘야겠네."

"그게 아냐. 쟤를 강 같은 데다 방류하잔 소리를 하는 거라고. 더 길렀다간, 강으로 옮기는 것도 불가능해질 거야."

솔직히 지금도 쉽지는 않다.

커다란 물독과 수레를 준비해야 겨우겨우 옮길 수 있을 크기다.

"……어이, 다크니스. 일전에는 내가 말 못 하게 막았지만, 너는 쟤의 정체를 눈치챘지? 쟤는 대체 뭐야?"

솔직히 말해 듣고 싶지 않고, 이 문제는 그냥 미뤄두고 싶지만…….

"……그 신문에는 이런 기사가 실려 있었다. 어느 항구마을 앞바다에 리바이어선으로 추정되는 거대한 생물이 살기 시작했다는구나. 그리고 리바이어선은 지금이 산란기이며, 부화한 새끼가 전장강우대에 의해 하늘에서 내려올 우려가……."

"좋아. 지금 바로 버리러 가자."

비가 그친 날에 하고 싶지만, 그럴 때가 아니었다.

리바이어선은 게임에 나오는 무시무시한 놈이잖아.

─다음날.

방류한다는 말을 듣고 떼를 쓰며 반대한 아쿠아를 달래면서, 멜비레이가 들어 있는 커다란 물독을 수레에 실었다.

"원래라면 양념구이로 만들어서 리바이어선 슬레이어를

자칭해도 됐거든? 더 커졌다간 토벌 대상이 될 것 같고, 실은 함부로 방류해도 안 되단 말이다."

"리바이어선은 몬스터보다 정령에 가까운 존재야. 지능도 뛰어나서, 이렇게 사람을 따르게 되면 공격하는 일이 없어. 그런 애를 구워 먹겠다는 건 말도 안 되거든?"

"애를 잡자마자 양념구이로 해 먹자고 말한 건 바로 너잖아."

오늘은 이대로 수레로 강까지 옮겨서 방류할 예정이다.

다크니스의 말에 따르면 액셀 마을 인근을 흐르는 강은 바다로 이어져 있다고 하니, 강에 놔주면 본능적으로 바다를 향할 것이라고 한다.

……한편, 메구밍은 멜비레이의 등을 쓰다듬으며 말했다.

"짧은 기간이었지만, 이 애에게 정이 생기고 말았어요. 카즈마, 이대로 액셀 마을에서 기르는 건……."

"아니, 리바이어선은 엄청 커지잖아? 마을 인근의 호수에 놔주더라도 금방 거기서 지내지 못할 만큼 커질 테니까, 애를 위해서도 바다로 돌려보내는 편이 나을 거야."

다크니스는 수레를 잡더니, 미안한 마음이 섞인 목소리로 말했다.

"이렇게 정이 들기 전에 내가 말했어야 했다. 멜비레이의 정체는 거의 처음부터 눈치채고 있었지. 아쿠아, 메구밍, 미안하다."

"너는 우리한테 가르쳐주려고 했잖아. 그런 너한테 못 본

걸로 하라고 말한 건 나야. 모든 책임은 나한테 있어."

멜비레이가 그런 대화를 나누는 우리를 이상하다는 듯이 쳐다보는 가운데…….

"어쩔 수 없네. 저기, 멜비레이. 바다에 도착하면 지금보다 더 커져서, 적당한 타이밍에 마왕성에 쳐들어가. 해룡왕이 된 너한테 기대 많이 하고 있거든?"

"너, 처음에 자기가 장어라고 불렀던 애한테 무모한 짓 좀 시키지 말라고……."

―액셀 마을을 나선 우리는 수레를 끌면서 강으로 향했다.

강은 마을에서 멀지 않은 곳에 있기에, 크게 위험하지 않을 거라고 생각했지만…….

"저기, 카즈마! 우리의 천적인 개구리가 나타났어! 그것도 네 마리나 돼!"

"카즈마, 폭렬마법을 쓸까요? 폭발음 탓에 다른 개구리가 몰려들 수도 있는데……."

액셀 명물 자이언트 토드가 우리 앞길을 막아서듯 모습을 드러냈다.

"나는 금속 갑옷을 걸쳤으니 표적이 되지 않겠지만, 움직이지 못하는 멜비레이가 위험하겠구나. 일단 미끼 스킬인 디코이를 써보겠다만……."

다크니스가 끌고 있던 수레에서 손을 떼더니, 검을 뽑아 들며 제안했다.

개구리 한 마리가 상대라도 고전을 면치 못하는데, 네 마리를 한꺼번에 상대하는 건 위험하다.

오늘은 멜비레이를 바다로 돌려보내는 것을 포기하고, 폭렬마법으로 섬멸한 후에 재빨리 집으로 돌아갈까…….

"큐웃!"

그런 생각을 하고 있을 때, 멜비레이가 울음소리를 내면서 브레스를 뿜었다.

뿜어진 물 브레스가 개구리 한 마리에게 정통으로 명중하자—.

"……어?"

내가 무심코 얼빠진 소리를 낸 가운데, 개구리의 배에 바람구멍이 뚫렸다.

거대한 개구리가 쓰러지자, 멜비레이는 연이어 브레스를 뿜었고—!

"멜비레이를 집에서 기르자."

"잠깐만 무슨 소리를 하는 거야. 아까 네가 한 말은 다 뭔데?"

멜비레이는 강했다.

개구리 무리를 순식간에 전멸시킨 후, 마치 아무 일도 없었다는 듯이 지금도 물독 안에 느긋하게 있었다.

"우리의 천적을 한 방에 해치우는 것 못 봤어? 그러고도 마력이 바닥나지 않은 데다, 앞으로 더 강해질지도 모르잖아? 그냥 얘만 있으면 앞으로 화력 걱정은 안 해도 될 거야. 조그마한 발도 자라났으니까, 언젠가는 땅 위에서도 살 수 있게 되지 않을까?"

"자, 잠깐만요. 카즈마, 화력 담당이라면 이미 제가 있잖아요. 멜비레이는 바다로 돌려보내죠. 그편이 이 애도 행복할 거예요!"

메구밍이 허둥지둥 그렇게 말했지만, 나는 멜비레이의 비늘을 손으로 톡톡 두드리며 말했다.

"게다가 리바이어선이라면 엄연한 드래곤이잖아. 비늘이 이렇게 단단한 걸 보면, 다크니스보다 더 맷집이 좋을지도 몰라."

"다다다, 당연히 내가 더 튼튼하다! 크루세이더는 최강의 탱크란 말이다! 저딴 물뱀 따위에게 질 리가 없어!"

다크니스가 멜비레이를 물뱀이라 부르기 시작한 가운데, 아쿠아가 입을 열었다.

"뭐, 나는 이 애를 기르는 것에 불만은 없어. 물의 권속인 리바이어선은 성장하면 마법까지 쓸 수 있거든. 내가 물 계통의 마법을 가르쳐줄 수도……."

"뀨웃!"

바로 그때였다.

멜비레이가 울음소리를 내자, 내 오른손이 살며시 빛났다.

거기에는 일전에 멜비레이를 포 뜨려고 다가갔다가 역습을 당했을 때 생긴, 조그마한 상처가 있었다.

그것이 마치 힐을 건 것처럼 사라졌고……

"너, 잠깐만 있어 봐! 방금 그건 힐이지?! 어째서 장어가 힐을 쓸 수 있는 거야! 대체 언제 배운 건데?!"

멜비레이를 장어라 부르기 시작한 아쿠아가 그렇게 외치자, 메구밍은 턱에 손을 대며 생각에 잠겼다.

"아쿠아가 힐을 거는 걸 보고 익혔나 보군요. 하지만 회복 마법에 적성이 있는 것을 보면, 이 애는 신앙심이 깊은 걸까요?"

"즉, 여신인 나를 너무 따르는 게 문제인 거구나? 멜비레이도 참, 그 마법은 봉인해! 안 그러면 나와 캐릭터가 겹치잖아!"

오히려 브레스도 뿜을 수 있는 멜비레이가 아쿠아의 상위 호환이라는 느낌도 들었다.

—곧 세 사람은 서로를 쳐다보며 고개를 끄덕이더니…….

"해가 지기 전에 멜비레이를 바다로 돌려보내자. 서두르는 거다, 카즈마."

"저도 수레를 밀겠어요. 물독 안은 비좁을 테니, 빨리 강이나 바다로 돌려보내 주고 싶으니까요."

"회복 마법을 가르쳐줬으니까 바다에 돌아가서도 잘 지내, 멜비레이. 이 근처에서 지내면 안 된다? 모험가에게 발각되면, 너를 양념구이로 만들려고 할 거야."

태도가 돌변한 세 사람을 본 멜비레이는 왠지 만족한 것처럼 물독 안으로 쏙 들어갔다.

……이 자식, 우리의 대화를 이해하는 거 아냐?

아쿠아가 리바이어선은 지능이 뛰어나다고 말했던 데다, 내가 그냥 기르자고 말하니 타이밍 좋게 상처를 치유한 것도 그렇고—.

"—멜비레이. 너, 이름을 지어준 나를 잊으면 용서 안 할 거야. 때로는 바다에 놀러갈 테니까, 내가 부르면 나타나. 그리고, 몬스터나 마왕군을 발견하면 물 브레스로 확 날려버려."

"뀨우."

강에 들어간 멜비레이가 아쿠아의 말에 울음소리로 답했다.

역시 이 녀석은 아쿠아보다 지능이 뛰어난 게 틀림없다.

진짜로 멜비레이를 바다로 돌려보내도 될까?

그렇다. 요즘 들어 쓴 내 일기를 떠올려보자.

이 세상의 인간보다, 이 자식이 훨씬 믿음직스럽지 않을까?

"어이, 멜비레이. 하루 세 끼 배부르게 생선을 먹여주고 때때로 술도 마시게 해줄 테니까, 여기 남지 않겠어? 리바이어선도 드래곤이잖아. 드래곤은 술을 좋아한다는 말을 들은 적이—."

"멜비레이, 빨리 가! 이 남자 말에 귀 기울이면 안 돼!"

멜비레이는 한순간 내 말에 흥미를 보였지만, 아쿠아에게 쫓겨나듯 바다가 있는 방향으로 떠나갔다—.

【○월 ▲일. 맑음.】

멜비레이를 떠나보내자, 비가 그쳤다.

솔직히 말해 지금도 아쉬운 마음이 들지만, 걔도 바다로 돌아가고 싶었을 것이다.

요즘 들어 맑은 날이 이어지고 있다.

그 덕분에, 메구밍의 일과에 동행하는 게 편해서 좋다.

……그런 생각을 하고 있을 때, 경찰로부터 출두 명령을 받았다.

대체 무슨 일인지 미심쩍어하면서 경찰서로 가보니—.

【○월 ▼일. 맑음.】

카즈마 씨가 경찰서에 맡겨지고 사흘이 흘렀다.

오늘 저녁에 풀려난다고 하기에, 다크니스가 마중을 갔다.

메구밍은 카즈마 씨가 좋아하는 먹거리를 사러 갔다.

나는 비장의 술을 준비했는데, 이걸로 용서해줄까?

일단 변명을 좀 하자면, 나한테만 잘못이 있는 게 아니라고 말해두고 싶다.

카즈마 씨의 이름을 멋대로 빌려서 자라 양식 사업을 한 건 나지만, 돈을 빌려준 소비자 금융 직원을 속일 생각은 없었다. 그리고 애초에 자라의 경험치에 눈이 멀어서 전멸시킨 건 메구밍이니까, 역시 나는 잘못이 없다고 생각한다.

하지만 카즈마 씨가 그런 변명에 귀를 기울여줄 것 같지 않으니, 여기에 써둘까 한다.

미안해~!

【○월 ◇일. 맑음.】
사기죄로 체포됐지만, 겨우 풀려났다.

하지만, 빨리 돈을 갚지 않으면 다시 죄를 묻겠다고 한다.

너무 어처구니없는 이야기지만, 여기는 빌어먹을 이세계니까 그러려니 싶었다.

아무래도 아쿠아가 이 일기를 읽는 것 같으니까, 일기 쓰는 건 오늘로 끝낼까 한다.

—그럼…….

지금부터 아쿠아를 탈탈 털어주러 갈까 합니다—.

 월  일

카즈마

나에게 치트를!

1

새하얀 방 안에서, 나는 느닷없이 이런 말을 들었다.

"사토 카즈마 씨. 사후 세계에 온 걸 환영해요. 당신은 방금 불행하게도 숨을 거뒀어요. 짧은 인생이지만, 당신의 인생은 끝을 맞이하고 만 거죠."

진지한 표정으로 그렇게 말한 이는 평소와 다르게 여신 오라를 뿜고 있는 아쿠아였다.

정말 이럴 때는 여신 같아 보이는데 말이다.

하지만 나는 뒤에 이어질 쓰레기 같은 전개를 알고 있다.

이번에야말로 실패하지 않겠다.

그렇다. 나는 이 변변찮은 세상을 뜯어고치고 말거야—!

위즈 마도구점에서 상품을 살펴보던 아쿠아가 입을 열었다.

"하나같이 정말 변변찮네. 저기, 별종 악마. 여신인 나조차도 깜짝 놀라서 돈을 내고 싶어질 것 같은, 그런 엄청난 아이템은 없는 거야?"

오늘은 딱히 할 일도 없기에, 다 같이 장사나 방해하러 왔는데……

"그대를 깜짝 놀라게 해줄 만한 물건이라면 얼마든지 있다만, 그대가 변변찮은 푼돈만 가지고 있을 게 뻔하니 말이지. 이 몸은 지금 바쁘다. 왜냐하면 저 숯검정 점주가 저지른 적자를 메워야만 하거든."

새까맣게 탄 채 쓰러져 있는 위즈의 옆에서, 바닐은 돌을 향해 손을 뻗은 채로 그렇게 말했다.

바닐은 아까부터 상자 안에 들어 있던 돌을 꺼내서 그것을 향해 손을 내밀더니, 알 수 없는 작업을 끝낸 돌을 선반에 두는 작업을 반복하고 있었다.

시꺼멓게 탄 위즈를 다크니스가 돌봐주고 있었지만, 아쿠아에게 이런 광경은 일상이나 다름없는지 딱히 개의치 않았다.

"저기, 바닐. 아쿠아가 무리라면 나는 어떠냐? 착용한 상대를 예속시킬 수 있는 물건 같은 건 없느냐? 악마라면 그런 속박계 마도구를 가지고 있을 것 같은데 말이다. 이래 봬도 나는 귀족이다. 돈이라면 얼마든지 내놓으마."

"……조금, 아니, 마음이 꽤 동한다만, 가볍게 내다보니 그대에게 그런 물건을 팔았다간 좋지 않은 사태가 벌어질 것 같구나. 아, 너는 최근에 그런 종류의 신기와 접촉했나 보지? 미련의 악감정이 어마어마하게 감돌고 있군."

그 말을 들은 다크니스가 아쉽다는 듯이 풀이 죽은 가운데……

"저기, 나와 상류층 아가씨인 다크니스의 대접이 너무 차이 나는 것 아냐? 나는 손님이자 신이거든? 그런데 접객 태도가 왜 그 모양이야? 제대로 손님 대접을 안 해준다면, 액셀 가이드맵의 가게 리뷰에다가 최악의 가게였습니다~라는 평가를 달 거야."

"안 그래도 손님이 적으니까 그딴 쓸데없는 짓 하지 마라, 이 방해녀야!"

그렇게 바닐 주위를 기웃거리며 작업을 방해하던 아쿠아는 상품 선반에 놓인 돌 하나를 손에 쥐었다.

"이게 뭐야~?"

"그것은 『사악한 힘에 물든 블러드 스톤』이다. 악마인 이 몸의 힘이 담긴, 검은 오라를 뿜는 돌이지."

그것을 뚫어지게 쳐다보는 아쿠아의 손에는 검은 안개가 뿜어져 나오는 돌이 쥐어져 있었다.

한편, 포션을 둘러보던 메구밍이 그 상품명을 듣고 바닐을 돌아보았다.

"저기, 그게 어떤 효과를 지닌 거야? 왠지 저주에 걸릴 것 같기는 하네."

여전히 돌을 향해 손을 뻗고 있는 바닐이 나를 쳐다보지도 않으며 대답했다.

"그저 검은 오라를 뿜기만 하는 돌멩이다. 딱히 별 효과는 없다만, 홍마족이 이 돌의 이름과 오라만 보고 사줄 것 같더구나. ……어, 어이! 이 엉터리 계집, 뭐하는 것이냐!"

"뭐하긴요! 융융에게 아무 효과도 없는 『금단의 크림슨 블러드 스톤』이란 돌멩이를 팔았죠?! 얼마 전에 희희낙락하며 저한테 건네줬다고요!"

메구밍이 작업 전의 돌이 들어 있는 상자를 빼앗자, 그것들에 흥미를 보인 아쿠아가 손에 쥔 돌에 힘을 줬다.

"왠지 사악한 기운이 느껴지네. 내 맑디맑은 눈으로 보니 이건 아무런 효과도 없는 평범한 돌멩이지만, 혹시 모르니 정화할게."

"상품을 돌멩이로 만들지 마라, 이 정화녀! 정 한가하면, 이걸 줄 테니 저리 꺼져라!"

돌을 정화하려 하는 아쿠아에게, 바닐이 성가셔 죽겠다는 듯이 뭔가를 던졌다.

그것은 원래라면 이 세상에 존재하지 않아야 할 성냥갑이었다.

이 세상에서 불을 피울 때는 부싯돌로 탁탁, 이 기본이다.

그래서 내가 오일 라이터로 한몫 챙길 수 있었던 건데…….

"너, 이딴 걸로 내 관심을 끌 수 있을 줄 알았어? 이 성냥은 불놀이를 좋아하는 카즈마 씨한테 줄게. 나한테는 더 좋은 걸 줘."

"이 멍청이! 그건 심심풀이에 딱 좋은 신기다. 원래는 『리셋』이라는 강력한 힘을 지닌 아이템이다만…….

리셋?

"그러고 보니 눈에 익은 물건이네. 효과가 뭐였더라?"

나는 아쿠아가 넘겨준 성냥갑을 쳐다봤다.

언뜻 보기에는 평범한 성냥갑이지만, 리셋이라는 말이 매우 신경 쓰였다.

성냥갑을 열어보니, 그 안에는 성냥이 딱 세 개만 남아 있었다.

"음, 그 성냥으로 불을 피우기만 해도 과거에 했던 선택을 다시 고르게 해주는 아이템이다. 하지만 본래의 주인이 아닌 이가 쓰면, 불이 꺼지는 것과 동시에 기억 이외의 모든 게 원래대로 되돌아오고 말지. 그러니 신기로서는 아무런 의미나 효과가 없지만, 미련이 철철 넘치는 과거의 선택을 리셋해서 다른 미래를 들여다볼 수 있는 물건이다."

"흐음~. 좀 재미있을 것 같네. 확실히 심심풀이로 딱일 것 같긴 해. 카즈마 씨, 카즈마 씨. 해보고 싶어졌으니까 그거 줘봐."

—리셋.

그 말은 즉, 내가 이 세상에 오는 과정에서 눈앞의 잉여신을 선택한 과거를 없었던 걸로 할 수 있다는 말이다.

"잠깐만요. 저도 그 아이템을 써보고 싶어요. 옛날에 이 파티에 들어오기 전에 어떤 파티로부터 영입 제안을 받았거든요. 그 사람들은 격전구인 왕도에서 이름을 떨치겠다고 했는데, 만약 제가 그 제안을 받아들였다면, 지금쯤 제 명성이 세상에 얼마나 널리 알려졌을지······."

그렇게 말하면서 우쭐대는 표정으로 나를 힐끔힐끔 쳐다보는 메구밍을, 지금이라도 왕도에 택배로 부쳐버릴 수 없을지 생각해봤다.

다른 파티에 넘겨주지 않겠다는 말을 기대하고 있겠지만, 애들을 보고 있으면 리셋이리는 감미로운 말이 점점 가슴 깊은 곳에 퍼져나갔고······.

"실은 나도 그걸 써보고 싶다만······. 만약 그때 카즈마에게 말을 걸지 않았다면, 지금쯤 다른 파티에 가입했을지 궁금하구나. 확실히 나는 공격을 명중시키지 못하지만, 방패나 미끼로서는 우수하지 않느냐. 전투 지속 능력도 뛰어나니, 화력이 충분한 파티에선 충분히 수요가 있을 거라고 생각······ 아앗, 이러지 마라!"

저는 다른 애들과 다르게 꽤 쓸만해요~ 같은 주장을 시작한 다크니스가 다른 두 사람에게 혼쭐이 나는 모습을 쳐다보며, 나는 손에 쥔 성냥갑을 움켜쥐었다.

물론 진짜로 리셋을 할 수 있는 건 아니며, 성냥의 불꽃이 꺼지면 원래대로 되돌아온다는 것 또한 알고 있다.

그래도—.

"저기, 카즈마. 그거 내놔. 카즈마 씨를 놀렸다가 여기에 끌려온 과거를 리셋할 거야. 그랬으면 내가 어떤 생활을 하고 있을지 신경 쓰이거든. 분명 승진과 천계에서의 화려한 미래가 나를 기다리고 있지 않을까?"

…………그래.

사람을 물로 보는 이딴 여신 대신, 제대로 된 치트 능력을 손에 넣었다면—.

"하지만 그렇게 된다면, 나 없이 여기로 보내진 카즈마 씨는 금방 골로 갈 것 같긴 하네. 아니, 다른 두 사람도 어떻게 됐을지 걱정돼. 내가 없으면 제대로 뭉치지도 못하니까, 제대로 된 생활을 하고 있을지……."

"승진이니 천재니 같은 말이 신경 쓰이지만, 그건 제가 할 말이에요. 파티의 화력 담당인 제가 없다면, 다들 지금의 명성을 얻지 못했을 테니까요. 지금쯤 개구리 상대로 쪼잔하게 푼돈이나 벌며 하루하루를 연명하고 있을걸요?"

짜증 나는 소리를 늘어놓기 시작한 두 사람을 쳐다보며, 다크니스가 머뭇머뭇 손을 들었다.

"그, 그렇게 치면 나도, 아아아앗, 왜 나는 말을 끝까지 못 하게 하는 것이냐!"

짜증 나는 소리를 늘어놓기도 전에 두 사람에게 혼쭐이 나고 있는 다크니스가 왠지 기쁜 듯한 비명을 질렀다.

이 떠들썩한 세 사람을 향해, 말로 형용할 수 없는 감정이 담긴 시선을 보내고 있을 때…….

"카즈마? 잠깐만, 너 무슨 짓을 하려는 거야? 성냥은 세 개밖에 안 되니까, 누가 쓸지 공평하게……."

나는 주저 없이, 그때 그 장소를 떠올리면서 성냥에 불을 붙였다―.

"""아앗!!"""

2

"왜 멀뚱멀뚱 서 있는 거죠? 아직 자기가 죽었다는 게 믿기지 않는 건가요?"

눈앞에 있는 아쿠아가 평소의 잉여신 느낌을 숨기며 나를 쳐다보고 있었다.

확실히 이때는 구해준 여자애가 무사한지 물었고, 그 후에 엄청나게 놀림을 받았다.

이번에는 괜한 소리를 하지 말고, 빨리 치트나 받아서 전생하자.

"아뇨. 제가 죽었다는 게 실감이 나니 괜찮아요. 그것보다, 저는 이제부터 어떻게 되나요?"

물론 앞으로의 일은 알지만, 티를 내지 않기 위해 그렇게 물어봤다.

이제부터 아쿠아가 전생 특전 등을 설명해줄 것이다.

아니, 그전에 천국행에 관한 이야기도 해줬던가.

"죽을지 얼마 되지 않았는데 참 침착하네. 아무튼 만나서 반가워, 사토 카즈마 씨. 내 이름은 아쿠아. 일본에서 젊은 나이에 죽은 사람들을 인도하는 여신이야. 자, 현재 당신에게는 두 개의 선택지가 존재해."

진지한 표정으로 그렇게 말하는 아쿠아의 볼이 어찌 된 건지 부들부들 떨렸다.

"하나는 인간으로 다시 태어나 새로운 인생을 사는 것. 그리고 다른 하나는…… 푸, 푸풉……. 다, 다른 하나는 천국 비스무리한 곳에서 노친네 같은 삶을…… 후훗, 우후훗."

볼의 경련이 점점 심해지더니, 아쿠아의 태도가 이상해졌다.

이 자식, 역시 웃음을 참고 있는 건가 보네.

그렇다. 이 바보는 내가 죽게 된 원인을 가지고 마구 웃어댄 후, 건방지기 그지없는 태도를 취했다.

아무리 지금의 내가 이성적인 남자일지라도, 아쿠아가 웃음을 참아줬으면 했다.

"노, 노친네…… 푸웁! 아~ 하하하하하하! 아하하하하하, 아하하하하하하하! 더는 무리야, 완전 무리거든?! 그렇게 웃기는 방식으로 뒈져놓고, 너무 진지한 표정으로 물어보는 거 아냐? 아하하하하하하하!"

이, 이 자식……!

아냐. 진정해, 사토 카즈마. 지금 발끈했다간 모든 게 물거품이 돼. 지금은 어른스럽게 저 바보를 눈감아주는 거야. 너는 인생을 리셋하고 싶은 거잖아?

그래. 후회로 점철된 빚쟁이 생활을 하면서, 꿈에서까지 봤던 전생 특전을—.

"얘는 대체 왜 트랙터에 경작당할 뻔했다고 쇼크사한 건데? 정말 웃기네! 진짜 웃겨 죽겠어~!"

"너너, 너무 웃기게 죽어서 죄송하네요. 그것보다, 슬슬 설명을 계속해주지 않겠어요?"

진정해, 나. 이 자리에서 보복을 해봤자 의미 없어. 어떻게든 과거를 바꾸는 거야!

……내가 겨우겨우 참고 있을 때, 깔깔 웃고 있던 아쿠아가 말했다.

"……휴우. 그래. 스트레스 발산은 이쯤 할래. 자, 사토 카즈마 씨. 전생에서 참 웃기는 방식으로 죽은 당신에게는 아까도 말했다시피 두 가지 선택지가 존재한답니다. 천국에서 매일 햇볕이나 쬐며 살 것인가. 아니면 미지의 이세계에서 낭만과 모험으로 가득 찬 나날을 보낼 것인가. 참고로 내가 추천하는 건 물론 후자야. 왜냐하면……."

"그럼 후자로 할게요."

더 떠들게 됐다간 무심코 보복할 것 같았기에, 끝까지 말을 잇지 못하도록 바로 대답하자…… 어찌 된 건지 아쿠아는 언짢은 눈길로 나를 쳐다봤다.

"저기, 지금은 내가 말할 파트니까 끝까지 말하게 둬. 그리고 설명 안 들어도 괜찮겠어? 어떤 세계인지 알고 싶지 않아?"

"뭐, 마왕이 날뛰고 있어서 인류가 핀치인 곳에 치트 능력을 준 우리를 지원군으로 보낸다는 거잖아요?"

내가 간략하게 설명을 늘어놓자, 아쿠아는 뭔가 할 말이 있는 듯한 표정을 지으며 입을 다물었다.

하지만 자기 일거리가 줄어서 기쁜 건지, 아쿠아는 괜한 소리를 하지 않으면서 카탈로그 같은 것을 건네줬다.

이거야, 이거. 내가 꿈에서 몇 번이나 봤던, 그리고 그때마다 아쿠아를 선택한 걸 후회하게 만들었던, 원래 내가 받았을 치트 능력!

내가 희희낙락하면서 카탈로그를 넘겨보고 있을 때, 아쿠아가 옆에서 그것을 들여다보며 입을 열었다.

"고민하고 있나 본데, 그 『시간 정지』는 추천 안 해. 시간을 멈춰놓고 야한 짓거리를…… 같은 생각을 하고 있겠지만, 네 마력으로 멈출 수 있는 시간은 몇 초밖에 안 되거든. 이런저런 짓거리를 하기엔 시간이 부족할걸?"

딱히 능력을 악용할 생각은 없지만, 『시간 정지』는 관두도록 할까.

"아, 그 페이지의 『최면 능력』은 인간형 상대에게는 안 통하거든? 몬스터 상대로는 강력한 힘이지만, 야한 짓거리는……."

"신경이 안 쓰이는 건 아니지만, 악용할 생각은 없다고~! 그리고 그딴 결함 능력을 넣어두지 마! 좀 더 쓸 만한 힘을 넣어두라고!"

옆에서 번번이 딴죽을 날리는 아쿠아가 정말 성가셨다.

이 두 치트 능력에 관심이 간 것은 사실이지만, 일단 무난하게 전투 계열 능력을······.

"저기, 여신에게 너무 건방진 거 아냐? 무례한 태도를 취하면, 네가 가져갈 힘을 『고블린 소환』 같은 걸로 고정시켜버릴 거야."

"그딴 힘을 줬다간 이곳을 고블린으로 가득 채워버리겠어."

겁먹은 아쿠아가 입을 다문 가운데, 나는 카탈로그를 넘겨봤다.

나는 이 짐짝 여신은 물론이고, 폭렬마법만 쓸 수 있는 문제아와 공격을 명중시키지 못하는 마조히스트 기사도 피할 생각이다.

그러니 솔로로 활동하는데 도움이 되는 만능 타입의 힘이 바람직하겠지만······.

"좋아. 『마검 레바테인』으로 할까."

그리고 보니 마다라기는 그람인가 하는 마검을 받아서 그만큼 강해진 것 같았다.

그렇다면 마검 종류 중에는 꽝이 없을 거란 생각이 들었다.

"마검······. 쭉정이 같은 네가 그걸 제대로 휘두를 수나 있겠어?"

"······장비하고만 있어도 신체 능력이 향상되는 검 같은 건 없어?"

불안을 느낀 내가 그렇게 묻자, 아쿠아는 카탈로그를 넘겨보더니…….

"신체 능력을 상승시켜주진 않지만, 이 무기라면 너 같은 허약아도 쓸 수 있을 거야."

진지한 표정으로 그렇게 말하면서 손가락으로 가리킨 아이템의 이름은 『성스러운 변기 청소용 솔』.

능력 설명란에는, 여신 아쿠아가 사용했기에 신기가 된 청소솔이라고 적혀 있었다.

악마와 언데드에게 매우 효과적이며, 제아무리 끈질긴 얼룩도 벗겨내는 성스러운 청소솔…….

—오호라. 이 자식은 내가 리셋한 세상에서도 나를 철저하게 놀려댈 심산인 것 같다.

"너는 정말 재미있는 여자구나. 이렇게까지 나온다면 나한테도 생각이 있어."

"푸~푸푸품. 그 생각이 대체 뭔데? 설마 진짜로 고블린 소환을 골라서, 여기를 고블린 천지로 만들 작정이야? 그렇다면 잘못했다고는 눈곱만큼도 생각하지 않지만, 일단 미안하다고 말해둘게."

아쿠아가 사과인지 조롱인지 분간이 안 되는 말을 늘어놨다.

"내가 이세계에 가져갈 『자』는……."

눈에 익을 대로 익은 석조 마을 안을, 마차가 소리를 내며 나아갔다.

예정이 달라지기는 했지만, 일단 모험가 길드에 가볼까.

"아…… 아아…… 아아아아…………."

부들부들 떨고 있는 아쿠아를 무시하며, 나는 길드가 있는 방향으로 걸어갔다.

수수료가 필요하지만, 그건 리셋 전처럼 이 애한테 어떻게든 해달라고 하자.

"아아아아………… 아아아아아아………… 아아아아아아 아아아아!"

아쿠아가 머리를 감싸 쥐며 비명을 지르자, 나는 빨리 쫓아오라는 듯이 이렇게 말했다.

"어이, 이 세상에 와버렸으니 이제 돌이킬 수 없거든? 빨리 가자고. 우선 모험가 길드에 가서 등록하자. 그다음에는 빈 마구간을 교섭으로 빌려야겠네. 일단 오늘은 거기까지 진행…… 우왓!"

"아아아아아아아아아아아아아아아아아아아아아아아 아아아아아아아아아아아아아아앗~!!"

아쿠아가 울부짖으며 나한테 달려들자, 나는 그녀의 머리를 밀어내며 저항했다.

"그만해! 바지 벗기려고 하지 마, 이 잉여신아! 하는 짓거리가 되게 수수하네! 그리고 나도 너 같은 얼간이를 데려오고 싶지 않았어! 네가 하도 놀려대니까 이렇게 된 거잖아! 내 치트 능력을 돌려줘, 짜샤!"

"너, 여신을 억지로 끌고 와놓고 그딴 소리나 늘어놓는 거야?! 사과해! 나를 데려온 것과 심한 말을 한 것을 사과해! 그리고 앞으로 나를 먹여 살려!"

나는 그때 참지 못했던 것을 후회하면서도, 지금 단계에서라면 아직 수정할 수 있으리라고 생각했다.

"내 말 좀 들어, 이 망할 백수야! 그리고 앞으로 나를 잉여신이라고 부르면 빨래에서 비린내가 나는 천벌을 내릴 거야!"

"되게 수수한 천벌이네! 잔말 말고 빨리 가기나 하자고, 이 망할 걸레야. 이미 예정이 어긋났지만, 앞으로는 실수하지 않을 거야."

"누가 걸레라는 거야, 이 은둔형 백수야~! 아쿠아 님이라고 불러!"

"그러는 너야말로 남을 백수라고 부르지 말라고! 아쿠아 님은 무슨, 이 잉여신아!"

아쿠아가 고함을 질러대며 따라오는 가운데, 나는 모험가 길드를 향해 걸음을 옮겼다—

"—좋아, 아쿠아. 우선 여기서 모험가 등록을 한 후, 잠잘

곳을 확보하자. 그리고 내일부터 아르바이트를 하는 거야."

"모험가가 됐는데 왜 아르바이트를 하는 건지 모르겠지만, 너는 참 수완이 좋네. 모험가 길드에도 길을 헤매지 않고 도착했잖아. 단순한 은둔형 백수인가 했더니, 의외로 유능하구나."

아쿠아는 감탄한 투로 그렇게 말했지만, 나는 2회차니까 이 정도는 당연하다.

이 자식이 하도 놀려댄 바람에 초기부터 계획이 어긋났지만, 이제부터는 제대로 하자.

나는 모험가 길드 안을 둘러보면서, 어떤 인물을 찾았다.

"아쿠아, 저기 있는 프리스트한테 가서 용돈 좀 달라고 졸라봐."

"너, 대뜸 무슨 소리를 하는 건데? 여신인 나보고 구걸을 하라는 거야?"

내가 가리킨 이는 예전에 우리에게 등록 수수료를 빌려줬던 프리스트다.

지금은 1회차 때와 같은 행동을 하는 거다.

"모험가 등록을 하려면 수수료가 들거든. 너, 돈 없지? 그러니 프리스트분에게 돈을 빌리자는 작전이야. 자, 여신의 위광을 보여주라고."

"네가 어째서 그런 걸 아는지는 모르겠지만, 아무튼 좋아. 여신의 위광이란 말이 마음에 드네."

내가 이것저것 많이 알고 있다는 사실에 의문을 품으면서도, 아쿠아는 딱히 깊이 생각하지는 않으며 프리스트를 향해 걸어갔다.

"거기 있는 프리스트. 종파를 밝혀! 나는 아쿠아. 아쿠시즈 교단이 숭배하는 신, 여신 아쿠아야! 그대, 만약 내 신자라면······! ······돈 좀 빌려주시면 정말 감사하겠어요."

"······나는 에리스 교도인데······."

"아, 그런가요. 죄송해요······."

1회차 때와 같은 대화를 주고받은 후, 아쿠아가 힘없는 발걸음으로 돌아오려 했다.

그 후에도 1회차 때와 같은 일이 벌어지더니, 무사히 수수료를 확보했다.

"좋아. 이제 모험가 등록을 하자."

"잠깐만 있어 봐, 이 기둥서방 백수야. 네가 시키는 대로 해서 돈을 얻긴 했지만, 그 대신 소중한 무언가를 잃었어. 내가 돈을 빌려왔으니까, 고맙단 말 정도는 하란 말이야."

그 말이 옳다고 생각한 나는 프리스트에게 고맙다는 말을 하러 갔다.

"좋아, 이제 등록하자."

"나한테 고맙단 말을 하라는 소리였단 말이야, 이 모지리 백수!"

떠들어대는 백수를 내버려 둔 채, 나는 낯익은 접수원 누님에게 다가갔다.

"모험가 등록을 하러 왔어요. 아, 설명은 안 해줘도 돼요. 참고로 제 직업은 모험가로 부탁할게요."

"네? ……으, 으음, 정말 설명을 안 해도 될까요? 그리고 모험가는 정말 약한 직업인데……."

누님이 당혹스러운 표정으로 모험가 카드를 꺼내놓자, 나는 거기에 손을 얹었다.

"제 스테이터스로는 모험가밖에 못 될 테니까요. 자, 아쿠아도 카드에 손을 대서 등록해. 직업은 아크 프리스트로 하라고."

"저, 저기, 아크 프리스트라니……."

"너, 정말 막힘없이 술술 이야기를 풀어나가는구나. 뭐, 여신인 나라면 아크 프리스트 정도는 될 수 있겠지만 말이야."

우리가 카드에 손을 얹자, 예전과 비슷한 상황이 펼쳐졌다.

무사히 직업을 획득한 나와 아쿠아는 접수원 누님과 스태프에게 기대에 찬 눈길을 받으며…….

다시 이 세상에서, 모험가의 길을 걷기 시작했다—!

4

무사히 마구간 구석을 빌린 나와 아쿠아는 말똥이 들러붙어 있지 않은 짚을 모아서 잠자리를 만든 후, 그 위에서 앞으로의 일을 상의했다.

"잘 들어, 아쿠아. 우리는 돈이 없어. 그뿐만 아니라 장비도 없지. 그러니 우선 아르바이트를 해서 최소한의 자금을 모으자. 그 돈으로 무기를 사면 마을 밖에 나가서 레벨을 올리는 거야."

짚더미 위에서 책상다리를 하고 앉은 아쿠아가 고개를 끄덕이는 가운데, 나는 과거의 일을 떠올리며 말했다.

"레벨을 올려서 스킬 포인트를 얻으면, 내가 대장장이 스킬을 얻어서 상품 개발을 하겠어. 그걸로 손쉽게 거금을 버는 거야."

"하긴, 돈은 소중한 것이니까 말이야. 그런데, 그 후에 마왕은 어떻게 쓰러뜨릴 거야?"

마왕 따위 내가 알 바 아니지만, 그러고 보니 이 시기의 아쿠아는 마왕 타도를 목표로 삼고 있었다.

뭐, 얘도 이 세상이 얼마나 가혹한 곳인지 깨달은 후에 거금을 손에 넣는다면, 백수 생활에 익숙해질 것이다.

"그런 먼 미래의 일을 생각해봤자 소용없어. 마왕은 생활 기반이 갖춰진 후에 생각해도 되잖아?"

"그래. 우선 눈앞의 일부터 생각하자. ……그건 그렇고 너는 현대에서 살다 왔으면서, 마구간에서 자는 것에 딱히 거부감이 없나 보네."

아쿠아는 뜻밖이라는 투로 그렇게 말했지만, 2회차인 나에게 빈틈은 없다.

저택 다음으로 오래 신세를 진 마구간은 나에게 있어 제2의 집이나 마찬가지다.

이제부터 일어날 마왕군 간부 베르디아와의 싸움과 디스트로이어의 습격에 관해서도 다 생각이 있다.

우선 베르디아 쪽은 거점인 낡은 성을 건드리지만 않는다면, 얼마 후에 마왕의 곁으로 돌아갈 것이다.

디스트로이어 쪽은 이 마을에 쳐들어오기 전에 이사할 생각을 했지만, 관뒀다.

이 마을에는 1회차 때 단골이었던 예의 가게……가 아니라, 신세를 졌던 수많은 지인과 친구들이 있다. 모험가로서, 그들을 내버릴 수는 없다.

액셀에 오는 날짜와 루트를 알고 있는 만큼, 일시적으로 위즈와 메구밍을 고용해서 마을에 다가오기 전에 다리를 파괴해버리면 된다.

동력원인 코로나타이트가 폭주해서 폭발하겠지만, 그것도 마을에서 떨어진 곳에서라면 문제없다.

—완벽해!

이것으로 마을도 지킬 수 있고, 나는 빚을 지지도 않는다!

"좋아. 빨리 아르바이트하러 가자. 그리고 저택을 손에 넣는 거야!"

이제 내가 지지도 않은 빚에 허덕이는 생활과는 작별이다.

내가 주먹을 말아 쥐며 선언하자, 아쿠아가 눈을 반짝였다.

"저택이라, 세게 나오네. 좋아, 내 힘을 보여주겠어! 이래 봬도 접객업과 영업이라면 자신 있단 말이야!"

아쿠아가 힘찬 목소리로 그렇게 선언하자, 나는 이제부터 일어날 일을 떠올렸다ㅡ.

【리셋 2일째.】

"잘 들어, 아쿠아. 토목 현장 아르바이트는 최후의 수단이 야. 인부 감독은 좋은 사람이지만, 일 자체는 가장 힘들거 든. 우선 술집에서 일하자."

"어째서 토목 현장을 딱 집어서 말하는 건지는 모르겠지 만, 아무튼 알았어. 술집이라면 내 엄청난 특기를 활용할 수 있겠네. 술잔을 스물아홉 잔까지 한 번에 옮길 수 있어!"

우와, 대단…… 아니, 그래도 아쿠아에게 술을 옮기게 하 면 안 된다.

전에도 술집에서 아르바이트한 적이 있는데, 애는 옮긴 술을 물로 바꿔버린 바람에 결국 해고를 당하고 말았다.

"술은 내가 옮길 테니까, 아쿠아는 설거지를 해. 너라면 밭에 가서 꽁치를 잡아오란 말을 들어도 화내지 않겠지만, 혹시 모르잖아."

"꽁치 잡아오라는 말 듣고 화내는 게 이상하거든?"

1회차 때의 나는 꽁치가 밭에서 난다는 어처구니없는 상식을 몰랐던 탓에 술집 주인 상대로 발끈했었지만, 지금은 다르다.

나는 이번에야말로 실수하지 않을 것이다.

이것이 짧은 시간 동안의 거짓된 환상에 지나지 않을지라도, 나는 제대로 된 이세계 생활을 살고 말겠다—.

"—그러니까 네로이드가 대체 뭔데! 그딴 게 어디 있는지 모르는데 어떻게 잡아오냐고! 나를 놀리는 거지?! 이딴 알바, 더는 못 해 먹겠어!"

"너야말로 네로이드도 모르면서 이제까지 어떻게 살아온 거냐! 그딴 건 어린애도 잡아 올 수 있단 말이다!"

술집에서 일하기 시작하고 한 시간 후…….

나는 점주에게 말도 안 되는 지시를 받고, 1회차 때처럼 또 발끈했다.

"그럼 그 네로이드라는 것의 특징을 가르쳐줘."

"형태가 일정치 않고, 뒷골목이나 으슥한 곳에서 살지. 냐옹~ 하고 우니까, 그 소리를 쫓아가 보면 있어. 참고로 마시면 시원해."

"헛소리 마."

나와 말다툼을 벌이던 술집 점주가 갑자기 주방을 쳐다보며 고함을 질렀다.

"어이, 신참. 너 뭐 하는 거냐! 식기 세제는 어디 간 거냐고!"

점주의 시선은 주방에서 설거지 중인 아쿠아를 향했고……

"그, 그게 말이야! 실수로 세제를 만졌더니 물로 변했어! 하지만 내 말 좀 들어봐! 물의 여신인 내가 접시를 닦으면, 그냥 물로 헹구기만 해도 이렇게 깨끗……!"

"꽁치 다음은 네로이드냐! 이 세상의 생물은 대체 어떻게 되어 먹은 거야! 지구인을 가지고 놀지 말라고!"

"시끄러워! 둘 다 영문 모를 소리나 늘어놓는 거냐! 둘 다 해고다!"

해고란 말을 들은 아쿠아가 엉엉 우는 가운데, 나는 점주의 멱살을 움켜쥐었다―!

【리셋 3일째.】

아르바이트를 하게 된 채소 가게 앞에서, 나는 아쿠아에게 몇 번째인지 모를 주의를 줬다.

"잘 들어, 아쿠아. 오늘 우리가 할 일은 영업이야. 이번에는 절대 실수하면 안 돼. 여기서도 잘리면 토목공사 아르바이트를 할 수밖에 없다고."

"영업이라면 식은 죽 먹기야. 이래 봬도 바나나 헐값 판매라면 자신 있거든."

지난번에는 아쿠아의 말을 덥석 믿고 바나나 영업을 맡겼는데, 애는 정체불명의 마술을 부려서 바나나를 없애버렸다.

"바나나를 팔 때는 상품을 없애는 개인기 같은 건 선보이지 마. 그걸 했다간 해고당할 거야."

"내 특기를 네가 어째서 아는 거야? 바나나를 나노 사이즈로 작게 만드는 개인기도 있는데, 이것도 쓰면 안 되는 거야?"

이 녀석의 다채로운 개인기를 구경하고 싶은 마음이 들지만, 이번에는 그것을 금지했다.

그러자 아쿠아가 바나나 한 송이를 들어 보이며 외쳤다.

"자, 보고 가세요! 강에서 갓 낚은 신선한 바나나가 겨우 300에리스! 300에리스밖에 안 해요! 사가시지 않겠습니까!"

"사가시지 않겠습니까!"

1회차 때는 저 말에 충격을 받았지만, 이번에는 바나나를 강에서 낚았다는 말을 듣고도 동요하지 않았다.

나는 아쿠아의 말에 맞춰 힘차게 고함을 질렀다.

"……어?"

바로 그때, 이쪽을 쳐다보고 있는 낯익은 인물을 문득 발견한 나는 전력을 다해 시선을 돌렸다.

"자, 지금 사시면 겨우 300에리스! 두 송이 사시면 2배인…… 카즈마, 왜 그래? 일 좀 해. 손님의 눈길을 끌어야 할 거 아냐."

우리를 차가운 눈길로 쳐다보고 있는 이는 바로 메구밍이었다.

"뭐야~, 저 애가 신경 쓰여? ……어머, 저 붉은 눈동자
는……."

"잠깐만, 눈을 맞추지 마! 괜히 관심 끌지 말라고! 잘 들
어, 앞으로 쟤와는 절대로 얽히지 마!"

이 타이밍에 메구밍이 우리를 목격했던 건가.

하지만 지금은 메구밍에게 정신이 팔릴 때가 아니었다.

"좋아, 내 힘을 보여주겠어. 자, 손님 여러분! 지금부터 가
위바위보 대회를 열겠어요! 저하고 가위바위보를 해서 이기
면, 바나나를 공짜로 줄게요!"

"저기, 카즈마! 그런 약속을 해도 돼?!"

지난번에는 아쿠아를 믿은 결과, 얘가 정체불명의 개인기
로 상품인 바나나를 없애버린 바람에 해고를 당했다.

그러니 이번에는 특기를 살린 내가 주도적으로 돈을 벌
것이다.

"나만 믿어. 이래 봬도 가위바위보로는 진 적이 없거든."

"너, 타고난 특수능력자였어? 그러면 빨리 말해. 만약 나와
내기할 때 그 힘을 쓰면, 나는 울며불며 난리를 피울 거야."

실제로 울며불며 난리를 피우는 광경을 본 적이 있는 나
는 말로 형용할 수 없는 기분이 됐다.

"가위바위보로 이기면 공짜라는 게 진짜야?"

"재미있겠네. 어차피 져봤자 300에리스에 바나나를 사가
면 되는 거지? 어디 한 번 해볼까."

어느새 구경꾼이 모여들자, 기회라고 생각한 나는 어필했다.

"물론 거짓말이 아닙니다! 저한테 이기면 바나나는 공짜! 뭣하면 바나나 말고 다른 상품을 걸고 해도 돼요!"

"어이, 형씨! 되게 세게 나오는걸! 좋아, 그럼 이 사과를 걸고 해보자고!"

"나는 이 양파로 하겠어! 바나나도 한 송이 걸래!"

손님들이 모여드는 것을 본 점주는 처음엔 표정을 굳혔지만, 내가 가위바위보로 연승을 하자 표정을 누그러뜨렸다.

바나나를 비롯한 상품이 날개 돋친 듯이 팔려나가자, 점주는 싱글벙글 웃으며 말했다.

"처음에는 걱정했는데, 의외로 꽤하는 걸. 아르바이트비는 넉넉히 쳐주지!"

"이런 일이라면 맡겨만 주세요! 내일도 열심히 팔아치우겠어요!"

이거다. 이게 올바른 이세계 생활이다.

애초에 토목 현장에서 아르바이트를 해서 장비를 마련할 돈을 버는 게 말도 안 되는 일인 것이다.

모험가 길드에서 접수원 누님이 상인을 권했는데, 이번 회차에는 진짜로 장사를 해서 성공하는 것도 괜찮을지 모른다—.

"흐음, 재미있는 일을 하고 있네."

등 뒤에서 귀에 익은 목소리가 들려오자, 나는 흠칫했다.

"어머, 너도 가위바위보 승부에 참가할 거야? 현재 무패 행진 중인 카즈마 씨에게 이기면, 그 어떤 상품도 공짜야! 자, 행운 수치가 높다면 도전 안 해보는 게 손해야!"

"어디 한번 해볼까! 나, 행운 수치로는 아무한테도 지지 않을 자신이 있거든!"

그만해. 그 승부는 받아들이면 안 돼……!

나는 아쿠아를 말리기 위해, 머뭇머뭇 뒤를 돌아보며…….

"그럼, 내기에 걸 상품은……. 앗! 가게 안쪽에 송이버섯을 숨겨뒀네! 게다가 구석에 있는 건 머스크멜론이잖아!"

그 사람은 바로 크리스였다.

만일의 사태에 대비해, 내가 몰래 숨겨둔 고급 식재료가 바로 발각됐다.

"손님, 죄송합니다. 실은 이만 가게를 닫으려던 참이라……."

"저기, 카즈마! 무슨 바보 같은 소리를 하는 거야! 송이버섯과 머스크멜론이 팔리면 아르바이트비를 왕창 뜯어낼 수 있을 거야! 도적 손님도 이제 와서 승부를 관두진 않을 거지?!"

하지 마. 진짜로 하지 마. 안 그래도 승산이 낮은데, 패배 플래그까지 세우지 말란 말이다!

"물론 관둘 생각은 없어! 거기 당신, 프리스트지? 뭣하면 블레싱 마법을 걸어줘도 돼!"

크리스는 그렇게 말하며 자신만만하게 웃었지만, 방금 그 말은 명백한 실언이다.

상대의 정체는 행운의 여신이지만, 내 운도 뒤지지 않는다고 자부한다.

"아쿠아, 블레싱 마법을 걸어줘."

"뭐? 잠깐만, 카즈마. 진심이야? 너무 약은 거 아냐?"

1회차에서 블레싱을 걸고 나와 가위바위보 대결을 했던 아쿠아가 살짝 질린 듯한 표정을 지었다.

……이것은 리셋한 이세계 라이프다.

지난번에는 크리스에게 가위바위보로 졌지만…….

"좋아. 마법이든 뭐든 다 써! 나는 가위바위보로 진 적이 없거든!"

기합이 들어간 나는 주먹을 말아 쥔 후, 설욕전에 도전하기 위해 용기를 쥐어 짜냈다.

나는 아쿠아의 축복 마법을 받으면서, 크리스를 향해 자신만만한 미소를 지었다.

"나도, 가위바위보로는 진 적이 없다고."

그 빌어먹을 생활에서 벗어나기 위해, 나는 승리를 갈구하며 주먹을 치켜들었다—.

—오늘은 아르바이트 마지막 날.

일을 마친 우리는 인부 감독에게 받은 급료를 손에 들고 무기점으로 향했다.

"좋아. 토목공사 아르바이트로 드디어 목표 금액을 모았어. 이제 최소한의 장비를 입수해서 레벨을 올리자고."

"공사 아르바이트도 나쁘지 않았지만, 이대로는 마왕을 쓰러뜨리고 돌아갈 수 없잖아. 드디어 우리의 모험을 본격적으로 시작하는 거야!"

나는 그런 여행이 시작되지 않으리라는 것을 알지만, 오늘은 기념비적인 갈림길의 날이다. 그러니 그런 괜한 소리는 안 하는 편이 나으리라.

크리스에게 가위바위보로 져서 채소 가게에서 잘린 우리는 최종수단인 토목 현장 아르바이트를 하기로 했다.

이제까지는 지난번과 비슷한 루트를 나아가고 있지만, 아직은 방향 전환을 할 수 있을 것이다.

"잘 들어, 아쿠아. 장비를 갖추고 나면 내일부터는 액셀 주변에 서식하는 자이언트 토드를 잡아서 레벨을 올리자. 지금의 우리로선 두 마리 이상은 상대할 수 없는, 무시무시한 강적이야. 절대로 방심하지 마."

지금의 나는 1레벨이라 안 그래도 약한데, 둘이서 두 마리 이상을 상대하다간 결과가 뻔했다.

오늘은 1회차에서 범한 실수를 반성하고, 내일부터 본격적인 2회차를 스타트할 것이다.

"어머나, 카즈마는 그딴 것들을 상대로 겁먹은 거야? 이 세상의 상식을 모르는 멍청한 너한테 가르쳐줄게. 자이언트 토드는 말이지? 이 풋내기 마을에서 인기 있는 최약체 몬스터야. 그걸 상대로 고전해서야, 마왕 퇴치 같은 건 완전 무리거든?"

"그 최약체 몬스터가 너의 천적이거든? 개구리한테는 타격이 통하지 않는다는 걸 기억해둬. 그리고 다른 개구리를 불러 모을 수 있으니 함부로 도망 다니지도 말라고."

내가 충고를 해줬지만, 아쿠아는 들은 척도 하지 않으며 푸풉~ 하고 비웃음을 흘렸다.

뭐. 얘는 쓸데없이 개구리에게 사랑받는 습성을 지녔으니까, 미끼 역할을 잘 해낼 것이다.

혼자 있는 개구리만을 노리며, 일단 레벨을 올리자.

그래서 가장 먼저 손에 넣어야 하는 건 대장장이 스킬이다.

그 후에 어찌어찌해서 위즈와 만나고—.

5

길드에서 개구리튀김을 먹으면서, 목욕한 덕분에 깨끗해진 아쿠아가 말했다.

"그래. 둘이선 무리야. 동료를 모집하자!"

1회차 때와 마찬가지로 평원으로 나간 우리는, 지난 1회차 때와 같은 일을 겪은 후에 길드로 돌아왔다.

딱히 일부러 같은 상황이 벌어지도록 노린 건 아니다.

그렇게 주의를 줬는데도, 1회차 때와 마찬가지로 우쭐한 아쿠아가 타격이 통하지 않는다는 내 조언을 무시한 바람에 개구리에게 삼켜졌다.

나는 얘의 낮은 지력과 운을 얕보고 있었던 것 같았다.

오늘 성과는 개구리 두 마리.

수입은 푼돈 수준이지만, 경험치를 번 덕분에 레벨이 2나 올랐다.

"아니, 동료는 모집하지 않을 거야. 목표인 대장장이 스킬은 스킬 포인트가 3만 있으면 습득할 수 있어. 그러니 개구리를 한 마리만 더 해치우면 돼."

"잠깐만 있어 봐. 그 말은 나보고 또 개구리 미끼가 되라는 거야?"

내 완벽한 스케줄을 들은 아쿠아가 그렇게 외쳤다.

"맞아."

"싫어! 이제 개구리에게 삼켜지는 건 질색이야! 카즈마는 모르겠지만, 개구리의 뱃속은 비리고 뜨뜻미지근한데다 끈적끈적하거든?! 여신을 미끼로 쓰다니, 너는 천벌 받을 거야!"

성가신 소리를 늘어놓는 아쿠아에게 개구리튀김을 나눠줘서 입 다물게 만든 후, 나는 다시 1회차 때의 일을 떠올렸다.

내일 파티 멤버 모집 용지를 붙였다가, 메구밍이 거기에 낚였던 것으로 기억한다.

여기서 선택을 잘못했다간, 앞으로의 인생에 큰 영향을

끼친다.

아쿠아가 저지르는 사고도 문제지만, 걔가 원인을 제공한 사고도 4할 가량은 되는 것이다.

메구밍을 파티에 가입시키면 연쇄적으로 다크니스도 들어오니까, 이 타이밍에 가입을 저지한다면 앞으로의 흐름이 크게 달라질 것이다!

"자, 튀김을 한 개 더 줄 테니까 한 번만 더 미끼가 되어 줘. 잠시만 개구리 뱃속에 들어가 있으면 돼. 그래 주면 나중에 술을 원하는 만큼 사줄게."

"너, 술과 튀김만 주면 나를 뜻대로 할 수 있다고 생각하는 거 아냐? 왠지 나를 부려 먹는 것에 익숙한 것 같아서 짜증 나거든?"

아쿠아가 미심쩍은 시선을 보내면서, 내 접시에 놓인 튀김을 빼앗아간 바로 그때였다.

"저기. 잠시 실례해도 될까……?"

"안 돼요."

갑자기 옆자리에 앉은 걔를 향해, 나는 딱 잘라 그렇게 말했다.

"으, 으윽……! 초면인 상대가 말을 걸어왔으니, 경계하는 건 이해한다. 그래도 인사 정도는 나누지 않겠느냐?"

"됐어요."

또 딱 잘라 그렇게 말하자, 옆자리에 앉은 변태가 볼을 붉히며 몸을 부르르 떨었다.

그렇다. 아직 모집 용지를 붙이지도 않았는데 우리를 꼬시러 온 이는 바로 다크니스였다.

"아니, 너무 그러지 마라. 아까부터 미끼라는 말과 함께, 개구리 뱃속에 들어가 있으면······이라는, 한 귀로 흘려버릴 수 없는 말이 들려서 말이다."

이 자식, 평소에는 얼간이 기사면서 왜 이럴 때만 귀가 밝은 거냐고.

진정해. 아직 당황할 때가 아냐. 지금이라면 거절할 수 있어.

"으음, 우리 파티는······."

"내 말 좀 들어봐! 이 남자는 정말 악랄해! 오늘은 연약한 나를 지키기는커녕 개구리 먹이로 쓰더니, 내일도 나보고 미끼가 되라지 뭐야!"

"뭐, 뭐라고?!"

잠깐만, 지금은 그런 소리 하지 마! 튀김 하나 더 줄게!

"어이, 아쿠아. 오늘은 개구리를 해치워서 돈이 들어왔잖아? 첫 퀘스트 기념으로 술 한 잔 사줄 수 있거든?"

"카즈마야말로 무슨 소리를 하는 거야? 술 한 잔 정도는 마신 축에도 들어가지 않거든? 코가 삐뚤어지도록 마실 거야!"

술을 미끼로 써서 아쿠아의 관심을 다른 곳으로 돌리는

데 성공했다.

예상치 못한 지출이 발생했지만, 어쩔 수 없다. 다크니스 가입 저지에 든 비용이라고 생각하면…….

"좋다. 이 테이블은 내가 계산하지. 그 대신이라면 좀 그렇지만, 내 이야기를 들어주지 않겠느냐?"

"정말?! 좋아, 큭, 죽여라~ 같은 소리 할 것 같은 사람! 술을 사준다면, 푸념이든 뭐든 다 들어줄게!"

이 타이밍에 아쿠아가 배신하자, 나는 진퇴양난의 처지가 됐다는 것을 깨달았다.

"그, 그래! 저기, 실은……. 너희 파티는 두 명뿐이냐? 아까 이야기를 듣자하니, 개구리를 상대로 고전한 것 같다만……."

"응, 맞아. 여신의 힘마저도 무효화하는, 그 무시무시할 정도로 사악한 개구리 상대로 말이야. 그래서 동료를 모집하자는 제안을 했는데, 내성적인 카즈마 씨가 싫다고 하네. 이것도 낯가림 심한 은둔형 백수의 폐해라니깐."

누가 은둔형 백수라는 거야. 나는 대화가 가능한 상급 백수라고. 아니, 이럴 때가 아니다.

진정해, 사토 카즈마. 진정하고 머리를 잘 굴려봐.

"그런가! 나는 다크니스. 직업은 크루세이더다. 액셀 마을을 거점으로 삼아 모험가 활동을 하고 있지."

다크니스는 평상시에는 우리 파티 안에서 가장 멀쩡하다.

아니, 성적 취향만 얽히지 않는다면 유일하게 상식적인 대화가 가능한 애다.

"듣자 하니 개구리를 유인할 미끼가 필요한 것 같구나. 그런 역할이라면 지키는 것이 특기인 크루세이더가 적임이라고 생각한다만……. 어떠냐. 나를 파티 멤버로 삼아주지 않겠나?"

그렇다면 일시적으로 파티를 짜더라도, 대장장이 스킬을 익힌 후에 나는 모험가를 관두고 상인이 될 거라는 식으로 설득해서 파티를 해산하는 게…….

"이야기 잘 들었어요."

……내 행운 수치가 높다는 건 거짓말인 게 분명해.

다크니스에게 대답하기도 전에, 하필이면 메구밍이 나타났다.

왜 너까지 나타나는 거야. 1회차 때는 내일 붙이는 모집용지를 보고 찾아왔었잖아!

"내 이름은 메구밍! 아크 위저드를 생업으로 삼고 있으며, 최강의 공격마법, 폭렬마법을 펼치는 자……!"

"대단하네! 붉은 눈동자를 보아하니 홍마족이구나! 폭렬마법을 쓸 수 있다니, 정말 믿음직해! 메구밍 양, 다른 건?! 폭렬마법 말고는 또 어떤 마법을 쓸 수 있어?!"

메구밍이 말을 끝까지 잇기도 전에, 나는 선수를 치듯 재

빨리 말을 늘어놨다.

네 스킬 구성은 잘 알고 있거든. 이대로 너까지 파티 멤버로 받아들일 수야 없지!

"……지, 진정한 동료가 아닌 이에게 자기가 쥔 패를 보여주는 건 어리석은 자나 할 짓이죠. 아직 서로가 자기소개도 안 했는데, 너무 캐묻는 것 아닌가요?"

눈빛이 흔들리는 메구밍이 그렇게 말하자, 아쿠아와 다크니스는 『그래. 얘는 꽤 하나 보네……』하는 표정으로 고개를 끄덕였다.

평소에는 머릿속이 폭렬마법으로 가득 차 있으면서, 이럴 때만 머리를 쓰는 거냐.

"카즈마 씨, 카즈마 씨. 상급 직업인 크루세이더와 아크위저드가 낚였어! 이 두 사람은 안 잡고 놔주는 건 말도 안 되거든?!"

이 상황 자체가 말도 안 되고, 나도 아직 포기하지 않았다.

아니, 다크니스는 몰라도 왜 메구밍까지 낚인 걸까. 이 상황은 이상하잖아.

방금 나눈 대화 안에는 메구밍의 심금을 울릴만한 말이 없었는데…….

"그러고 보니 아까 이 크루세이더 언니가 이 테이블을 대신 계산한다는 말이 들렸는데요. 뻔뻔한 부탁이지만, 실은 이틀 동안 아무것도 못 먹었어요. 괜찮다면, 저한테도 뭐 좀 사주지 않겠어요……?"

빌어먹을—!

"—헉!"

정신을 차려보니, 이곳은 위즈의 마도구점이었다.

오른손 손가락 끝에서 열기가 느껴져서 쳐다보니, 다 타버린 성냥이 눈에 들어왔다.

"앗! 이 얌체 백수! 너, 멋대로 성냥을 써버리면 어떻게 해! 세 개밖에 없는데, 네가 하나 쓴 바람에 부족해졌잖아!"

"그래요. 덕분에 누가 남은 성냥을 쓸지를 보드게임 대결로 정하고 있어요. 카즈마는 이미 성냥을 썼으니까, 심판 역할을 맡아 주세요."

내가 정신을 차렸다는 것을 눈치챈 건지, 둘러앉아서 보드게임을 하던 세 사람이 나에게 항의했다.

"으으음……. 여기로 이동하면 텔레포트로 도망칠 수 있지만, 그렇다고 아크 위저드를 무시하는 것도 성가실 것 같다만……."

고뇌에 빠진 다크니스가 보드판을 노려보며 심사숙고 중인 가운데, 나는 아쿠아의 어깨를 움켜쥐었다.

"너란 애는 왜 매번 나를 조롱하는 거야! 그리고 메구밍은 왜 그렇게 가난한 건데?! 제발 부탁이니까 좀 제대로 살아!"

"돌아오자마자 왜 나한테 화내는 건데, 이 설교 백수야! 다른 세계의 내가 한 짓 가지고, 왜 나한테 불평을 하는 거야!"

"그래요, 제가 가난한 탓에 카즈마에게 폐를 끼치기라도 했나요? 저는 긍지 높은 홍마족, 가계부의 메구밍! 이 파티의 가계부를 누가 쓰는 줄 알긴 해요?! 정말 감사합니다, 하고 말해주세요!"

나는 머리를 감싸 쥐며 메구밍에게 고맙다고 말했다.

"그래, 정말 감사합니다! 식재료를 힐값으로 구해다 주는 건 항상 고맙게 생각하고 있어! 그래도 이건 아냐! 리셋을 하고 싶은데 리셋이 안 된다고!"

"으음, 여기에 크루세이더를 두면 아크 위저드의 사정 범위에 들어가고 마는데……. 메구밍은 진짜로 아크 위저드를 악랄하게 써먹는구나……."

나는 여전히 나에게 관심을 주지 않는 다크니스에게 다가가서……

"익스플로전!"

"아아아아앗?! 카즈마, 갑자기 뭐 하는 것이냐! 너는 참가자가 아니니까 익스플로전 룰을 쓸 수 없다!"

보드판을 엎어버린 나에게, 다크니스가 따지고 들었다.

"시끄러워, 이 상류층 아가씨야! 초면인 우리한테 호탕하게 밥 사줘서 고맙습니다!"

"뭐어?! 처, 천만에요……?!"

젠장, 모처럼의 리셋이 원래와 별반 다르지 않다는 건 이상하잖아.

나는 손에 쥔 성냥갑을 쳐다봤다.

"다크니스는 대전 포기니까, 성냥 사용권은 저와 아쿠아가 거머쥐는 거군요. 고민 턴인 플레이어가 보드판을 지켜내는 게 룰이니까요."

"자, 잠깐. 그런 룰은 들어본 적 없다! 그게 사실이라면, 룰북에도 적혀 있을 텐데……."

"아, 룰북에도 그렇게 적혀 있어. ……왠지, 메구밍의 글씨체와 비슷해 보이지만 말이야."

나는 성냥을 하나 더 꺼낸 후, 주저 없이 불을 붙였다.

""""또?!""""

6

새하얀 방 안에서, 나는 느닷없이 이런 말을 들었다.

"사토 카즈마 씨. 사후 세계에 온 걸 환영해요. 당신은 방금 불행하게도 숨을 거뒀어요. 짧은 인생이지만, 당신의 인생은 끝을 맞이하고 만 거죠."

진지한 표정으로 그렇게 말한 아쿠아에게, 나는 선수를 치듯 이렇게 말했다.

"아하. 이해했어요, 여신님. 전생에서 게임과 만화, 그리고 이세계 라이트 노벨을 잔뜩 즐겼거든요. 상황을 보아하니, 치트 능력을 내려줄 테니 마왕을 해치우란 소리를 하려는 거죠?"

내가 앞으로 듣게 될 말을 입에 담자, 아쿠아는 입을 쩍 벌렸다.

한동안 굳어있던 아쿠아는 미심쩍은 시선으로 나를 쳐다 봤다.

"이해력이 참 좋은 사람이 왔네. 확실히 그런 상황이긴 한 데, 어떻게 이름도 밝히지 않은 내가 여신이라는 걸 눈치챈 거야?"

아쿠아가 그런 의문을 입에 담자, 나는 자기 자신에게 자기암시를 몇 번이나 건 후에 입을 열었다.

"그야 딱 보면 알 수 있는걸요. 당신처럼 아름다운 사람이 평범한 인간일 리가 없잖아? 인간을 초월한 미모라고나 할 까요? 당신 같은 이가 여신이 아니면 대체 뭐겠어요."

그런 낯간지러운 말을, 쟤가 여신이라는 자기암시로 어찌 어찌 견뎌냈다.

그렇다. 쟤는 겉모습만 보면 확실히 여신 같다.

쟤를 한껏 치켜세워줘서, 나를 조롱하지 못하게 만드는 것 이다.

저자세로 나가야 하는 게 마음에 안 들지만, 아무리 강철 같은 인내력을 지닌 나라도 이 녀석이 진심으로 놀려댄다면 참아낼 자신이 없다.

그러니 마음에도 없는 말을 늘어놔서, 아쿠아의 헛소리를 원천 차단하는 것이다—!

"······저기, 미안해요."

············어?

"미안해요? 저기, 여신님. 그게 무슨 소리예요?"

아니, 왜 이 타이밍에 사과를 하는 거지?

괜히 설명할 필요가 없어졌으니, 빨리 치트나 건네줄 상황인데 말이다.

"저기 말이지······? 확실히 나는 아름답고 가련하며 수려한 물의 여신이지만, 인간인 너를 이성으로 보지는 못해."

"······엥?"

아쿠아가 뜻밖의 말을 하자, 나는 무심코 본성을 드러냈다.

"그래서 미안하다는 거야. 한 번씩 있긴 해. 한눈에 나한테 반하는 전생자 말이야. 얼마 전에도 마루루기라는 남자애가 초롱초롱한 눈길로 나를 쳐다봤던 게 기억나. 게다가······."

내 뇌가 이 상황을 받아들이지 못하는 가운데, 아쿠아는 의자에서 몸을 한껏 젖히며 웃음을 터뜨렸다.

"게, 게다가······! 아하하하하하하! 그렇게 웃기는 방식으로 죽은 오타쿠 백수가, 여신인 나한테 반하는 것 자체가 주제넘은 짓이야! 아하하하하하하하! 아하하하하하하하하! 푸~푸풉! 진~짜 웃겨 죽겠네~!!"

············.

"─으, 흑……. 납치당했어……. 내 아름다움에 매료된 더러운 백수 따위가, 나를 이세계로 끌고 왔어……."

내 강철 같은 인내력은 10초도 버티지 못했다.

질질 짜고 있는 아쿠아의 옆에서, 나는 주위를 둘러봤다.

지난번에는 뜻밖의 장면에서 다크니스가 나타났고, 메구밍은 바나나 헐값 판매 아르바이트를 하던 우리를 지나가다 쳐다봤었다.

이번에는 걔들이 있을 만한 장소 자체를 피하고 싶다.

그러면, 이번에야말로 미래를 바꿀 수…… 윽?!

─우리의 곁을 지나치는 마차 안에서 노곤한 눈길로 이쪽을 쳐다보고 있는 메구밍과, 눈이 마주쳤다.

"말도 안 돼, 너, 이렇게 일찍 우리와 조우했던 거냐."

"조우? 너, 갑자기 무슨 소리를 하는 거야?"

한순간 눈이 마주치기는 했지만 관심 없다는 듯이 눈길을 돌리는 메구밍을 보니, 왠지 속이 부글부글 끓었다.

그러고 보니 메구밍은 이 마을에 온 후로 어느 파티에서도 받아주지 않았고, 굶어 죽기 직전에 우리 파티에서 거둬줬던가.

그렇다면 이 마을에 막 도착한 이 시점에는 엘리트 마법사 집단의 일원으로서 근거 없는 자신감에 사로잡혀 있었을 것이다.

걔는 앞으로 수많은 파티에 참가해서, 수많은 좌절을 맛

본 끝에…… 어라, 잠깐만 있어 봐.

"어이, 아쿠아. 나한테 좋은 생각이 있어."

"대뜸 주제넘게 나를 이름으로 부르네. 반한 상대와 가까워지고 싶은 심정은 이해하지만, 순서 정도는 지켜주지 않을래? 우선 처음에는 아쿠아 님. 그리고 단계를 차근차근 거친 후에 아쿠아 양이라고 불러."

불만을 표시하듯 볼을 부풀린 아쿠아의 요청사항을, 나는 들어줬다.

"알았어, 잉여신 님. 단계를 차근차근 거친 후에는 잉여신 양이라고 불러줄게."

"이렇게 이세계에 함께 온 사이이니까, 그냥 아쿠아라고 불러도 돼."

금세 나와 가까워진 아쿠아와 함께, 나는 길드로 걸어가면서 생각했다.

애초에 나한테 필요한 것은 대장장이 스킬을 익힐 수 있는 수준까지 레벨을 올리는 것이다.

그렇다면, 괜히 아르바이트해서 장비를 살 돈을 벌 필요는 없지 않을까?

그렇다. 이제부터 메구밍은 여러 파티에 들어갈 것이다.

그런 그녀를 본받아서, 우리도 다른 파티에 가입해 레벨 올리는 것을 도와달라고 하자.

물론 아무도 그런 손해 보는 짓을 하고 싶어 하지 않을 것이다.

하지만, 풋내기 모험가의 레벨업 퀘스트라는 의뢰를 하면 어떨까?

"맙소사……. 기뻐해, 아쿠아! 곧 빚을 잔뜩 져서 식충이 겸 술꾼 백수가 될 네가, 비로소 도움이 되는 날이 왔어!"

"네가 무슨 소리를 하는 건지 모르겠지만, 만난 지 얼마 안 된 백수가 나한테 시비를 건다는 건 알겠어. 여신의 주먹을 맵거든? 순순히 무릎 꿇고 싹싹 빌어."

얘가 지뢰라는 것은 아직 남들에게 알려지지 않았다.

장래에 나와 친해질 예정인 술친구 중에는, 돈만 주면 레벨업을 도와줄 만한 녀석이 몇 명이나 있다.

그리고 의뢰 보수로 줄 돈은…… 어?!

그래. 돈을 줄 필요도 없을지도 몰라!

아쿠아가 쓰는 강력한 회복 마법은 잃어버린 신체조차도 완벽히 재생시킬 수 있다. 그래서 1회차에서는 술 마실 돈이 없는 아쿠아가 어느 모험가의 오래된 상처를 허락 없이 치유해주고 술값을 뜯어낸 적이 있다.

그 모험가는 오랫동안 움직이지 않던 무릎이 낫자, 아쿠아에게 어마어마하게 고마워하며 아쿠시즈교로 개종했는데…….

원래 아쿠아가 그 모험가를 치유해주는 건 지금으로부터 반년 후의 일이지만, 그때까지 기다릴 필요도 없다.

무릎이 빨리 나으면 상대도 기쁠 테고, 우리한테도 도움이 된다. 그래. 이 방법이라면…….

"아얏?! 갑자기 뭐 하는 거야, 이 망할 잉여신아! 좋은 아이디어가 떠오르지 않았다면 확 천계로 되돌려 보냈을 거라고!"

"뭐어?!??!!?! 먼저 시비를 건 건 너인데, 왜 내가 욕을 먹어야 하는 건데?!"

느닷없이 복부에 펀치를 날린 폭력 여신을 질질 끌면서, 나는 다시 길드로 향했다.

—예전에 했던 짓을 답습하며, 무사히 모험가 카드를 손에 넣은 나와 아쿠아는…….

"아쿠아, 저기 있는 아저씨 보이지? 겉보기에는 멀쩡해 보이지만, 실은 옛날에 화살을 무릎에 맞았던 탓에 다리가 거의 움직이지 않나 봐."

"……저기, 이 세상에 온 지 얼마 안 된 네가 어째서 그런 걸 알고 있는 거야? 모험가 길드의 장소도 알고 있었잖아. 너, 여러모로 수상하거든?"

이 자식은 평소엔 눈치가 없으면서, 쓸데없는 쪽으로만 눈치를 발휘한다니깐.

"나 정도 되는 게이머면 길드가 어디 있는지 정도는 대번에 알 수 있어. 게임 속 마을은 장소 배치가 대부분 비슷하잖아? 그리고 저 사람이 무릎을 다쳤다는 어떻게 알았냐면, 베테랑 느낌이 물씬 풍기면서도 이런 풋내기 모험가의 마을에 있어서야."

"아하. 역시 은둔형 백수 겸 게임 오타쿠답게, 그런 쪽으로는 예리한 거구나. 좋아. 부상을 치유해줄 테니 우리가 레벨을 올리는 걸 도와달라고 하면 되는 거지? 상처를 고쳐주는 건 여신다운 행동이니까, 나쁘지 않네!"

아쿠아는 내가 가리킨 아저씨를 향해 쫄래쫄래 걸어갔다.

술을 마시고 있던 그 아저씨는 아쿠아가 다가오자, 무슨 일인가 싶어 고개를 들었고……

"그대, 마왕군과 싸우다 무릎에 화살을 맞은 탓에 고레벨 모험가이면서도 액셀 마을에서 지내는 자여. 물의 여신인 내가 그대의 상처를 치유해주겠노라……!"

"어. 아니, 수상하니까 됐어요."

…….

"저기, 치유해주겠다잖아! 순순히 발 내밀어봐! 그리고 나를 숭배해! 겸사겸사 아쿠시즈교로 개종하란 말이야!"

"역시 수상하기 그지없잖아! 내가 무릎을 다친 걸 어떻게 안 건지 모르겠지만, 종교 권유라면 됐다고!"

아저씨가 손을 내저으며 쫓아내자, 아쿠아는 터벅터벅 돌아왔다.

"치료를 거절당했는데요."

"아쿠시즈교 냄새를 풀풀 풍겨서 그래. 좋은 아이디어라고 생각했는데……."

역시 일이라는 건 그렇게 쉽게 풀리지 않는 건가.

어쩔 수 없다. 장비를 조달할 때까지는 아르바이트에 전념하도록 할까…….

"좋아. 그럼 내일부터 토목공사 아르바이트를 하자."

"너무 뜬금없는 소리라 도통 못 알아듣겠거든?! 우선 토목공사를 하는 이유부터 가르쳐줘!"

7

그로부터 며칠이 흘렀다.

토목공사가 몸에 익은 나는 인부 감독으로부터 정사원이 되지 않겠느냐는 제안을 받았다.

뭐, 리셋을 할 때마다 이 아르바이트를 해왔으니 이제는 베테랑급이다.

덕분에 급료도 올라서, 예전보다 빨리 장비를 맞췄다.

"레벨 1인 나는 개구리를 세 마리만 해치우면 대장장이 스킬을 익힐 수 있어. 그러니 오늘 안에 목표를 달성하자고."

"개구리라면 이 마을 모험가가 가장 많이 사냥하는 조무래기 몬스터지? 내가 있으니까, 쪼잔하게 세 마리만이 아니라 왕창 해치우자."

이전의 우리는 개구리를 두 마리 해치운 후에 체념하고

마을로 돌아왔다.

하지만 이번에는 다소 무리를 하더라도 레벨을 4까지 올릴 생각이다.

예의 평원에 온 나와 아쿠아는 개구리를 찾으러 돌아다니다……

—눈에 익을 대로 익은, 어마어마한 폭발을 목격하고 말았다.

이전 회차 때보다 빨리 장비를 맞췄기에, 처음으로 개구리 사냥에 나서는 날도 앞당겨졌다.

이 시점에서는 폭렬마법에 내성이 없는 아쿠아가 겁먹은 목소리로…….

"저기, 이만 돌아가자. 오늘은 날이 안 좋은 것 같은 느낌이 들어."

"방금 그건 폭렬마법의 폭발이야. 이 마을의 명물 같은 거니까 무서워하지 마."

내가 그렇게 말하자, 아쿠아가 걸음을 멈췄다.

"……토목공사 알바를 할 때부터 신경 쓰였는데, 저 폭발은 대체 누가 일으키는 거야? 왜 이 마을의 높은 사람은 안 말리는 걸까?"

"저걸 일으키는 건 살짝 정신 나간 애야. 이 마을의 높은 사람도 걔와 얽히고 싶진 않은 거겠지. ……그것보다, 개구리가 안 보이네."

평소 같으면 금방 개구리와 마주쳤을 텐데, 오늘은 전혀 보이지 않았다.

그뿐만 아니라 모험가의 모습도 거의 보이지 않는데, 혹시 강한 몬스터라도 나타난 걸까?

……바로 그때, 모험가 길드 직원들이 들것을 잔뜩 안아 들고 평원으로 뛰어가는 모습이 보였다.

아무래도 어느 모험가 파티가 강적을 상대로 격전을 펼치고 있는 것 같았다.

그럼 마을 정문에서 기다리고 있으면, 직원이 들것에 실은 모험가들을 옮겨올 것이다.

"아쿠아, 오늘은 일단 마을로 돌아가자. 그러면 부상자가 실려 올 거야. 거기서 다친 모험가들을 치유해주면……."

"전에 카즈마 씨가 말했던, 상처를 고쳐줘서 빚을 지운 후에 레벨업을 도와달라고 하자 작전을 실행에 옮기는 거네!"

그러면 아쿠아를 미끼로 쓰지 않고도, 안전하게 레벨을 올릴 수 있다.

들것에 실려 올 정도의 중상을 입은 모험가도 치료를 받을 수 있어서 좋고, 우리도 행복해질 수 있는 멋진 아이디어다!

"때로는 내 행운 수치가 전혀 기능하지 않나 싶을 때도 있는데, 오늘은 웬일로 자기 일을 했는걸. 이제 대장장이 스킬만 익히면······."

거기까지 말한 순간, 나는 행운 수치가 눈곱만큼도 기능하지 않았다는 사실을 깨달았다.

"저 사람들을 치료하면 되는 거구나! 그래, 확실히 다들 중상을 입었네. 멀쩡해 보이는 애가 한 명 있긴 한데, 마력이 바닥 나서 움직이지 못하나 봐."

들것에 실려 온 이는 바로 메구밍이었다.

정확히는 부상을 입은 모험가 파티 안에, 마력이 바닥나서 움직이지 못하는 메구밍이 섞여 있었다.

"아쿠아, 잠시 기다······."

"저기, 모험가 여러분. 회복마법이 필요하지 않아? 내가 헐값에 치료해줄게!"

나는 아쿠아를 말리려고 했지만, 그녀가 모험가 파티에게 말을 거는 게 더 빨랐다.

길드 직원과 부상자들은 아쿠아가 프리스트라는 것을 눈치챈 것 같았다.

"아크 프리스트인 아쿠아 씨! 그럼 부탁드려도 될까요?! 이 분들은 강력한 악마를 해치우셨어요. 치료비라면 길드에서 부담할게요!"

"악마를 해치우다니, 참 좋은 일을 했네! 하지만 돈은 됐어. 저 사람들을 치료해주는 대신, 우리 레벨업을 좀 도와줬으면 하거든."

아쿠아가 그렇게 말하며 힐을 걸어주자, 들것에 실려 있던 모험가들은 그 치료 효과에 경악하며 들것에서 내려왔다.

큰일 났다. 이야기가 계속 진행되고 있다.

아니, 포기하기에는 아직 이르다. 현재 메구밍은 이 파티에 소속되어 있다. 그렇다면 우리 파티에 들어오지 않을 것이다!

"그 정도라면 식은 죽 먹기야! 이렇게 심한 상처를 치료해 줬잖아! 한 10레벨 정도 올리는 걸 도와주겠어!"

리더 청년이 가벼운 말투로 승낙하고, 다른 파티 멤버도 힘차게 고개를 끄덕이는 가운데…….

"레벨업을 도와달라는 건가요. 즉, 당신들은 풋내기 모험가인 거군요."

무거운 몸을 억지로 일으킨 메구밍이 불쑥 그렇게 중얼거렸다.

그리고 비틀거리며 나를 쳐다보더니, 입가에 옅은 미소를 머금었다.

"보아하니 마법사가 부족한 것 같네요. 크크큭……. 당신들은 참 운이 좋아요. 그래요. 저기 저 사람은 행운 수치가 매우 높은 게 틀림없어요!"

그만해. 이 타이밍에 이상한 소리를 늘어놓지 마. 제발 부탁이니까 할 일 좀 하라고, 내 행운 수치야!

내가 그런 부질없는 기원을 드리는 사이, 메구밍은 망토를 펄럭이며 힘차게 자기소개를 했다.

"내 이름은 메구밍! 아크 위저드를 생업으로 삼고 있으며, 최강의 공격마법, 폭렬마법을 펼치는 자……! 타이밍이 좋게도, 마침 저는 아무 파티에도 속해 있지 않아요. 제가 당신들 파티에 들어간다면, 레벨업 정도는 식은 죽 먹기겠죠!"

"폭렬마법?! 잘됐네, 카즈마! 믿음직한 파티 멤버가 늘어났어!"

"어째서야! 너, 저 사람들과 같은 파티 아냐?!"

뜻밖의 전개를 접한 내가 무심코 딴죽을 날리자, 메구밍은 고개를 갸웃거렸다.

"이 사람들은 모험가 길드에 직원과 들것을 요청하러 간 외톨이 소녀의 협력자예요. 그러고 보니 직원들이 왔는데도 그 애만 돌아오지 않았네요. 혹시 힘이 다해 어딘가에 쓰러진 걸까요? ……뭐, 그딴 건 아무래도 상관없어요."

뭐가 아무래도 상관없다는 거야. 걔는 융융 맞지? 좀 신경 써주라고.

"폭렬마법으로 대악마를 쓰러뜨린 저의 명성은 앞으로 퍼져나갈 것이며, 수많은 파티가 눈에 불을 켜고 저를 데려가려 할 테지만……. 실은 저도 풋내기 모험가거든요. 두 분과는 나이도 비슷한 것 같고, 풋내기끼리 같이 다니는 편이 마음이 편하지 않겠어요?"

"사양할게요."

…………

"자, 소년이여. 내 손을 잡아라! 그런다면, 온갖 적을 해치울 수 있는 강대한 힘을 손에 넣을 수 있노라—!"

"—빌어먹으ㅇㅇㅇㅇㅇㅇㅇㅇㅇㅇㅇ을!"

""""?!""""

마도구점에서 정신을 차린 순간, 나는 목청껏 고함을 질렀다.

"뭐 하는 거야! 이 좀도둑 백수, 되게 시끄럽네! 혼자서 성냥을 두 개나 쓴 걸 다크니스에게 사과해!"

"그래요! 다크니스 좀 보세요! 처음부터 대화로 쓸 사람을 정했다면 이런 사태는 벌어지지 않았을 거라고요!"

아쿠아와 메구밍의 말을 듣고 고개를 돌려보니, 재갈을 문 채 볼을 붉힌 다크니스가 꽁꽁 묶인 상태에서 바닥을 굴러다니고 있었다.

어째서 저렇게 된 건지 신경 쓰이지만, 당사자가 행복해 보이니 캐묻지 말자.

지금은, 그것보다도—!

"인마, 평소에는 폭렬마법에만 써대는 뇌를 괜한 순간에만 풀가동하는 거냐! 한 번 거절당했으면 그냥 포기할 줄도 알란 말이다!"

"왜, 왜 저한테 화를 내는 거죠?! 제가 그딴 걸 어떻게 알아요! 다른 세계의 저한테 말하라고요!"

가입을 거절당한 메구밍은 악마를 쓰러뜨렸으니 떠받들어
질 거라는 예상 또한 빗나가면서 궁지에 몰렸고, 결국 우리
파티에 들어오기 위해 계략을 펼쳤다.

우선 가장 쉬운 애인 아쿠아를 함락시키더니, 내 레벨업
을 돕는다는 명목으로 힌사코 따라왔다. 그리고 주저 없이
개구리에게 먹히더니, 점액으로 범벅이 된 몸으로 마을 한
복판에서 협박을 감행한 것이다.

그렇다. 그 시점에서 원래와 똑같은 상황이 벌어졌다. 게다
가 다크니스가 점액질로 범벅이 된 메구밍을 목격하면서—.

"자, 메구밍! 이번에야말로 누가 성냥을 쓸지 정하자! 하지
만 보드게임은 안 할래. 메구밍이 속임수를 쓸 것 같거든."

"속임수를 썼다는 걸 들키지 않는다면, 그건 속임수가 아
니에요. 룰북을 뜯어고쳤다는 걸 눈치채고 만 다크니스는
불행하게도 꽁꽁 묶이고 말았죠. 아쿠아도 저를 도왔으니
까, 아까 그건 노카운트예요."

내가 의식을 잃은 사이에 변변찮은 짓거리를 벌인 두 사
람은, 도저히 양보할 수 없는 무언가를 차지하기 위해 다투
는 라이벌처럼 자리에서 일어났다.

아쿠아가 남은 성냥을 쥐고 있는 것을 보면, 내가 의식을
잃은 사이에 빼앗은 것 같았다.

"다크니스를 묶는 걸 도운 이유는 한 명을 탈락시키기 위

해서야. 그리고 다크니스만 탈락시키면, 접근전도 가능한 아크 프리스트인 내가 유리해!"

"호오? 싸움꾼 메구밍이라 불리는 게 소원인 저에게, 힘으로 이겨보겠다는 건가요? 좋아요! 홍마의 마을에서는 근접 격투도 수업에서 가르쳐줘요. 지금이야말로 제 힘을……."

메구밍이 말을 끝까지 잇기도 전에, 나는 한 손을 쑥 내밀었다.

"『스틸』."

""뭣?!""

나는 아쿠아한테서 성냥을 빼앗은 후, 주저 없이 불을 붙였다.

""잠깐만—!!""

8

새하얀 방에서, 나는 아쿠아에게 이런 말을 들었다.

"사토 카즈마 씨. 사후 세계에 온 걸 환영해요. 당신은 방금 불행하게도 숨을 거뒀어요. 짧은 인생이지만……."

"당신의 인생은 끝을 맞이하고 만 거죠, 란 소리를 할 거잖아! 이미 외웠다고! 이게 마지막 기회란 말이다! 몇 번이나 되풀이하게 만들기는! 빨리 진행이나 해, 이 잉여신아!"

나는 아쿠아의 대사를 끊으며 그렇게 외쳤다.

자기 대사를 내가 빼앗을 거라고는 생각도 못 한 건지, 아쿠아는 입을 뻐끔거렸다.

"우…… 우에에에에에에엥! 뭐라고 지껄이는 거야, 이 오줌싸개 백수! 위대한 여신인 내가, 왜 너처럼 웃기는 방식으로 죽은 애한테 잉여신 소리를 들어야 하는 건데!"

"시끄러워~! 잔말 말고 치트나 내놔! 마왕을 쓰러뜨리라며 이세계로 보낼 거지? 가지고 갈 치트 아이템은 『마검 레바테인』이야!"

마지막 성냥에 불을 붙인 나는 이번에야말로 실수하지 않겠다고 스스로에게 맹세했다.

이번에는 가지고 있는 지식을 총동원해서 가장 빠르게, 그리고 가장 효율적으로 성공 가도를 달리겠다.

그렇다. 게임으로 치자면 스피드 런이다.

"……만화나 애니를 너무 많이 본 거 아냐? 치트는 무슨. 나를 잉여신이라 부른 당신은, 맨몸으로 이세계에 보내도록 하겠어요."

……뭐어?

"어이, 잉여신. 나를 화나게 하지 마. 그랬다간 어마어마하게 후회하게 될 거라고 이 내다보는 카즈마가 선언해주지."

"여신을 상대로 대체 뭘 할 수 있는데? 너야말로 『잘못했습니다, 여신님. 저는 너무 놀라서 오줌을 싼 걸로 모자라 쇼크사한 오타쿠 백수예요』하며 사과해. 그러면 치트 능력을 줄 수도 있거든?"

이 자식, 남의 약점을 잡기는…….

아냐. 진정하라고, 사토 카즈마. 너는 인내할 줄 아는 남자잖아.

지금이야말로 가장 빠르게, 그리고 가장 효율적으로 성공가도를 나아가자고.

"자, 사과해! 빨리 나한테 사과하란 말이야! 안 그러면 『아저씨에게 무조건 사랑받는 능력』 같은 걸 줘서 이세계에 내다 버릴 거야!"

"잘못했습니다, 여신님. 저는 너무 놀라서 오줌을 싼 걸로 모자라 쇼크사한 오타쿠 백수예요."

내가 이를 악물며 딱딱한 어조로 그렇게 말하자, 아쿠아는 깔깔 웃었다.

괜찮아. 나는 참을 수 있어.

이 자식을 동료로 삼은 후에 펼쳐지는, 앞으로의 인생을 떠올려봐.

지난번은 특히 심했잖아. 얘는 내가 자기한테 반한 줄 착각했다고.

그것에 비하면 이 정도는 얼마든지 아무것도 아냐! 이딴 조롱을 얼마든지 참을 수 있어!

"품~! 그런 소리까지 하니 어쩔 수 없네. 치트를 하사해줄게. 『마검 레바테인』을 원하는 거지?"

아쿠아는 우쭐한 표정으로 거들먹거리며 그렇게 말했다.

원래 세계로 돌아가면, 본인에게 복수해주자.

"네. 이 불쌍한 백수에게, 부디 신기를 내려주시옵소서."

"우후후후훗. 아까까지만 해도 그렇게 의기양양하더니, 고개가 참 가벼워졌네! 저기, 기분이 어때? 신에게 맞서면 어떻게 되는지, 이제 잘~ 알았지?"

젠장. 대체 왜 얘한테 따끔한 맛을 보여주고 싶어지는 걸까.

……남을 조롱하는 재능이 끝내주는 아쿠아는 나를 놀리는 데도 질린 건지, 아무것도 없는 공간에 손을 집어넣어서 뭔가를 뒤지기 시작했다.

아무래도 치트 아이템을 줄 마음이 든 것 같은데, 이 광경은 처음 본다.

그렇게 염원하던 치트 아이템을 입수하게 되자, 나는 가슴이 벅차올랐다……!

"자, 받아. 이게 바로 네가 원한 신기『마검 레바테인』이야!"

그렇게 말하며 진지한 표정으로 아쿠아가 내민 것은, 변기 청소용 솔이었다―.

―질질 짜는 아쿠아를 데리고 모험가 길드에 가서 등록을 마친 후, 나는 어느 남자에게 다가갔다.

"자, 여신 파워 발동!"

"『세이크리드 하이니스 힐』!"

아쿠아가 펼친 회복 마법이, 무릎에 화살을 맞았던 아저씨를 감쌌다.

"어, 어이?! 이게 무슨…… 어어?"

마법이 걸린 아저씨는 발을 움직여보더니, 서서히 표정을 바꿨다.

처음에는 믿기지 않는 표정을 짓더니, 이윽고 금방이라도 감격의 눈물을 흘릴 듯한 표정을 지었다.

"기뻐하고 있는데 이런 소리를 해서 미안하지만, 실은 당신한테 부탁이 있어. 내 레벨을 올려줬으면 해. 딱 3레벨만 말이야. 그 이상은 바라지 않아."

"그, 그래……. 그래! 그 정도는 얼마든지 도와주지! 그것보다, 이 상처를 간단히 치료한 너는 대체……."

레벨업을 도와주기로 쾌히 승낙한 아저씨는 아쿠아를 올려다보며 작게 중얼거렸다.

아쿠아는 그 말을 듣더니, 우쭐대며 말했다.

"나는 아쿠아. 저기 있는 백수가 치트 대신 나를 원한다고 해서, 마왕을 쓰러뜨리기 위해 강림하게 된 물의 여신 아쿠아야!"

너를 원한다고 말한 적은 없지만, 아저씨의 감동을 깨지 않기 위해 참기로 했다.

"여신 아쿠아 님…… 서, 설마 진짜로……? 아니, 아무리 그래도……. 그, 그럼 지금 바로 레벨을 올리러 가겠습니까? 저도, 치료된 무릎의 상태를 확인해보고 싶은데……."

이번 리셋에서는 일이 술술 풀렸다.

우리는 당연히 아저씨의 제안을 받아들였고, 이세계에 온 당일에 레벨을 4까지 올리는데 성공했다—.

【리셋 2일째.】

우리가 있는 곳은 익숙한 평소의 마구간……이 아니다.

레벨업 만으로는 대가로 충분하지 않다고 우기는 아저씨의 호의로, 나와 아쿠아는 여관 생활을 만끽하고 있었다.

현재까지, 치트가 아쿠아로 바뀐 것 말고는 순조로웠다.

매번 아쿠아를 고르고 있지만, 얘는 내가 버릴 수 없는 저주 아이템 같은 걸지도 모른다.

오늘 목표는 대장장이 스킬 습득과 오일 라이터를 만들 재료 확보다.

운이 좋게도, 무릎에 화살을 맞았던 아저씨에게서 당분간의 생활비를 받았다.

아쿠아에게 봉납하는 거라고 말했는데, 이번 리셋에서는 무사히 아쿠시즈교로 개종한 것 같아서 다행이다.

……아니, 진짜로 다행인 걸까?

"왜 이상한 표정을 짓는 거야? 어제는 정말 난리였어. 당분간은 개구리 사냥을 안 갈래."

어제는 아저씨가 개구리를 간단히 빈사 상태로 만들어줬

기에, 자기도 그쯤은 할 수 있다고 착각한 아쿠아가 개구리에게 먹혔다.

애는 몇 번을 리셋해도 개구리에게 잡아먹히는데, 어쩌면 그런 쪽으로 할당량이 있는 걸까.

"한동안은 퀘스트는 안 받고 돈을 벌 거야. 우선 대장장이 스킬을 얻으러 가자. 그 후에는 가난뱅이 점주 씨의 마도구점에 가서 판로를 확보하자고. 그리고 재료를 산 후에 라이터를 죽어라 만드는 거지."

"네가 왜 이렇게 요령이 좋은 건지 모르겠지만, 아무튼 알겠어. 그리고 가난뱅이 점주가 어떤 사람인지는 모르겠지만, 본인 앞에서 그렇게 부르면 화낼 거야."

나로서는 네가 가난뱅이 점주 씨에게 달려드는 게 더 걱정인데 말이다.

—가게에 들어서자마자, 아쿠아가 이렇게 외쳤다.

"『턴 언데드』!"

"꺄아아아아아아아아아아!"

"어, 어이! 미리 그렇게 말해뒀는데, 왜 마법을 쓰는 거냐고!"

가게에 들어가기 전에 아쿠아에게 한 번 더 말해둘 걸 그랬다.

금방이라도 사라질 것 같은 위즈를 향해, 나는 손을 내밀었다.

"금방이라도 사라질 것 같은 점주 씨! 당신, 드레인 터치를 쓸 수 있지?! 동료가 끼친 폐에 대한 사과 삼아, 내가 죽지 않을 정도만 생명력을 빨아!"

"아아…… 강 너머에서 옛날 동료들이……."

섬뜩한 말을 늘어놓으며 슬며시 눈을 감은 위즈의 오른손에, 나는 허둥지둥 양손을 댔다.

"어이, 내 말 안 들려?! 드레인 터치야! 그래도 내가 죽지 않을 만큼만 부탁해!"

"드레인…… 터치……."

이미 의식이 거의 사라진 건지, 위즈는 들릴락 말락 하는 목소리로 그렇게 중얼거렸다.

내 의도를 이해한 건지, 마력과 체력이 서서히 빨려 들어갔다.

"잠깐만, 카즈마! 뭐 하는 거야?! 저 여자는 리치야! 빨리 손을 떼!"

"점주 씨는 리치지만 나쁜 사람이 아니라고! 너는 좀 떨어져 있어! 네가 거기 있는 것만으로 점주 씨는 대미지를 입는단 말이다!"

─딱 마주치자마자 심각한 사고에 휘말린 위즈가 어찌어찌 정신을 차렸을 즈음, 나는 미심쩍게 들리지 않도록 조심하면서 비즈니스를 제안했다.

"그, 그 말은 즉……. 아쿠아 님에게 정화당하고 싶지 않다면, 당신이 제안한 상품을 사들이라는 거군요. 알았어요. 저도 목숨은 아까우니까요. 어떻게든 돈을 벌어서, 매달 꼭 사들일 테니……."

"아냐! 깡패가 보호 명목으로 돈을 뜯어내는 그런 게 아니라고! 진짜로 잘 팔릴 상품이란 말이야!"

젠장, 초면이라 그런지 이야기를 되게 안 풀리네!

원래라면 지금보다 나중에 위즈와 만났을 것이며, 만나는 장소 또한 여기가 아니라 묘지다.

확실히 제삼자가 이 상황을 본다면, 깡패가 보호비를 뜯어내는 것처럼 보이리라.

"점주 씨, 제발 저를 믿어줘요! 이건 진짜로 잘 팔릴 거예요! 점주 씨니까 알려주는, 한몫 단단히 잡을 수 있는 건수라고요!"

"저기, 카즈마. 너는 지금 투자사기를 권하는 사람처럼 보여."

젠장, 어째서 이렇게 된 거지—!

9

"카즈마 씨, 이게 오늘치 매상이에요! 항상 감사해요!"

"아냐. 나야말로 고마워, 위즈. 매일 오일 라이터만 만드는데도 질렸으니까, 슬슬 다른 상품도 만들어볼까."

미래를 아는 나에게는 당연한 일이지만, 오일 라이터는

날개 돋친 듯이 팔렸다.

그로부터 시간이 어느 정도 흐른 지금에 와서는 위즈도 단골 거래처다.

내 등 뒤에서 짐승 같은 눈빛으로 위협하고 있는 여신만 없다면, 원래 세상에서만큼 친해졌을 것이다.

"그런데, 예의 일은 어떻게 됐어? 그 조건으로 승낙할 것 같아?"

나는 겁을 먹고 쭈뼛거리는 위즈에게, 전에 부탁한 일에 대해 물어봤다.

"아, 그 저택 말인가요! 네, 집주인 분이 쾌히 승낙하셨어요. 유령소녀가 나온다는 소문이 있는 사고 매물인데, 정말 괜찮은지 걱정하지 뭐예요……."

내가 부탁한 일은 원래 우리가 거점으로 삼았던 저택 건이다.

원래라면 아쿠아가 사고를 쳐서 악령 저택이 된 후에 그 악령을 처리한 덕분에 공짜로 살 수 있게 됐지만, 이제 와서는 그런 자작극을 벌일 수 없다.

"그 저택에 사는 유령은 딱히 나쁜 애가 아니잖아? 그러니 신경 안 써. 오히려 때때로 모험 이야기를 들려주고 무덤을 청소해주기만 하면 이런 파격적인 가격으로 살 수 있잖아. 오히려 감사할 지경이야."

"어떻게 그 애의 사정을 그렇게까지……. 참, 아쿠아 님이라면 전부 꿰뚫어 보실 수 있겠네요. 알겠어요. 집주인 분에게 이미 열쇠를 받아뒀죠. 자, 여기 있어요!"

원래보다 꽤 이른 시기지만, 이것으로 익숙한 거점도 손에 넣었다.

이제부터는 디스트로이어를 격퇴할 자금을 열심히 벌기만 하면 된다.

지금까지는 정말 순조롭다—.

나와 아쿠아는 건네받은 열쇠를 들고 저택으로 향했다.

"대단해, 카즈마 씨! 치트도 없이 이런 저택에 살 수 있게 됐잖아! 대체 왜 전생에서는 은둔형 백수였던 건데?!"

"좋아서 백수였던 게 아냐. 사람은 누구나 마음속에 어둠을 품고 있는 법이라고."

빨리 방을 정한 나와 아쿠아는 가구를 갖추기 위해 마을로 나갔다.

겸사겸사 길드에 들러서 오늘 저녁도 해결해야겠다.

"그건 그렇고, 이번 리셋은 참 평화롭네. 매일 근육통에 걸려가며 육체노동을 할 필요도 없고, 마구간에서 짚을 차지하려고 다툴 필요도 없어. 너도 술만 주면 얌전히 있잖아. 어떻게 행동하느냐에 따라서, 이런 미래가 펼쳐질 수도 있었던 거구나."

"왠지 디스를 당하는 것 같지만, 술만 주면 내가 얌전히 있는다는 건 맞아. 즉, 내가 무슨 말을 하려는 건지 감이 오지?"

이 자식, 오늘도 비싼 술을 내놓으라는 건가.

너는 이제까지의 모든 리셋에서 나한테 딸려오는 저주받은 신기 같은 거라고.

—모험가 길드의 문을 열어보니, 안에서는 심각한 분위기가 감돌고 있었다.

"들었어? 예의 그놈한테 미츠루기의 파티까지 당했대."

"맙소사. 미츠루기의 파티라면 이 마을에 있는 파티 중에서 가장 강한 파티잖아?"

낯선 이름이 들려왔는데, 아무래도 강한 모험가가 뭔가에게 당한 것 같았다.

요즘은 라이터 만드는 데 여념이 없어서 길드에 얼굴도 안 비췄기에, 소동이 일어난 것 자체를 몰랐다.

"저기, 카즈마. 빨리 안으로 들어가자. 나, 술 마시고 싶어!"

내가 입구에 멀뚱멀뚱 서 있는 탓에, 아쿠아가 안으로 들어가지 못했다.

……지금의 모험가 길드는 기분 좋게 술 마실 분위기가 아닌걸.

"오늘은 다른 가게에서 마시자. 아무래도 무슨 문제가 생겼나 봐."

"흐음~? 뭐, 나는 술만 마실 수 있으면 돼. 실은 전부터 좀 관심이 가던 가게가 있어. 이 뒷골목 안쪽에 있는, 그다지 붐비지 않는 술집이야."

"거기는 바가지 씌우는 걸로 유명한 곳이잖아. 네가 거기에 갔다간, 가게 주인과 대판 싸우는 미래가 펼쳐져. 내 단골 가게가 있으니까, 거기로 가자."

뭐, 단골이라고는 해도 이번 리셋에서는 처음 가는 가게지만 말이다.

—그 후…….

"이 마을에 엄청난 미인에 실력이 끝내주는 아크 프리스트가 있대! 그 사람이라면 예의 그놈한테 맞설 수 있을지도 몰라! 빨리 찾아!"

"어디 있는 거야, 실력파 미인 프리스트! 교회란 교회는 다 뒤져봤지만, 그런 사람은 못 찾았다고!"

술집 밖에서 허둥대는 소리와 함께 그런 목소리가 들려왔다.

실력파 미인 아크 프리스트라는 말을 듣고 나도 그 사람을 찾으러 가고 싶지만, 지금은 내 옆에서 술에 떡이 된 채 의자에게 말을 걸고 있는 이 구제불능 프리스트를 챙기는 것만으로도 버겁다.

그건 그렇고 길드가 시끌시끌하던데, 그 두 사람은 괜찮은 걸까.

아쿠아를 데리고 도우러 갈지 한순간 고민했지만, 원래라면 우리가 아르바이트를 하는 사이에 해결됐을 소동이다. 괜한 짓을 벌이지 말고 조용히 지켜보거나 하는 편이 좋을 것이다.

……그래도 때때로 길드에 얼굴을 비추며, 정기적으로 상황을 살피기는 하자.

"저기, 내 말 듣고 있어? 나는 물의 여신이거든? 내 말에 귀를 안 기울인다면, 네 술을 정화해버릴 거야."

의자에 놓인 꽃병 안의 물을 정화하는 아쿠아를 보면서, 상황을 살피러 갈 때는 얘를 저택에 두고 가기로 결심했다.

—리셋을 하고 약 한 달이 흘렀다.

모험가 길드에 간 나는 주위에서 들려오는 목소리에 귀를 기울였다.

그 후로 길드에 자주 얼굴을 비추고 있는데, 액셀 마을 주변에 출몰한 강한 악마는 얼마 전에 퇴치된 것 같았다.

지난번에 마력이 바닥난 메구밍이 들것에 실려 왔던 것을 생각해보면, 걔가 이 일에 관여했을 것이다.

악마를 쓰러뜨렸으니 파티 가입 요청이 쇄도할 줄 알았더니, 메구밍은 멤버 모집 게시판 안에서 눈을 감은 채 명상에 빠져 있었다.

아무래도 본인은 거물 느낌을 내며 대기하고 있는 것 같지만, 장소가 장소인지라 남들에게 되게 방해되고 있었다.

결국 길드 직원에게 주의를 듣고 터벅터벅 테이블 석으로 이동했다.

　한편, 퀘스트 게시판 앞에서 진지한 표정으로 고민하던 다크니스는 종이 한 장을 들고 접수처로 갔다가 직원에게 설득을 받고 있었다.

　혼자서는 무모해요, 같은 직원의 목소리가 들려오는 것을 보면 위험한 퀘스트에 도전하려고 한 것 같았다.

　"……그래. 역시 이번 리셋은 성공적인 것 같네."

　아무것도 못 봤다고 생각하기로 한 나는 길드가 다시 평온을 되찾은 것을 확인한 후에 저택으로 돌아갔다.

　―현관문을 열자, 주정뱅이가 나를 맞이해줬다.

　"다녀왔어~."

　"어서~ 와!"

　외출할 때와 마찬가지로 거실 소파에 벌러덩 드러누워 있는 아쿠아를 보니, 역시 이번 리셋은 시작부터 실패였다는 느낌이 물씬…….

　"그런데, 이 저택이 이렇게 넓었어……?"

　아쿠아와 단둘이라 그런지, 아니면 넷이서 함께했던 생활에 익숙해서 그런지, 저택 안이 괜히 넓게 느껴졌다.

　이전의 리셋 때는 두 번 다 저택을 손에 넣지 못했다.

　그래서 이렇게 차분하게 저택 내부를 둘러볼 일이 없었다.

이제까지의 리셋에서 한 번씩 얼굴을 마주해서 눈치채지 못했지만, 이제 생각해보니 걔들과는 체감상 석 달 정도 떨어져서 지낸 것이 된다.

그러니 집안일 당번 차례가 자주 돌아오는 것이다.

"저기, 카즈마 씨. 집에서 느긋하게 지내는 것도 좋지만, 때로는 밖에 나가서 안 마실래? 이 저택은 영 불편해. 셋이서 지내기엔 너무 넓은 것 같아."

"너는 사람이 많은 것을 좋아하잖아. 뭐, 때로는 밖에서……. 아니, 셋이서 지낸다는 건 무슨 소리야. 우리 말고 또 누가 있는데? 유령소녀를 말하는 거야?"

"어머, 내가 카즈마 씨에게 유령소녀 이야기를 했어? 뭐, 우리 이외의 한 사람은 바로 그 애야. 지금도 카즈마의 어깨 위에 앉아서 단체 체조 비슷한 걸 하고 있어."

저기, 이상한 짓을 하면 좀 말리라고.

평소 같으면 그 두 사람이 딴죽을 날렸을 텐데 말이다. 역시 우리 둘뿐이니 좀 서먹한걸…….

내가 리셋을 시켜주는 성냥을 쓴 건, 다른 미래를 확인하기 위해서다.

만약 치트 능력을 손에 넣었다면.

만약 다른 이를 파티 멤버로 삼았다면.

어차피 기억 이외에는 원래대로 되돌아갈 테니, 다른 미래를 알고 싶다.

그런 가벼운 마음으로 성냥을 쓴 건데—.

【리셋 마지막 날.】

이제까지의 경험으로 볼 때, 슬슬 성냥이 꺼질 때가 다 됐을 즈음…….

나는 잠이 덜 깬 아쿠아를 데리고, 아침 일찍 모험가 길드로 향했다.

길드 안을 둘러보니, 예의 그 두 사람을 금방 찾을 수 있었다.

"길드에 온 건 참 오래간만이네! 나는 집에서 마시는 술도 좋아하지만, 항상 사람들로 넘쳐나는 여기서 마시는 술이 가장 좋아!"

"아까부터 몇 번이나 말했지만, 오늘은 술을 마시러 온 게 아니거든? 이런 건 처음이 가장 중요하니까, 지금은 얌전히 있으라고."

"응, 몇 번이나 말 안 해도 알아. 때로는 나를 좀 믿어봐."

그렇게 말한 아쿠아는 메뉴 속의 주류 페이지를 펼쳐서 살펴보기 시작했다.

애는 정말, 몇 번을 리셋해도 사람 말을 정말 안 듣네.

……그래도 멋대로 빚을 만들지 않는 지금이 그나마 낫나?

멤버 모집 게시판 앞에서는 다크니스가 용지 한 장 한 장을 확인하더니, 적당한 모집이 없자 풀이 죽으며 자기 테이블로 돌아갔다.

쟤는 여전히 욕망에 충실한 삶을 살고 있는걸.

……아니, 이 시절의 다크니스에게는 기품이 아주 요만큼
은 남아 있어.

그리고 며칠 동안 굶은 건지 눈빛이 시체 같은 메구밍이
테이블에 볼을 괸 채 게시판을 쳐다보며, 꼼짝도 하지 않고
있었다.

쟤는 지금 내가 거둬주지 않았다간 진짜 골로 가버릴지도
몰라…….

길드 카운터로 향한 나는 접수원 누님에게서 종이 한 장
을 받았다.

그것은 파티 멤버를 모집할 때 쓰는 용지다.

"카즈마 씨, 카즈마 씨. 그런 걸 받아서 뭐 할 건데? 파티
멤버가 늘어나는 걸 그렇게 질색했으면서, 이제 와서 동료를
모집할 거야?"

"그 저택은 넓잖아? ……넓어도 너무 넓다고. 그러니까 딱
두 명 정도만 모집하면 적당할 것 같지 않아?"

나는 그렇게 말하면서 모집 조건을 적은 후, 게시판 쪽으
로 걸어갔다.

원래라면 내가 걸었을지도 모르는 미래.

하지만 얘들을 알게 된 지금은, 그 미래를 고를 수 없다.

옆을 스쳐 지나갈 때, 내가 쥔 모집 용지의 내용을 본 것

일까.

두 사람은 깜짝 놀란 듯이 눈을 치켜뜨더니, 뒤편에서 허둥지둥 의자를 박차며 몸을 일으키는 소리가 들려왔다.

점점 가까워지는 두 사람의 발소리를 들으면서, 모집 용지를 게시판에 붙였다.

『긴급 모집! 폭렬마법을 사용 가능한 아크 위저드와 맷집이 끝내주는 크루세이더를 모집합니다. 위의 조건을 만족한다면, 다른 능력은 불문에 부칩니다. 저희 파티에는 현재 풋내기 모험가 한 명과 술꾼 아크 프리스트 한 명이 있습니다. 마왕을 쓰러뜨릴 기개가 있으신 분은 저희를—.』

내가 썼지만 참 말도 안 되는 모집 조건을 다시 보고 있을 때, 등 뒤에서 귀에 익은 목소리가 들려왔다—.

10

"……뭐, 그런 식으로 세 번째 리셋 때는 결국 평소처럼 너희와 함께 살게 됐어. 그 후의 전개는 너희가 알고 있는 대로야. 아쿠아는 눈만 뗐다 하면 빚을 만들어댔고, 온갖 단체에 우리 메구밍이 사고 쳐서 죄송합니다~ 하며 사과하러 다녔으며, 다크니스와는 벌건 대낮에는 차마 입에 담을 수 없는 일이 벌어졌으니 생략할래."

리셋한 세상에서 있었던 일을, 나는 묶인 채 이야기해줬다.

정신이 들어보니, 어찌 된 건지 꽁꽁 묶여 있었다.

"너, 우리가 상상한 것보다 더 멋대로 날뛰었네. 하지만 성미가 급해도 너무 급한 거 아냐?! 내가 한 짓 정도는 넓은 마음으로 눈감아줄 수도 있잖아!"

"마지막에 살짝 괜찮게 마무리하면 용서해줄 거라고 생각했다면, 그건 착각이에요! 왜 리셋 때마다 저는 굶어 죽기 직전인 상태인 거냐고요!"

"어째서 나만 매번 덤 취급을 당하는 것이냐! 평소에는 그렇게 음탕한 눈길로 쳐다보면서, 마치 전혀 관심 없는 것처럼 구니 되게 화나는구나!"

꽁꽁 묶인 나를 둘러싼 세 사람이 그렇게 외쳐댔다.

하지만 세 번의 리셋을 마치고 나니, 이런 불평을 듣는 것조차도 왠지 반가웠다.

애들한테 있어서는 잠시에 지나지 않았을지도 모르지만, 나는 참 오래간만이었다.

그러니 오늘 하루는 웃으면서 애들의 불평을 한 귀로 흘려줄 여유가 있었다.

"……저기, 메구밍. 카즈마 씨가 왜 이러는 걸까? 꽁꽁 묶인 채로 싱글벙글 웃고 있네. 혹시 다크니스의 성적 취향이 전염될 걸까?"

……사람을 변태 취급하지 말라고 외치고 싶지만, 이 정도

는 아직 여유롭다.

"그 말은 다크니스에게 실례잖아요. 이 남자는 때때로 이런 느낌이에요. 흥분한 다크니스도, 이렇게까지 늘어진 표정은 안 지어요."

……괜찮다. 아직 버틸 수 있다. 아쿠아의 조롱은 버티지 못했지만, 이 정도쯤은…….

"자, 잠깐만 있어봐라. 내가 평소에 저것과 비슷한 표정을 짓는다는 것이냐?! 아무리 나라도 그 말에는 상처를 입는다만……!"

………………

"시끄러워~! 너희야말로 매번 나한테 들러붙었잖아! 리셋이야, 한 번 더 리셋할래! 그래서 내 발목 안 잡고 솔직하며 귀여운 애와 파티를 짜서, 행복한 모험 생활을 할 거라고!"

사람이 입 다물고 있으니까, 멋대로 떠들어대기는……!

"이 남자, 자기가 성냥을 다 쓴 걸로 모자라 적반하장으로 나오기 시작했네! 너 때문에 내 눈부신 미래를 못 봤잖아! 나야말로 리셋이 하고 싶거든?!"

"다크니스, 그냥 이 남자는 꽁꽁 묶은 채로 내다 버리죠. 그리고 저희 셋이서 평온하게 사는 거예요. 다행히 먹고 사는 데는 지장 없으니까, 때로는 같이 모험을 하며 레벨도 올리는……."

"그래. 그런 생활도 나쁘지 않겠지. 메구밍, 그쪽을 들어

라. 이 남자가 순순히 내다 버려질 리가 없다. 스틸에 당하지 않도록 주의해라."

꽁꽁 묶인 나는 새우처럼 몸을 꼬물거리며 비정한 동료들에게 호소했다.

"잠깐만, 이번에는 나도 좀 잘못했다고 생각해. 하지만 어쩔 수 없었어. 너희는 하나같이 쓸모가 없잖아. 아무 짝에도 쓸모가 없다고!"

"너, 너…… 이 상황에서 우리를 놀리지 마라……."

"이 남자, 진짜로 어떻게 해주죠? 지금 솔직하게 사과한다면 용서해줄 수도 있거든요?"

나를 내다 버리려던 두 사람이 어처구니없다는 투로 그렇게 말했지만…….

"어이, 아쿠아. 너한테 물어볼 게 있어. 양조장에서 우리 집으로 청구서를 보냈던데, 대체 무슨 짓을 한 거야?"

"양조장에 견학가면 시음을 시켜줘. 그래서 자주 놀러 갔는데, 내 신성한 존재감 탓에 양조장의 누룩곰팡이가 다 정화되어 버렸나봐. 이건 내 타고난 체질 탓이니까 아마 나한테는 눈곱만큼도 전혀 잘못이 없겠지만, 그래도 같이 사과하러 가줄래?"

우선 아쿠아로 원 아웃.

"메구밍 앞으로도 모험가 길드에서 청구서가 왔던데, 무슨 짓을 벌인 건데?"

"얼마 전에 파오리를 잔뜩 해치웠잖아요? 그래서 레벨이 확 오를 걸 고려하지 않고 인근 강에다 폭렬마법을 날렸더니, 폭발의 여파로 다리가 무너지고 말았어요. 하지만 그 정도에 부서질 다리라면 언젠가 사고를 일으켰을 테죠. 그러니 저는 나쁜 짓을 했다고는 생각하지 않지만, 그래도 나중에 같이 사과하러 가주세요."

메구밍으로 투 아웃.

"어이, 다크니스. 집에 몬스터 구속용 마도구가 와 있던데, 그걸 어디에 쓰려는 거야? 너, 얼마 전에 예속의 목줄 때문에 따끔한 맛을 봤으면서 아직도 정신 못 차린 거냐?"

"크루세이더는 포기하지 않는 자다. 다소의 실패로 좌절하지 않는 법이지. 그걸 어디에 쓸지에 관해선 묵비권을 행사하마."

메구밍과 다크니스는 방금까지 확 내다 버리려 했던 나를 공손히 내려놨다. 누구 한 명 나와 시선을 마주하지 못하는 가운데, 그런 우리에게 관심을 주지 않던 바닐이 작업을 멈추며 입을 열었다.

"예속의 목줄 수준은 아니다만, 너희에게 권할 만한 구속 계열 마도구가 있다. 『유대의 계약서』라는 상품인데, 여기에 사인을 한 모험가 파티는 두 번 다시 해산할 수 없게 되는 저주에 걸리……."

"그딴 거 필요 없어! 어, 안 돼! 메구밍, 그걸 받지 마! 그딴 위험한 물건은 안 살 거라고!"

메구밍은 싱글벙글하면서 계약서를 받았고, 다크니스는
은근슬쩍 돈을 꺼냈다.

관둬, 나는 그딴 것에 서명 안 할 거라고!

"여신은 저주에 안 걸리니까, 유감스럽게도 그 계약서는
효과가 없겠네. 그 대신은 아니지만, 우리의 유대를 다질 방
법이 있긴 해."

아쿠아가 그런 말을 하면서 나를 묶은 로프를 풀었다.

……이 상황에서 얘가 뭘 제안할지 왠지 알 것 같다.

"그러고 보니, 본가에 최상품 위세 새우가 선물로 들어 왔
었다. 그걸 몇 마리 가져오마."

"그럼 저는 카즈마와 함께, 강에라도 가서 일과를 마치고
올게요. 새우만으로는 부족할 테니까, 제 폭렬마법으로 생
선을 왕창 잡아올래요."

저런 말을 하는 걸 보면, 다크니스와 메구밍도 감이 온 것
같았다.

"응. 몇 번을 리셋해도 결국 우리를 선택하고 마는, 그런
츤데레 카즈마 씨를 위해 술판을 열자. 다 같이 술을 마시
며 청구서 건도 지금은 잊은 후, 내일부터 또 .열심히 사는
거야."

청구서 건은 잊지 말라는 소리가 하고 싶지만, 오늘은 확
실히 술 한 잔 하고 싶은 기분이다.

그것도 그럴 것이, 리셋한 세상에서의 애들은 지금보다 약간 거리감이 있었다.

이 세 사람에게 오늘은 평소와 다름없는 하루였겠지만, 나는 애들과 정말 오랫동안 떨어져 지낸 것이나 다름없었다.

풀려난 나는 어쩔 수 없다는 표정을 지으며 몸을 일으켰다.

그리고 몇 번을 리셋해도 술판을 좋아한다는 짐에는 변함없는 아쿠아가 외쳤다.

"코가 삐뚤어지도록 마시는 거야~!"

■ 작가 후기

이멋세 단편집, 요리미치! 3회!를 구매해주셔서 감사합니다.

이제까지의 요리미치는 과거에 제가 썼던 단편 등을 모은 것이었습니다만, 이번 권은 전부 제가 새로 쓴 작품입니다.

이 책이 출판될 즈음에는 『이 멋진 세계에 축복을!』 시리즈가 10주년을 맞이했을 즈음이기에, 그것을 기념한 책이라고 할 수 있습니다.

2013년 10월 1일에 1권이 발간됐던 이멋세와 10년 동안 함께 해주신 독자 여러분, 진심으로 감사드립니다.

이번 권은 타임라인이 꽤 두루뭉술합니다.

이멋세는 각권에 수록된 이야기 사이의 간격이 꽤 짧으므로 이런 단편을 쓰기 어렵습니다만, 원작 소설 7권 이후의 이야기로 여겨주셨으면 합니다.

이번에도 두서없고 시끌벅적한 이야기였습니다만, 이래야 이멋세의 일상편이라고 생각합니다.

다 쓴 글을 다시 읽어보니, 인터넷에서 연재하던 시절과 비교해도 일행들은 전혀 성장하지 않았다는 느낌만 듭니다. 그래도 오래간만에 카즈마 일행의 이야기를 쓰니 참 즐거웠기에, 또 이런 단편집을 낼 수 있으면 좋겠단 생각이 들었습니다.

—그리고 다른 이야기입니다만, 텔레비전 애니메이션 제3기의 방송년도가 발표됐습니다!

아직 자세한 방송일자는 모릅니다만, 2024년에 방송될 거라고 합니다.

오래간만의 애니메이션 이멋세인 만큼, 이쪽도 부디 기대해주시길!

—이번 권도 미시마 선생님과 담당 편집자님, 그 외 많은 분께서 힘써주신 덕분에 간행될 수 있었습니다.

이 책을 통해 프로 작가 경력 10년을 맞이하는데도 여전히 많은 분께 폐를 끼치고 있습니다만, 그래도 독자 여러분께 이 책을 전해드릴 수 도와주신 그분들께 감사드립니다.

그리고 무엇보다 이 책을 읽어주신 모든 독자 여러분께, 진심으로 감사드립니다!

아카츠키 나츠메

■ 역자 후기

안녕하십니까. 근로청년 번역가 이승원입니다.

『이 멋진 세계에 축복을! 요리미치! 3회!』를 구매해주셔서 진심으로 감사드립니다.

독자 여러분께서는 2024년을 잘 보내고 계신지요.

저는 올해는 별문제 없이 열심히 일하며 보냈습니다.

……뭐, 1월 1일에 어머니 업고 응급실 뛰어가고, 아버지 성묘 갔는데 택시가 잡히지 않아서 두 시간 반 동안 산을 타야 했으며, 오래간만에 통역 출장을 갔더니 도착 당일에 거래가 무산되어서 통역 건 자체가 무산됐지만, 그래도 전부 잘 해결됐으니 문제 따위 없었던 겁니다!(…ㅜㅜ)

너무 버라이어티하게 별문제 없었던 나날이라 이야기를 시작하면 한도 끝도 없을 테니 이만 줄이겠습니다.

독자 여러분께서는 설 잘 보내셨길 진심으로 빕니다!

그럼 본편에 관한 이야기를 해볼까 합니다.

스포일러가 포함되어 있을 수도 있으니 본편을 읽지 않으신 분들은 유의해주시길!

이번 요리미치!는 완전 신작 단편집!

이멋세의 완전 신작이라니, 정말 오래간만에 번역하는 것 같습니다.

역시 오래간만에 보는 이 네 명의 좌충우돌 에피소드는 정말 즐겁네요.

사고뭉치 히로인 3인방이 난장판을 벌이고, 카즈마가 그 것을 해결하는…… 아, 이게 바로 이멋세죠.

게다가 이번에는 마왕군 간부간의 진심 배틀 에피소드도 추가되었습니다.

본편에서도 다뤄지지 않았던 위즈와 바닐의 정면 격돌! 둘 다 세계관에서 손꼽히는 강자인 만큼, 처절하기 그지없 는 사투가 펼쳐질 거라고 생각했습니다만…… 다른 의미에 서 처절하긴 했습니다. 특히 바닐에게 있어서는 이보다 더 처절한 사태가 있을까 싶을 정도였어요.^^

그리고 마지막 에피소드는 카즈마의 if 스토리였습니다. 카 즈마가 다른 선택을 했을 때, 어떤 미래로 이어질지를 엿볼 수 있……을 줄 알았습니다만, 아무리 리셋을 해도 아쿠아란 혹은 떼어버릴 수가 없군요. 본문에서도 나온 것처럼, 아쿠 아는 장비 해제가 불가능한 저주 아이템 같은 존재입니다.^^

그래도 카즈마가 이세계에서 동료들과 쌓아온 유대를 엿볼 수 있는 좋은 에피소드였습니다. 고생고생해서 혹 두 개를 떼어낼 기회를 얻었는데, 자기 손으로 혹 두 개를 달다니……. 고난이도 게임에 중독되어서 하드 모드 아니면 플레이할 마음이 안 드는 빡겜파 게이머가 생각났습니다.^^

평소와 다름없는, 그러면서도 캐릭터들의 신선한 일면을 볼 수 있는 요리미치! 3회를 독자 여러분께서도 마음껏 즐겨주시길!

그럼 이만 줄이겠습니다.

L노벨 편집부 여러분. 언제나 재미있는 작품을 맡겨주셔서 감사합니다. 2024년에도 잘 부탁드립니다.

일부러 얼굴 보러 부산까지 와준 악우여. 같이 먹은 북경오리 맛있었어. 다음에 내려올 때까지 괜찮은 맛집 찾아둘게.^^

마지막으로 언제나 제게 버팀목이 되어주시는 어머니와 『이 멋진 세계에 축복을!』을 읽어주신 모든 분에게 진심으로 감사드립니다.

분명 나올 거라 믿어 의심치 않는 이멋세 관련 신작의 역자 후기 코너에서 다시 뵐 수 있기를 빌겠습니다!

2024년 2월 중순
역자 이승원 올림

이 멋진 세계에 축복을! 요리미치! 3

초판 1쇄 발행 2024년 6월 10일

지은이_ Natsume Akatsuki
일러스트_ Kurone Mishima
옮긴이_ 이승원

발행인_ 최원영
본부장_ 장혜경
편집장_ 김승신
편집진행_ 권세라 · 최혁수 · 김경민 · 최정민
커버디자인_ 양우연
국제업무_ 박진해 · 전은지 · 남궁명일
관리 · 영업_ 김민원 · 조은걸

펴낸곳_ (주)디앤씨미디어
등록_ 2002년 4월 25일 제20-260호
주소_ 서울시 구로구 디지털로32길 30, 코오롱디지털타워빌란트 1301-1308호
전화_ 02-333-2513(대표)
팩시밀리_ 02-333-2514
이메일_ lnovellove@naver.com
ㄴ노벨 공식 카페_ http://cafe.naver.com/lnovel11

KONO SUBARASHII SEKAI NI SHUKUFUKU WO! YORIMICHI ! Vol.3
©Natsume Akatsuki, Kurone Mishima 2023
First published in Japan in 2023 by KADOKAWA CORPORATION, Tokyo.
Korean translation rights arranged with KADOKAWA CORPORATION, Tokyo..

ISBN 979-11-278-7613-5 03830

값 8,500원

새 엄마가 데려온 딸이 전 여친이었다 1~10권

카미시로 쿄스케 지음 | 타카야Ki 일러스트 | 이승원 옮김

어느 중학교에서 어느 남녀가 연인 사이가 되고,
꽁냥꽁냥거리다, 사소한 일로 엇갈리더니,
두근거림보다 짜증을 느낄 때가 더 많아진 끝에…… 졸업을 계기로 헤어졌다.
그리고 고등학교 입학을 코앞에 둔 두 사람은—
이리도 미즈토와 아야이 유메는, 뜻밖의 형태로 재회한다.
"당연히 내가 오빠지.", "당연히 내가 누나 아냐?"
부모 재혼 상대의 딸이, 얼마 전에 헤어진 전 연인이었다?!
부모님을 배려한 두 사람은 『이성으로 여기며 의식하면 패배』라는
「남매 룰」을 만들지만—
목욕 직후의 대면에, 둘만의 등하교……
그 시절의 추억과 한 지붕 아래에 산다는 상황 속에서,
서로를 의식하고 마는데?!

변변찮은 마술강사와 금기교전 1~22권

히츠지 타로 지음 | 미시마 쿠로네 일러스트 | 최승원 옮김

알자노 제국 마술 학원의 계약직 강사인 글렌 레이더스는 수업 중
자습 → 취침 상습범.
그러다 웬일로 교단에 서나 싶으면 칠판에 교과서를 못으로 고정해놓는 등,
그야말로 학생들도 기가 막혀 하는 변변찮은 강사다.
결국 그런 글렌에게 진심으로 화가 난 학생,
「교사 킬러」로 악명이 자자한 시스티나 피벨이 결투를 신청하지만—
이 해프닝은 글렌이 허무하게 패배하는 안타까운 결말로 막을 내린다.
하지만 학원에 닥친 미증유의 테러 사건에 학생들이 휘말리자,
"내 학생에게 손대지 마!"
비로소 글렌의 본성이 발휘된다!

TV애니메이션 방영 화제작!!

일주일에 한 번 클래스메이트를 사는 이야기 1권

하네다 우사 지음 | U35(우미코) 일러스트 | 이소정 옮김

그녀— 미야기는 이상하다. 일주일에 한 번 오천 엔으로 나에게 명령할 권리를 산다.
같이 게임을 하거나 과자를 먹여달라고 하거나,
가끔씩 기분에 따라서는 위험한 명령을 내리기도 한다.
비밀을 공유하기 시작한 지 벌써 반년이 지났지만,
그녀는 「우리는 친구가 아니야」라고 말한다.
저기, 미야기. 이게 우정이 아니라면 우리는 무슨 관계야?

그 사람— 센다이가 아니면 안 되는 이유는, 지금도 딱히 없다.
내 우연한 변덕에 그녀가 따라줬다. 단지 그뿐.
그래서 나는 어떤 명령도 거부하지 않는 그녀를 오늘도 시험한다.
……내년 봄, 만약 다른 반이 되더라도, 그녀는 이 관계를 계속 이어가줄까.
지금은 그게 조금 신경 쓰인다.

라이트노벨의 새로운 빛! L노벨의 신간은 매월 10일에 발매됩니다. http://cafe.naver.com/lnovel11

청춘 돼지는 바니걸 선배의 꿈을 꾸지 않는다 1~13권

카모시다 하지메 지음 | 미조구치 케이지 일러스트 | 이승원 옮김

아즈사가와 사쿠타는 도서관에서 야생의 바니걸과 만났다.

바니걸의 정체는 사쿠타가 다니는 고등학교의 선배이자,
활동 중지중인 인기 탤런트 사쿠라지마 마이였다.
며칠 전부터 그녀의 모습이 『주위 사람들에게 보이지 않는 현상』이 발생했고,
이것은 인터넷상에서 화제가 되고 있는
불가사의 현상 『사춘기 증후군』과 관계가 있는 걸까.
원인을 찾는다는 이유로 마이와 가까워진 사쿠타는 이 수수께끼를 풀려고 하지만,
사태는 생각지도 못한 방향으로 나아가는데―?

하늘과 바다로 둘러싸인 마을에서, 나와 그녀의 사랑에 얽힌 이야기가 시작된다.

**하늘과 바다로 둘러싸인 마을에서 시작되는
평범한 우리의 불가사의한 청춘 러브 코미디!**